グレッチェン・マクニール/著
河井直子/訳

孤島の十人
Ten

扶桑社ミステリー
1637

ドリス・ゴディネス＝フィリップスの懐かしい思い出に

彼らの破滅はすみやかに訪れるだろう。

孤島の十人

登場人物

【孤島の十人】

メグ・プリチャード	カミアック高校の生徒
ミニー（ミンス）	カミアック高校の生徒。メグの旧友
T・J・フレッチャー	カミアック高校の生徒。フットボール選手
ガンナー・シールズ	カミアック高校の生徒。T・Jの友人
クミコ	ルーズベルト高校の生徒。ガンナーの恋人
ビビアン	マリナー高校の生徒
ローリ	マリナー高校の生徒
ベン	マリナー高校の生徒
ネイサン	マリナー高校の生徒
ケニー	マリナー高校の生徒

*

ジェシカ・ローレンス	カミアック高校の生徒。別荘の所有者の娘
クレア・ヒックス	自殺したカミアック高校の生徒

1

ミニーの顔は死人のように真っ青だった。正面を向いて、染みのついた布製の座席の背もたれをじっと見すえている。下唇をぎゅっと嚙んでおり、このままでは血がにじんでくるのではないかとメグは気が気ではなかった。ミニーがこれほどひどく船酔いするのを初めて見た。

「ミンス、大丈夫？」

ミニーは座席のクッションに爪を食いこませた。「平気よ」

「顔色が悪いけど」

右舷のほうからとりわけ大きなうねりが押し寄せ、フェリーボートが左にぐらりと揺れ、ミニーは両手で口を覆った。一瞬、メグは親友が船室内で吐くかと思い、ひやっとしたが、傾いたボートがゆっくりともとに戻ると、ミニーは緊張を解いた。

両手を下ろして、「平気よ」と繰り返す。

「そうだね」

メグはリュックのなかを引っかきまわしてビニールの買い物袋を取りだした。ミニーがぼんやりと手を伸ばし、それを受け取る。「あともうちょっとで着くわよね?」ミニ

メグは座席の背にもたれ、向かいあわせになっている前の席に両足をのせた。「そろそろじゃないかな」

「約束する?」

メグはため息をついた。「ボートがいつ着くかなんて約束できない、ミンス。でも、予定ではもうすぐ着くはずよ」

「そう、わかったわ!」ミニーがぴしゃりと返した。

声に険があることにメグは気づいた。こんなとき、ミニーの気分はたいてい一気に下降線をたどる。近頃、こういうことはしょっちゅうだ。特に抗うつ薬を飲んでいないとひどい。

薬の話をすると口論になるだけなので、メグはほかの話題を持ちだしてミニーの気をそらそうとした。

「以前、あなたのご両親がフライデー・ハーバー(米国ワシントン州北西部のサンファン島東岸の港町)に招待してくれたことを覚えてる?」メグは言った。高校入学前の夏だった。初めてミニーの家族に招待され、一緒に休暇を過ごしたのだ。

ミニーの口もとにかすかに笑みが浮かんだ。「あのときはメグがひどい船酔いだっ

た」

「そう？」

「船のトイレで吐きまくっていたもの」

メグは笑った。「あなたのママに船から放りだされるんじゃないかって思った」

「わたしもよ」ミニーがくすっと笑った。

メグにとっては楽しかった思い出のひとつというわけではないが、ミニーの気がまぎれて胃のむかつきをちょっとでも忘れられるかもしれない。「でも、あなたはちっとも酔ってなかった。だから、ヘンリー島に着くまできっと大丈夫」

ミニーは首を振った。「だけどあれは夏だったもの。海の穏やかな季節よ」二重ガラスの窓のほうを身ぶりで示す。「こんなのじゃなかった」

「それはそうだね」

メグは窓のそとに目を凝らした。いまは雨もおさまっている——さっきまで雨粒が窓ガラスに斜めに走って不規則な跡を残していたが、それもいまはない——しかし、風はむしろ激しくなっている。ヒューヒューうなりながら正面から船室に吹きつけたかと思うと、ほとんど超自然的なまでのすさまじさで舷側に襲いかかった。

ミニーがメグの肩に頭をもたせかけてきた。「来るべきじゃなかったのかも」

メグは思わず笑ってしまった。「もう遅いよ」

「そうよね。でも……」

「でも、なんなの？　火曜日に招待されてから、口を開けばパーティーの話ばっかりだったくせに。あんなに興奮したのは、誕生日にパパからアメックスのクレジットカードを贈られて以来のことだったでしょう」

ミニーは背筋を伸ばした。「ジェシカ・ローレンスがわたしたちをホームパーティーに招待してくれたのよ。断れるはずないじゃない。だけど……」大きなため息を漏らす。「わからないわ。彼女とは友だちってわけでもないし」

「以前は友だちだったじゃないの」メグはつい口にしてしまった。

「だってそれは、あなた……」ミニーは口ごもったが、その続きならわかる。あなたと会う前のこと。「もう昔のことだから」ミニーは言い直した。

口に出さなかった言葉が、タバコのよどんだ煙のように宙に漂っている。ミニーがシアトル大都市圏での中学時代に華やかな女子グループからつまはじきにされたのは、メグが原因だった。ふたりともわかってはいるが、それはできれば触れたくない話題であり、蒸し返すことはめったになかった。ミニーが窓のほうを向き、暗くなりだした午後の空を見つめた。ジェシカとの過去の友人関係をほのめかしたことを、メグはたちまち悔やんだ。

気を取り直そうと、メグはすでに何度となく読み返したフェイスブックの招待状をリュックから出して読んだ。

しーっ！　言いふらしちゃだめよ！
何のこと：最高のホームパーティー
いつ：大統領誕生日（二月の第三月曜日）の週末
どこで：ヘンリー島のホワイトロック屋敷
なぜ：このパーティーを逃したら一生後悔するから
食べ物も飲み物もすべてそろった屋敷で、三日間、わたしたちだけで過ごすのよ。二月だけど、春休み気分でね！　フェリーボートも何もかもこちらで特別に手配しておくわ！！！！
でも、これは秘密よ。誰でも参加できるパーティーじゃないの。会えるのが待ち遠しいわ！

――ジェス

メグはこの種のにぎやかなパーティーがいつも苦手だった。たいていの場合、壁紙に溶けこんで誰にも気づかれなければいいのにと願うばかりなのだ。ところが、ミニーは天にも昇るほど大喜びしていた。学校の人気者グループから和解の申し出を受けたにも等しいからだろう。メグはとてもノーとは言えなかった。

運がよければ、ひとりで静かな時間を過ごせるだろう。海辺の散策もいいだろう。日記やノートパソコンを持っていき、ひとりになれる場所を見つけて書き物をすればいい。

横からの突風に船があおられ、船室の窓がガタガタ鳴った。メグはため息をついた。屋外ではなく室内でひとりになれる場所を探すはめになるかも？　掃除用具入れとか？　いまいましい嵐だ。

「ねえ、週末ずっとノートパソコンとにらめっこなんてだめだからね」ミニーがだしぬけに言った。

メグはぎくりとした。自分はそんなにわかりやすい人間だったのか？「えっと、そうだね」

ミニーが手に力をこめ、ビニールの袋が音を立てる。「何がなんでもこの週末は楽しんでもらいますからね」

メグは唇を嚙んだ。「いつもたっぷり楽しんでるけど」

「冗談でしょ？」

今度はメグのほうがムッとする番だった。「ミンス、何が言いたいの？」

ミニーはいかにも大げさにため息をついてみせた。「あなたも昔は楽しい人だったわよ。覚えてる？　ふたりでばかばっかりやってた。なのにいまのあなたは……」

メグは座席にすわったまま、もぞもぞと体を動かした。「いまは何？」

「つまらなさそう」

「そんなことない」

ミニーがふんと鼻を鳴らした。

「それに言わせてもらえば、家で楽しむことだってできたでしょう。ほら、親に嘘までついて、こんな何もない辺ぴな島でのホームパーティーに来なくても」

あきれたとばかりに、ミニーは両手を上げた。「何もない辺ぴな島ですって。シアトルの住人の半数はサンファン諸島に夏の別荘を持ってるのよ。それにわたしたちは親に打ち明けるつもりはなかった」そう言うと、大きくうなずいてみせた。「しかも、エバレット市で死体が見つかったんだからなおさらよ。パパが黙って行かせてくれるはずなかったわ」

メグはぶるっと身震いした。そのニュースならテレビで見た。黒焦げの遺体が、ライバル校であるマリナー高校のロッカー室で発見されたらしい。身の毛もよだつ殺人事件だ。遺体の身元はまだ明らかになっていない。

「この週末、絶対に避けたいのは」ミニーが続ける。「パパがひょっこり様子を見に来るってことね。そんなことになったら、何もかもだいなしよ」

「うん、そうだよね」シアトルからここまではかなり距離があって、ミニーの父親がパーティー会場に姿を見せる可能性はかなり低いのだが、それでもメグは同意せざるを得なかった。

ミニーがメグの手に自分の手を重ねて、ぎゅっと握った。「ねえ、この週末はふたりで楽しむのよ。絶対にそうしなきゃ。いいわね？」

メグはなんとか笑顔をつくった。ミニーの言うとおりだ。この数カ月、ふたりの関係はぎくしゃくしていた。まず、メグのＵＣＬＡへの入学が決まったのだが、ミニーはそれをメグに見捨てられたと解釈した。それから、ミニーの新しい薬との格闘があった。さらに当然ながら、ホームカミング・デーのあのつらい夜のことが……。

やめなさい。メグは自分に言い聞かせた。あの夜のことは忘れなければ。もうすっかり終わったことだ。いずれにせよ、あと数カ月もすれば、もう二度と彼に会えなくなる。

にわかに、エンジンがうなる鈍い音が小さくなり、ボートが速度を落とすのがメグにもわかった。すると、オレンジ色のレインコートを着た、薄汚れた顔の甲板員が船室に顔をのぞかせた。「ヘンリー島です。じきに桟橋に着きますよ」

ミニーはぱっと立ち上がった。「やっとだわ！」荷物入れからキャリーバッグと小ぶりのショルダーバッグ二個を引っ張りだし、コートを羽織った。いそいそと甲板に出るとき、肩越しにこちらを見た。「これはパーティーだってことを忘れないで。パーティーは楽しむものよ」

メグはため息を漏らした。パーティーは楽しむもの。やったー。イェイ。パーティーだ。

大きく息をしてからリュックを背負い、メグはミニーのあとについて甲板に出た。

2

湿った空気は冷たく、どしりと重く感じられ、またしても嵐が近づく予感がする。強い風が吹きつけ、メグのポニーテールの髪を乱した。ほつれた髪の一部を耳にかけるうちに、夕やみに目が慣れてきた。

鈍い光が、遠く湾の向かい側で瞬いている。サンファン島の裏側にあるロシュ港だ。想像したよりも近く見える。湾をはさんですぐ向こう側にちゃんと人が住んでいる町があると思うとほっとする。

メグはかぶりを振った。何をそんなにびくびくしているのだろう？　リラックスしなきゃ。学校一の人気者が主催する秘密のホームパーティーでしょう？　みんな喉から手が出るほど招待状が欲しいのよ。親に居場所を知らせてないからどうだっていうの？　内緒で行くんだからいいんじゃない？

ミニーは薄汚れた顔の甲板員のそばに立って、ボートの舷側を見おろしている。ボートは上下に大きく揺れ動いていた。

「ここから下りなきゃいけないってこと?」ミニーがたずねた。

「すまないね、お客さん。ひどい天候なんで」男が答える。「はしごを使うしかなくてね」

ミニーは自分のまったく場違いな、ヒールの低いバックストラップのパンプスをちらっと見た。「だけど……」

「脱げばいい」〝だから言ったじゃない〟という口調にならないように、メグはやんわりと言った。

「心配ないよ、お客さん」甲板員は桟橋で待機している仲間のほうをあごでしゃくった。「落っこちたら、ブランソンが受け止めてくれるんでね」

ミニーは手すりから身を乗りだして、下にいるブランソンを見た。かっぷくのいい中年の乗組員だ。ミニーは目を丸くして、メグのほうを振り返った。「ちょっと――」

「大丈夫」メグは言った。「約束する」本当じゃなくてもいい。とにかく、ミニーはそう返してほしいのだ。

ミニーはため息を漏らすと、パンプスをデッキの上に脱ぎ捨てた。意を決してボートの舷側を下りていく。「オーケー。メグがそう言うなら」

ミニーの姿が甲板から消えると、メグはやれやれと首を振り、それから放置されたパンプスを拾いあげて自分のリュックのなかに押しこんだ。いつもこうだから、地元ではない大学に行くことにしたのだ。一生に一度でいいから、自分のことを第一に考えたかった。

メグは甲板員が自分たちの荷物を無造作に投げおろすのを眺めた。淡々とつまらなさそうな、だが滑らかな動きは、この作業がすでにすっかり体になじんでいる証拠だろう。ブランソンもやはり流れるような動きでバッグを受け取っては桟橋に置き、振り向いたところでぱっと次の荷物をキャッチする。ふたりが見せる、荷おろしによる無言のダンスはかっこよく、同時にどこか薄気味悪くもある。振りつけの妙に魅了されるとともに、心を持たない、無線操縦の機械みたいな動きにはやや不安をそそられた。

「あなたの番ですよ、お客さん」甲板員に声をかけられ、メグははっとわれに返った。

「あ、そうね」メグはひょいとはしごに足を下ろした。下へおりかけたとたん、ボートが波に持ちあげられ、甲板員がとっさにメグの腕をつかんで支えた。

「ありがとう」両手ではしごの最上段を握りながら、メグは礼を言った。

「本当に大丈夫かい？」甲板員がたずねる。片方の手でメグの腕を握ったまま離さない。

「ええ。短いはしごだから。大丈夫」

男は首をかしげた。「いや、島のことだよ」

メグは目を細くして、男のやつれた、しわの刻まれた顔を見あげた。「ええ。どうして?」

甲板員はいったん口をつぐみ、首を伸ばして島の北のほうに目をやった。「別に」ようやく答えた。

そう、まあいいけど。

フェリーボートのエンジンが再びかけられた。メグは舷側を下りていった。「月曜にまた迎えに来ますよ」甲板員が叫んだとほぼ同時にメグの足が桟橋に着いた。「気をつけることだね」

気をつける? 週末のパーティーでみんながやることといえば、セックスとビールの一気飲みばかりなのに。感染症と脱水症以外に何に気をつけなきゃいけないと? ますます気味が悪くなってきた。

メグがはしごから離れるやいなや、ブランソンは綱をほどき、無言のままそそくさとボートに上がっていった。

ブランソンが上下に揺れる甲板に戻って柵の向こうに姿を消し、ボートがゆっくりと島から離れていくのを、メグはどこか切ないような気持ちでしげしげと見つめていた。

彼らと一緒に帰りたいような気がする。

「これからどうするの？」ミニーがきいた。裸足《はだし》で立ったまま、ホワイトブロンドの髪を指でくるくるともてあそんでいる。

いい質問だ。メグは去っていくボートからしぶしぶ目を離して、桟橋を見渡した。風雨で傷んだ粗末な造りの桟橋で、海岸から五十メートル弱こちらに突きだしている。海岸まで渡された厚板はあちこち朽ちて崩れており、まるでちょっとした地雷のように見える。ここは外海から守られた湾内だというのに、波が高くなっているせいで、いまにも崩れ落ちそうな桟橋には危険なほど海水が迫ってきている。

陸に目を向けると、ベイマツの木立が海岸から高くそびえ、暗くなりだした空を覆う灰色の雲を背景にシルエットを浮かびあがらせている。木立の縁の奥にちらっと光が見えたように思ったが、気のせいかもしれない。夕闇が迫り、あたりはよく見えない。黒い嵐雲のせいで月も星も覆い隠され、ヘンリー島はかなり暗くなりそうな気配だ。

ボートのエンジン音が遠くに消えていくにつれて、メグはにわかに心細くなってきた。波や風の鈍くうなるような音のほかには物音ひとつしない。浜辺の向こうにも人っ子ひとりいない。メグはぞくっと身震いした。こんなどことも知れぬ場所にふたりきりだ。自分たちと外界をつなぐ唯一の接点も夜の闇へと消えていく。

メグはジーンズのポケットから携帯電話を取りだした。誰かに電話して――誰でもいい――自分たちの居場所を伝えたくてたまらない。

「何してるの？」ミニーがたずねた。

メグは波のしぶきがかからないように携帯電話の画面を守った。「別に何も。電波が届いているかどうか、確かめようとしただけ」

「親に電話しちゃだめよ」

「しないってば！」メグは嘘をついた。でも、そんなことはどうでもいい。くるりと振り向いて、携帯電話をゆっくりと左右に振ってみる。やはり結果は同じだ。「電波が来てない」

「よかった！」ミニーがひったくるように携帯電話を取りあげ、メグのリュックに押しこむ。同時に自分の靴を抜きとった。にんまりと笑うと、メグの腕を取って自分の腕を絡ませた。「そのほうがますます楽しいじゃない。まるでここに漂着して、三日間、誰にも邪魔されず輝かしい日々を過ごすみたいに」

輝かしいだなんて、メグにはとてもそんなふうに思えなかったが。「そうだね、ミンス。あなたの言うとおり――」

「やあ！」

メグとミニーのふたりははっと振り返った。桟橋の端のほうにふたりの人影が現れ、みるみるこちらに近づいてくる。ふたりとも長身で厚手のコートを着ている。薄れゆく光のなかで顔は見えないが、ふたりのうちひとりには妙に見覚えがあるような気がする。

「メグ！」

胃が飛びだしそうになる。メグはその声を知っている。

ミニーも同時に気づいたらしい。手を叩いて、歓声をあげた。「信じられない！」

メグは全身から温もりが失せていくのを感じた。

T・J・フレッチャーだ。

3

メグとT・Jはもう何カ月も言葉を交わしていない。ホームカミング・デーからずっと。今学期は同じクラスを取っていなかったし、ミニーがT・Jの親友と別れて以来、お互いに会うこともなくなっていた。ふたりの友情は終わったのだ。

とはいえ、T・Jの私生活を詳しく知らなかったというわけではない。メグの耳にも噂が入ってきた。フットボールの奨学金を得てワシントン大学に入学するとか、何人もの女の子とつきあったとか、派手なパーティーをいくつも開いたとか。ミニーからひっきりなしにしつこいほど彼のことを聞かされていた。何もおかしいことではない。ミニーは一年生のときからT・Jに夢中だった。彼の親友のガンナーとつきあったのもT・Jに拒絶された腹いせからだった。そんなわけで、ホームカミング・デーから数週間、彼の名前を耳にするだけでメグは縮みあがったというのに、ミニーが延々と、どんなにT・Jがすばらしいか、おしゃべりするのを聞かされていた。

メグも彼に夢中だとは、ミニーには想像もつかないのだ。

だから、メグはつねに自制心を働かせ、感情を抑えておく必要があった。T・Jの笑顔やこげ茶色の美しい肌、くっきりしたえくぼをひと目見るだけで、アニメに登場するスカンクのぺぺよろしく心臓が激しく高鳴って文字どおり胸から飛びだし、みんなにバレてしまいそうになる。そんな事態は絶対に避けなければ。この気持ちは誰にも知られてはならない。ミニーには。特にT・J本人には。

「よかった。来たんだね」T・Jが叫んで、桟橋を大股で歩いてくる。

メグはこらえきれず、頬が熱くなるのを感じた。ミニーに気づかれませんように。T・Jはあなたのことなんて好きじゃない、と自分に言い聞かせた。いまもあなたに腹を立てているはず。

幸いにも、ミニーはT・Jしか目に入っていなかった。「T・J!」甲高い声で叫ぶ。両手の指先にそれぞれ片方ずつパンプスのストラップを引っかけ、ぶらぶらさせながら、ミニーは彼のほうに近づいていった。「あなたが来るなんて知らなかったわ」

そう、知らなかった。T・Jが招待客のリストに載っているとわかっていたら、メグは絶対に来なかった。

もうひとり、T・Jのあとから桟橋を渡ってくる。一瞬、ガンナーかと思ったが、その人物はもっとひょろっとして背が高かった。知らない男子だ。

「ボートに乗り遅れたのかと心配していたよ」やや息を切らして、T・Jが言った。

折り返しのないニット帽を耳まですっぽりかぶり、髪を短く刈りこんだ頭を覆っている。ピーコートのボタンをあごまでとめていた。

「わたしたちが来るって知ってたのね？」ミニーが両腕を広げ——パンプスも一緒に——T・Jの首に回してほとんど彼の腕に飛びこもうとする。

T・Jのほうはそれをうまく、友だち同士のチェスト・バンプさながら胸をぶつけ合い、背中を叩く形でかわしたかと思うと、さっとメグのかたわらに寄ってきた。

「もちろん、知っていたとも」

メグの心臓が激しく高鳴った。きっと半径三キロメートル内にいる全員にその音が聞こえるにちがいない。困惑を隠そうと、メグは桟橋のところどころそりあがった厚板に視線を落とした。「そう」と返した。「えっと、よかった。あなたも来られて」

「やあ」もうひとりの少年がすぐうしろに立っていた。「きみがミニーだね」

彼もT・Jに引けを取らないほど長身だが、T・Jが筋肉質でいかにもスポーツ選手らしい体格なのに対して、ほっそりとしなやかな体つきをしている。鮮やかな青色の瞳をきらめかせてミニーに笑いかけると目尻からこめかみにかけてしわが寄り、まるで子犬を思わせる表情になった。さらに印象的なのはミニーのそれと見まがうようなホワイトブロンドの、くしゃくしゃの頭髪だった。ブロンドとブロンド。

ミニーが小首をかしげた。「どうしてわたしがミニーだとわかったの？」

「ブロンドの美人だって聞いていたからさ」ブロンドの少年がウインクする。

いかにも嘘っぽいセリフに、メグは目を丸くしそうになるのを必死にこらえたが、ミニーにとってはうっとりするような響きがあったらしい。

「まあ！」ミニーが甘い声を出した。ちらっとT・Jを見る。「あなたが彼にそう言ったの？」

「いや……」T・Jがぱっと視線を移して、遠ざかっていくフェリーボートを見た。

「きみたちふたりだけかい？」話題を変えて、たずねる。

「ええ」メグは答えた。「ほかに誰か来る予定だった？」

T・Jはうなずいた。「ジェシカがなんとか最終便には乗るつもりだって、さっき彼女のお父さんから電話があったんだ。たぶん、彼女も大勢の友人たちもきょうは何かの用事で学校に足止めされているんだろう。ぼくらに合流するのは明日になりそうだね」

「チアリーディングだよ」ブロンドの少年が甲高い声で言う。「時間ぎりぎりまで練習に励んでたんだ」

とたんに、ミニーの全神経が彼に向けられた。「あなた、ジェシカの友だちなの？」

「ええと」子供のような笑みを浮かべて、彼が応じる。「まあ、そんなところかな」

じゃあ、このブロンドの少年はジェシカの新しい遊び相手ってことなの？　それは興味深い。

「すまない」T・Jはそう言って、ブロンドの少年の背中をぽんと叩いた。「紹介が遅れた。彼はベンだ」

「いいんだよ」ベンの青色の瞳がメグに向けられた。ベンにはどこかおおらかでくつろいだ様子があって、メグはたちまちこの男の子のことが気に入った。「きみはメグだよね？」

「そうよ」メグは答えた。落ち着かなげに足を踏みかえる。ベンが自分とミニーのことを知っているなら、見知らぬ招待客がみんなで自分の噂をしていたのではないか。ふとそんな気がしてきた。

「ふたりはMとMのコンビだね？」ベンが笑った。「かわいいな」

ベンのほうに注意を向けたまま、ミニーがメグの手を握った。「中学一年生のときに出会ってからずっと親友同士なのよ」

ベンはミニーにほほ笑みかけたままだ。「きみの荷物を運んであげようか？」とたずねる。

「あら」ミニーはそう言って、T・Jを一瞥した。「紳士ね」

T・Jは取りあおうとしない。ベンがミニーのバッグ類を肩にかけるうちに、T・Jはメグのコートの袖をそっと引いた。「こっちだ」

T・Jは足早に桟橋を歩いていく。歩幅が広いので、あとからついてくるミニーとベンのあいだにすぐさま距離が広がっていった。メグは遅れまいと懸命に歩いた。T・Jとふたりきりになるのをなんとしても避けてうしろでミニーと一緒にいたい、という気持ちもある。しかし、何かに駆り立てられるようにしてメグは歩いた。自分に向けられたT・Jの笑顔を見たあの瞬間、どんなに彼のことが恋しかったかを悟ったのだ。

ふたりは黙ったまま歩いたが、メグの頭のなかではさまざまな考えが駆け巡っていた。何か言うべきだろうか？ ホームカミング・デーの夜の話を持ちだしたほうがいい？ 彼との約束をすっぽかした理由を説明して、許しを請うべき？ 心からそうしたかった。だが、メグは一言も言えなかった。いつものことだ。

もういまは九月でここから、そして知り合い全員から遠く離れたLAの大学にすでにいるのならいいのに。もう一度人生をやり直し、不器用でぶざまな人間だといつも感じずにいられたら。

T・Jは彼女の前をずんずん進んでいく。木立に近づくと、しょっぱい潮風と浜辺から漂ってくる腐った海藻の悪臭に混じって、なじみのある匂い――クリスマスツリーのマツの香り――がしてきた。メグは深く息を吸った。この二種類の、クリスマスとしょっぱい海の匂いこそ、メグにとって故郷の匂いだった。

　桟橋はさらに島の奥へ伸びていき、木立のなかに姿を消している。だが、T・Jはそのまま進まず、身軽に浜辺に飛びおりた。彼が振り向いてこちらに手を貸そうとしたが、メグはぱっと砂の上に飛びおりた。勢いあまってT・Jのほうに倒れかかりそうになる。T・Jが両手で彼女の腰を支えてくれた。しばらく、ふたりは濡れた砂浜にじっと立っていた。T・Jの手は彼女の腰に添えられたままだ。こうして再び彼のすぐそばにいると、このうえなく心地よかった。ふたりのあいだに亀裂などなかったかのようだ。それほどT・Jが恋しくてならなかったのだ……。

　ミニーの甲高い笑い声が鳴り響くとともに、彼女とベンが桟橋の端に近づいてきた。メグはぶるっと身を震わせてT・Jの腕から離れると、硬く踏み固められた砂の上をそそくさと歩きだした。彼のことを忘れなければ。

　メグは浜辺の途中で足を止めた。木立のあいだに一軒の屋敷が見える。二階建ての別荘の窓という窓すべてに明かりが灯されているらしい。笑い声や音楽が、風に乗って大きくなったり小さくなったりしながら聞こえてくる。

「日が暮れてからずっとあの調子でパーティー三昧だよ」メグの肩のあたりでT・Jの声がした。

「あれはホワイトロック屋敷じゃないのね？」メグはきいた。

　T・Jが横に首を振った。「テイラーズ家の別荘だ。ローレンス岬はこの島の先端にある」

「どうして知ってるわけ？」

「何度かここに来たことがあるから」肩をすくめて、Ｔ・Ｊは答えた。

そうだ。わかってるくせに、メグったら。Ｔ・Ｊがジェシカの親友とつきあっていたときのことだ。

「なんだかほっとするな」Ｔ・Ｊはたたみかけるように話を続けた。「近くでまた別のパーティーが開かれてるって知ってると。そう思わないか？」

「そうだね」実際、確かにほっとする。近くに大勢の人が集まっている家があるとわかっているだけで、メグはやや不安感がやわらぐのを感じた。

「行こう」Ｔ・Ｊに促され、メグは彼のあとについて別荘を通り過ぎた。木々がまばらになってくるとともに、テイラーズ家の室内灯のやわらかいオレンジ色の光に照らされ、前方に細長く土地が伸びているのがわかった。幅六メートルほどの、海面からかろうじて一メートルほど顔を出す格好の細長い陸地が本島から突きだしており、その向こうにローレンス岬がぼんやりと見えている。この細い地峡には皮がはがれて白くなった木の幹の残骸が数十本散らばっていて、さながら巨大な棒取りゲーム《ピックアップ・スティックス》でもやっているかのようだ。

島から切り離された細長い土地は、まわりを荒々しい海に囲まれている。メグはまるで世界の果てまでたどり着いたような心持ちがした。

東岸に大波が押し寄せ、細い地峡は完全に水浸しになってしまった。メグは思わず目を見張った。「あそこを渡らなきゃいけないの？」

「ああ。真ん中に道があるんだ」T・Jが薄暗がりのなかを指さした。

メグの目にはしばらく何も見分けがつかなかったが、波が引いてみるとぼろぼろの手すりらしきものが姿を現した。「あれが橋ということ？」

「まあ、そうだね」T・Jが答えた。「むしろ、一段高くなった足場というか、水に浸からずにすむための歩道デッキみたいなものかな」

再び、今度はさらに激しい大波がやって来て、メグとT・Jは濡れないように何歩かあとずさるはめになった。地峡を渡るための歩道デッキは完全に水没してしまい、砕け散って白く泡立つ波からほんの数センチメートルほど手すりが顔をのぞかせている。からかうかのようにゴボゴボと音を立てながら、波が地峡の左右両側に引いていった。運試しに渡ってみたらどうだ、とふたりを挑発しているみたいだ。

「ほかに屋敷にたどり着く方法はないの？」

「ないね」T・Jが言った。「だけど、そんなにひどいわけじゃない。ぼくらは全員、波と波の合間に走り抜けたんだからな」

「ちゃんと波が見えてるときなら、そりゃあ簡単だったんでしょうよ」

T・Jが両手をコートのポケットの奥まで突っこんだ。輝くような笑みもえくぼも消えて、真剣な顔つきになっている。「わざとぼくに冷たい態度をとってるのか?」

「わたしは……」メグは口ごもった。「そんなつもりじゃ……」

「いや、そのつもりだったんだ。きみのことならわかってるよ、メグ・プリチャード。きみは本当のことしか言わない」

メグは一瞬びくっとした。そのとおりだ。普段は言いたいことの半分しか言えないのに、その裏返しがこれだ。

「なあ」メグが黙っているうちにT・Jが口を開いた。「この週末はぼくらふたりにとってぎくしゃくしたものにしたくないんだ。以前、ぼくらは友だちだったろ? 楽しくやってきたじゃないか」

またしてもその言葉。楽しく。メグは自分の楽しい一面を本当になくしてしまったのだろうか? いや、楽しかったころの自分に戻れるはず。この人と一緒ならとことん自分らしくいられる、そう思える相手と一緒に笑ったり冗談を言ったりする女の子に戻れるはずだ。

「わたしたちはいまも友だちよ」メグは言った。「この週末は一緒に楽しみましょう。約束する」何がなんでも楽しまなくちゃ。

T・Jが片眉をつりあげてみせる。「ほんとに?」

メグは歩道デッキに目を凝らした。薄明かりのなか、引いていく波が白く泡立ちきらめいた。絶好のタイミングだ。

メグの顔にゆっくりと笑みが広がる。「そうよ。いまからね」くるりと向きを変えると、地峡の向こう側へと駆けだした。

4

走っていると、リュックが揺れてメグの腰に当たった。危険な波が寄せてきて沖に流される危険があるというのに、海のほうに注意を向けることすらしなかった。正直なところ、そんなことはどうでもいい。T・Jがいまも彼女と友だちでいたいと思っていてくれたのだから、メグは天にも昇る心地だった。無慈悲な波によって死ぬはめになったとしても、それはささいな代償だと感じられる。

T・Jはホームカミング・デーからずっと彼女に話しかけてこなかった。もう何もかも最悪の状況だった。こちらに詰め寄ってきたミニーのあの顔が脳裏に焼きついて離れない。泣きはらした真っ赤な目、流れ落ちたマスカラのぎざぎざの黒い跡、こけた頬、とがらした口。〝T・Jと一緒にホームカミングのダンス・パーティーに行くのね？〟。

ミニーは泣きながらすごい剣幕で怒りだしていた。五本の指の跡がくっきりと残るほどものすごい力でメグの両肩をつかんだ。〝T・Jと一緒にホームカミングのダンス・パーティーに行くのね?〟吐き捨てるように言い、メグの薄い綿のTシャツ越しに爪を食いこませる。なめまわすようにメグの顔を見つめた。これは自分の友だちのミニーじゃない。長年のつきあいのある相手とは別人だった。理屈の通らない、頭のおかしな人間にすり替わってしまった。その姿はメグにとって途方もなく恐ろしいものだった。

本当のことをミニーに打ち明けようと心に固く決めていたはずが、その瞬間、傷心のミニーを目の当たりにすると、メグにはとても言いだせなかった。ふたりの友情のほうが男の子なんかよりも大切だった。

〝違うよ。そんなはずないじゃない。どうして彼がわたしとパーティーに行きたいわけ?〟

そのあとで、メグは携帯から断りのメールをT・Jに送った。電話すらしなかった。卑怯なやり方だったが、面と向かえば決心が崩れてしまうとわかっていたからだ。

それでおしまいだった。

メグは切なくつらい記憶を頭から追い払った。地峡の反対側に着いてみると、歩道デッキはいつしか、露出した岩の一部に変わっていた。岬は高く突きだし、巨大で、どこか場違いな様子がある。海岸から上へと石段が続いていた。この島の硬い花崗岩《かこう》を削りだしたもので、一段ずつ平らになめらかに磨かれており――メグは石段を駆けのぼりながら、おそらくはこれは人の往来ではなく自然の力によるものだろうと思った——木々に覆われた斜面をのぼる灰色の小道となっていた。

「メグ、もうちょっとゆっくり！」T・Jがうしろから石段をのぼってくる。

「えっ、ついてこられないの、ミスター・フットボール？」メグは笑い声を立てながら応じた。これほどあっさりと以前のようにT・Jとふざけあったりできるなんて意外だった。まるで一度もこんな関係が途切れなかったみたいに。メグは最後の数段を駆けあがり、斜面の頂上にある開けた空間に出た。T・Jがすぐあとに続いた。

「くそっ、足が速いな」息を切らして言う。「きみは作家タイプだからそんな能力があるとは思わなかったよ」

「ハハッ」メグは鼻にしわを寄せ、皮肉っぽく言った。それでもつい笑みがこぼれてしまう。

「きついのぼりだったな」T・Jがメグの背後を指さした。「だけどがんばる甲斐もあるさ。そう思わないか？」

メグは振り返って、思わず息をのんだ。

ふたりの目の前に、ホワイトロック屋敷がそびえていた。灯台とクレオール様式の邸宅を合体させたような建物で、何もない土地にぽつんと白く輝くビーコンさながらにそこに建っている。錬鉄製の欄干に囲まれた屋根つきのテラスが正面玄関から伸びており、屋敷の東側の角のさらに向こうへ続いている。先のとがった切妻の庇が二階と三階両方の窓の上に突きだしていて、母なる自然の猛攻から窓を守っているようだ。建物の中央から巨大な四階建ての塔が姿を見せ、切妻造りのファサードから切り離された別の建造物かのように見える。

屋敷の側面で何かがきらめくのをメグの目はとらえた。目を細くして眺めると、一階部分の壁面全体がいろいろな形状の、きらめく白い石材で覆われているとわかった。白い石屋敷《ホワイトロック》という呼び名は伊達ではなかったらしい。

屋敷の向こうでは、こんもりとした木々の列が急勾配を描いて下へ伸びている。まるで中世の城――野蛮人たちの攻撃を防ぐためにあえて戦略的な立地に建てられた――を思わせる建造物だ。これほど人里離れた、容易に近づけない場所に建つ家を見たことがない。光り輝く白い石やどの窓からも放たれるまばゆい光にもかかわらず、岬に建つこの家が外界から遮断され、どこか寂しげに見えてならなかった。

「こんな場所に家を建てるなんて、ある種、変わった人間だよな？」T・Jが言った。

「わたしが頭のなかで思ってることをずばり口にするのはやめてよね」メグはかすかにほほ笑みながら返した。「気味が悪いじゃない」

「そうなのか？」気味の悪いやつにされかけたのに、メグから最大の賛辞を贈られたかのように、T・Jが満面に笑みを浮かべた。

「なかなかいいんじゃない。自然の力との交わりってとこだ」ベンの声だ。ミニーの荷物を芝生の上におろしてから、うしろに手を伸ばしてミニーが最後の石段をのぼるのを助けた。「そう思わないかい？」

「そうね」ミニーが言った。ぜいぜいあえがないようこらえながら、ようやく石段をのぼり終えた。「自然の力。本当だわ」石段をのぼって体を動かしたせいで、青ざめていた顔がピンク色に上気しており、まるでいまにも心臓が停止して倒れてしまいそうに見える。

T・Jにそっと脇腹を小突かれ、メグは地面に視線を落として笑いをこらえた。

一陣の突風があたりを吹き抜けると、島じゅうの木々がいっせいに目覚め、ざわざわと音を立てた。

「なかに入ったほうがいい」T・Jが言った。「また荒れてきそうだ」

T・Jは先頭に立ってびしょ濡れになった前庭の芝生を横切り、建物に沿って弧を描くように伸びるテラスのほうに向かった。階段をのぼってぴかぴかの白い扉に近づき、それを押し開けた。「戻ったよ！」

そこは屋敷の中心部分から伸びている玄関ホールだったが、まるであとから思いついてつけ足したような造りになっていた。目の前に広がるのは壮麗な大階段だ。天井は上に向かって斜めに傾斜しており、屋敷の数多い切妻部分のどれかにつながっているらしい。玄関ホールの白い壁はむきだしで、派手な黄色のレインコートが二着ほど掛けてある一列に並んだコート掛けと、反対側の壁に低いエントリーテーブルがあるだけだ。

「よお！」玄関ホールの向こうからまたしても聞き覚えのある声がして、重たい足音が聞こえてきた。「ジェシカと女子たちは――」

ガンナー・シールズが戸口に姿を見せた。射撃手《ガンナー》と盾《シールズ》。メグにとって一番のお気に入りの〝最高に不運な名字と名前の組みあわせ〟だ。この名前を思い浮かべるだけで、いつも心のなかでくすっと笑ってしまう。

ここはシアトルでいまは二月だというのに、ガンナーは真っ黒に日焼けしており、太陽にさらされ色褪せた髪が両耳にかかっている。例によってお決まりのファッションだ。ノースショアのロゴ入りTシャツにだぶだぶのジーンズ、ビーチサンダル。ガンナーにとっては毎日が〝いい波が来てる《サーフズ・アップ》〟なのだ。

ミニーを見たとたん、小麦色に焼いた肌の下でガンナーの顔が赤くなるのに、メグは気づいた。「やあ」ガンナーがぼそりと声をかけた。

ミニーはベンの腕にべったりと寄りかかり、ほほ笑んだ。「ハロー、ガン・ショー。この週末、あなたがここに来るなんて知らなかったわ」

ガンナーが肩越しにちらっとうしろを見た。「ああ、その……えっと……」しどろもどろになっている。

「ジェシカはまだだ」T・Jが口をはさんで、ばつの悪そうな親友を窮地から救った。「明日の朝まで待つことになりそうだ」

「そうか」ガンナーはベンに向かってうなずき、言った。「ついてないな」

ベンはミニーをちらりと見た。「なんとかやっていくさ」

ミニーがくすくす笑い、ベンの腕にさらにぎゅっとしがみついた。やれやれ。パーティーの主催者の恋人とくっつこうなんて、たぶんミニーにとってきょう最高の思いつきとはとても言えないだろうに。

「ねえ」小柄なアジア系の少女がガンナーの背後にそっと近づいてきた。パンク系のベリーショートに黒のTシャツ、ストライプ柄のアームウォーマーという格好で、赤紫色のメッシュを入れた髪がばさりと目にかかっている。「キッチンのほうを手伝ってほしいんだけど」

ガンナーと〝赤紫色の髪〟が角を回って姿を消すとともに、ミニーが身をこわばらせるのがメグにはわかった。T・Jも気づいたにちがいない。「こっちだ」彼は階段をのぼっていく。「部屋に案内するよ。そのあとでほかのみんなに紹介しよう」

T・Jのあとについて狭い階段をのぼりながら、メグはほっとしていた。ガンナーに新しい恋人ができたのだ。よかった。彼の人のよい、ちょっとおばかなところに、メグはいつも好感を抱いていた。それにガンナーはミニーを崇拝しきっていたのにミニー本人は彼のことを歯牙にもかけておらず、そのことを知っていたメグは、少しうしろめたく感じていたのだ。ガンナーがふんぎりをつけて、新しい恋を見つけたのがうれしかった。

無意識のうちに、メグはT・Jのほうに視線を向けていた。どうして自分もふんぎりをつけられないのだろう？ 屋敷までのぼってくるとき、ふたりで親しげにからかいあった……それは、あの惨憺たるホームカミング・デー以来、初めて心から幸せを感じた瞬間だった。けれどT・Jのことはあきらめなければ。仕方がない。彼は浮気者の遊び人で――ミニーが繰り返し指摘しているように――ふたりはお互いに遠く離れた大学に進学するのだし、何よりも自分の親友が彼に恋しているのだ。三つもハンデがある。未練を捨てて、次に進まなければ。

T・Jがメグの視線に気づいて、にっこり笑った。「きっと部屋が気に入るはずだよ」

こんなふうにしょっちゅう笑顔を向けられたら、どうやって彼のことをあきらめたらいいのだろう？

「あら、ホスト役にでもなったつもりなの？」ミニーが言った。とげのある口調だとメグは思った。

「いや」ベンが答える。「ここに着いたら、玄関ドアに鍵がかかってなくて、テーブルの上にメモがあったのさ。〝どうぞくつろいで〟ってね。だからそうしていたんだ」

T・Jがうなずいた。「無線LANも衛星放送も完備されてる。Xボックスもある。それに冷蔵庫も満タンだ。食べ物、ジュース、ビール」

「ビールがあるの？」ミニーが口を開いた。

メグは思わず首を振った。それだけはやめてほしい。酔っぱらったミニーは最悪だ。たいていちょっと……意地悪になるし、酔えばきまって大笑いして、転んで、男といちゃいちゃして、金切り声をあげて大騒ぎし、拳をふりあげてケンカになり、そして泣きじゃくるというパターンだった——順番はいつもこの通りとは限らないが。

「落ち着いて、フランク・ザ・タンク（映画『アダルト♂スクール』に登場する、ビールをがぶ飲みするキャラクター）」メグは言った。「せめて荷物を片づけてからビールをショットガン飲みしなさいよ」

ミニーはそしらぬ顔をしている。「どこに向かってるの？」

「T・Jがきみらのためにこの部屋をとっておいてくれたんだ」ベンが階段を上がった先の塔のてっぺんを指さした。「ふたりが気に入るだろうからってさ」

メグは階段を回ってのぼりながら、ちらりとT・Jを見た。黒い肌のせいではっきりしないが、頬がほんのりとピンク色に染まっているのでは？

正方形の塔内をらせん状に上がるにつれて階段の幅が狭まり、四方の壁が迫ってきた。カーテンのない窓から入る光が、天井に向かってずっと続く階段を含めて塔内全体を照らしている。T・Jのあとについて階段をのぼっていくと、てっぺんに屋根裏部屋が現れた。こぢんまりとした部屋でツインベッド二台、イージーチェア、ドレッサー、姿見が備えつけられている。だが、メグにとっての最大のセールスポイントは、四方の壁全面に大きな窓が並んでいることだ。湾の向こうのロシュ港の明かりが、低く広がる霧越しにうっすらとかすかに見えている。別の窓からはテイラーズ家の別荘の明かりがちらちらと躍っているのが望めた。朝になるのが待ちきれない。息をのむような絶景が楽しめるだろう。

「わたしたち、ここで寝なきゃいけないの？」ミニーが部屋を見まわして言った。「バスルームもないじゃないの」

「二階にある」T・Jが応じる。「もちろん、気に入らないなら別の部屋にしてあげるよ。ジェシカたちが明日到着すれば、どのみち部屋の割り振りをやり直さないといけないだろうから」

「ううん、ここでいい」メグは言った。

「だけど――」ミニーが反論しようとする。

メグはそれをさえぎった。「わたしたちはここでいいから」子供のころ、お城の小塔に憧れていたメグにとっては夢のような部屋なのだ。みんなから離れてここにこもって、ノートパソコンで文章をつづったり、日記を書いたりする自分の姿を思い描いた。完璧だ。ミニーに邪魔をさせてなるものか。

ミニーは階段に近いほうのベッドにどすんと腰を下ろした。「わかったわよ」

「用意ができたら、下に来てくれ」T・Jがそう言って、ベンのあとについて階段を下りていく。「みんなでディナーの準備をするんだ」

5

「ベンってすてきだよね」リュックのファスナーを開けながら、メグは言った。

ミニーが肩をすくめる。「まあ、そこそこってとこね」

「そこそこ?」

「そう言ったでしょ」

ミニーがご機嫌なのも、もうおしまいということか。「彼のこと、気に入ってるんじゃないかと思ったけど。浜辺からこの屋敷まで、ミニーにすごく優しくしてくれたんだし」

「そうね」

メグは眉根を寄せた。ミニーはわざとそっけないふりをしているのだ。さっそくベンに狙いをつけたくせに。メグにはわかっている。「背が高くて、青色の瞳で、ミニーと同じブロンドの髪。好きじゃないところなんてある?」

「山ほど」ミニーはクローゼットを開けて、なかを吟味している。

「たとえば?」

「まず、あのブロンドは染めてるのよ――まつ毛が黒いもの」

「へえ」さすがミニーは目のつけどころが違う。メグには思いもつかなかった。「ふたりはお似あいだなと、わたしは思っただけ」

ミニーがくるりと振り向いた。「何よ、九月になったらわたしを見捨てるつもりで、それまでに誰かに押しつけようとしてるわけ?」

一瞬、メグは言葉を失った。まさかその話をここで持ちだされるとは思わなかった。

「そうでしょ?」ミニーが問い詰める。

「なんのこと?」

「わたしを置いていくから、その前に誰かに厄介者を押しつけたいんでしょ?」

「置いていくとかそういうのじゃない! わたしは大学に行くだけよ」こんなふうに言い争いだすと、ふたりがまるで離婚直前の夫婦みたいに聞こえる。

「地元の大学に行けばいいのに」

「U・Dubのクリエイティブ・ライティング・コースには受からなかったから」メグは嘘をついた。「知ってるでしょう」

ミニーは口を開いて反論しようとしたが、どうやら思い直したらしい。唇をぐっと結んで、不意にそっぽを向いてしまった。

メグは荷ほどきに戻った。メグが出願した大学は、もっとも近いところでもシアトルから一千五百キロメートル以上離れていた。ミニーはそのことを本当は知っているのだろうか？　いや、それはあり得ない。メグが出願した大学を知っているのは、出願費用を支払うために小切手を切ってくれた母親だけだ。メグが自分にべったりの親友から遠く離れた大学へ進学することを望んだ人がこの地球上にいるとしたら、それは母親だけだ。

「T・Jとずいぶん仲良しみたいね」ミニーが唐突に言った。

そのことを気にしていたのか。T・Jが桟橋から屋敷まで案内してくれてからずっと、メグはこうなることを恐れていた。ミニーは、ベンからちやほやされれば、T・Jからすげなくされても気にならないのではないかと思っていたが。

そんなにうまくはいかないか。

「ミニー、やめてよ」

「えっ？」ミニーはキャリーバックから肩ひものないドレスを引っ張りだして、ベッドの上に広げた。「見たことをそのまま言っただけなのに」

メグはTシャツ何枚かとジーンズをリュックから出して引き出しに押しこんだ。日記とノートパソコンはリュックの底に残したままにする。「T・Jには興味がないんだけど」

「またまたあ」ミニーの声には歌うような響きがあったが、メグはだまされなかった。T・Jからすげなく拒絶され、ミニーは傷ついている。それで食ってかかっているのだ。「あなたたち、すっごくいちゃいちゃしてたように見えたわよ」

ホームカミング・デー以来、この話をしていなかった。ふたりともあの夜の出来事すべてに触れることなく、うやむやにしておきたかったから。いまのいままでは……。

「彼とはただの友だちだよ、ミンス」メグは言った。

「友だちならホームカミングのダンス・パーティーに誘ったりしないわよ」

「ダンスには誘われてないってば」メグは反論した。あの夜のことならもう数え切れないほど嘘をついたから、いまでは嘘がすらすらと口から出てくる。「あの晩は風邪を引いて家にいたんだから」そう、〝傷心〟の風邪だけど。あの夜は風邪のふりをしてずっと家にこもり、悲痛と苦悩に満ちた、愚にもつかないたわごとを日記に書きつづったのだ。

「約束する?」

メグは笑顔をつくった。またしても守れるはずのない約束をする。「ミニー、約束する。わたしはT・J・フレッチャーに興味なんかない。指切りするから」

メグが小指をさしだすと、ミニーは意地悪な態度をもうやめにするかどうか決めかねているのか、ほんの一瞬、その指をじっと見つめていた。それから、いかにもミニーらしく衝動的にメグの首に両腕を回して抱きつき、頰にキスをしてきた。

「ごめんね」ミニーがそう言って、ため息を漏らした。「彼を見たら、ちょっと動揺しちゃったみたい」

「わかってる」

「そのこともあるし、それにあなたにも捨てられるし……」

メグはかぶりを振った。「ミンス、わたしは何もあなたを捨てるわけじゃないからね」

「だけど、いなくなるじゃない」

確かにそれは単純明白な事実だ。メグはいなくなる。七カ月後にはＬＡで新生活をスタートさせる。メグがいくらミニーの前でそんなことは起こらないというふりをしていても、ふたりともそれが事実だとわかっている。

「ヨーロッパかどこかにでも行くわけじゃないし」メグは言った。

「同じようなものでしょ」ミニーがいつものようにふくれっ面をして下唇を突きだした。この仕草をされると、男の子たちは冷や汗をかくことになる。「新しい親友を見つけて、わたしのことなんかすっかり忘れてしまうんだわ」

「じゃあ、答え（Ａ）そんなことにはならない。答え（Ｂ）そんなことにはならない」

「約束する？」

「ええ、ミニー」

「ティージのこと好きじゃないのね？」

「さっき指切りしたでしょう？」

ミニーは一瞬、メグをぎゅっと抱きしめてから、身を離した。「だって、もし彼に興味があるんなら……」

「ミニー！」

「もしそうなら」にやにや笑いながら、彼女が続ける。「忠告しとかなきゃと思って――彼のはすっごく大きい――」

「ミンス！」メグは人さし指で耳をふさいだ。T・Jの男性の部分について、誰かから、ことにミニーの口からは直接聞きたくない。ミニーとT・Jがパーティーで酔いに任せてセックスしたなんてことは知りたくもなかったのだから、ましてやそれを再現してもらいたいはずがない。「聞かない、聞かない、聞かない」

ミニーが大笑いしてベッドに倒れこんだ。「だって――」あえぎながら言う。「初体験ならたぶん――」

「聞かないってば！」

ミニーはベッドの上で仰向けになり、ますます大笑いする。メグもいつしか笑いだしていた。自分のベッドに仰向けに倒れこみ、親友とふたり、一日の緊張や疲労がすっかり消えるまで小さな子どもみたいにげらげら笑いつづけた。こんな瞬間には、どうしてミニーのことが大好きなのか、その理由を思いだせる。ふたりの人生はすでに異なる方向へ進みはじめていたが、根っこの部分ではふたりはいまも出会った頃と変わらない。昔と同じばかげた冗談に笑い、互いに守りあう、どうしたって絶対に切っても切れない親友同士なのだ。

笑いがおさまったところで、ミニーがメグのほうに手をさしだした。「ごめんね」

メグは親友の手をしっかり握りしめた。「わかってるって」

「わたしたち、まだ友だちよね？」

「ずっと友だちだよ」

「よかった」ミニーがベッドから起きて、スカートのしわを伸ばした。「下に行きましょうよ。おなかがペコペコだわ」

6

ミニーとメグが一階に向かってらせん階段を下りていくと、笑い声が吹き抜けまで聞こえてきた。ふたりは廊下を通って屋敷の奥へ行き、広々としたファミリー・ルームに出た。そこには張りぐるみのソファや安楽椅子といった家具がいたるところに置かれている。壁には書架が並んでいた。薪の燃えている暖炉の上には五十インチの巨大なプラズマテレビが設置され、その画面には最新の〝ゾンビ皆殺し－宇宙人侵略－ファーストパーソン（一人称視点）シューティング－世界の終末－ビデオゲーム〟が明々と映しだされている。

ふたりの少年がコントローラーを手にして向かいあわせにソファにすわっており、どちらも目はゲームの画面に釘づけになっている。ひとりは典型的なひょろりとしたスノーボーダー・タイプで、週末はたいていパパとママの財布を当てにしてウィスラー（カナダのスキーリゾート）で遊んでいるのだろう――体にぴったりした保温性のあるシャツにだぼだぼのジーンズという格好で、くしゃっとした長髪が目にかかるたびに乱暴に頭を振ってそれを払いのけている。もうひとりはサモア系の少年だ。ずいぶん体が大きい。全米プロ・フットボール・リーグ《NFL》のラインバッカー並みの大きさだ。

メグたちが部屋に入ると、ひょろりとした少年のほうが目の端でちらっとふたりを見た。二度見してから、ゲームを中断する。

「お嬢さん方」彼が言った。「〝楽園〟へようこそ」

こんな辺ぴなところでふたりの男の子がビデオゲームに興じているのが〝楽園〟なら、メグはそんな楽園よりもたとえばオールドパサデナ（カリフォルニア州の歴史的地区）みたいな場所を選ぶつもりだ。

ミニーがほっそりとした手を腰に当てた。「〝楽園〟にはビア樽はあるのかしら？」

「瓶ならね」ひょろりとした少年がそう答えて立ちあがった。ホリスター（サーファーテイストのブランド）のTシャツの下に手を入れて腹をかきながら、視線をミニーからメグに移した。

「きみも飲むかい？」

「この子は飲まないわ」ミニーが言った。

「そりゃ残念だな」メグをしげしげと見つめたまま、その顔にずるそうな薄笑いを浮かべる。「口はきけるのかい？」

メグは思わず眉をひそめた。見知らぬ人たちの前で恥ずかしい思いをするのはごめんだし、相手の自分を見る目つきにも我慢がならなかった。「必要なときにはね」

「おおー」彼が指をひらひらさせながら言った。「生意気なブルネットだ。パパ好みの」

おえっ。

〝ＮＦＬのラインバッカー〟が彼の友だちがすわっていたソファのあたりを蹴った。

「おい、ゲームを最後までやろう」

「わかった、わかった」彼はそう応じて、また腰を下ろした。メグに向かって薄笑いを浮かべたままだ。「続きはまたあとでな」

ミニーがメグの手をつかんだ。「行きましょ」

Ｌ字形の部屋を横切っていくと、屋敷の北側に沿って配されたとてつもなく大きなステンレス製キッチンのところにほかの招待客たちが集まっていた。

ガンナーと〝赤紫色の髪〟が、カウンターの上に置かれたｉＰｏｄのスピーカー二台から鳴り響くエレクトロ・メタル曲に合わせて踊っている。ふたりの体はぴたりと合わされていた。〝赤紫色の髪〟は片手をガンナーの首にだらんとかけて、もう一方の手でステラ（ベルギー産ビール）の瓶を持っている。ベンはといえば、やはりビールを手にして奥の壁にもたれており、長身で骨ばった顔立ちのアジア系の、体のわりに手足が長すぎる印象の女の子と談笑している。さらに、『ステップフォード・ワイフ』（二〇〇四年のアメリカ映画）っぽいブルネットの地味な短いボブカットに、ジェイクルー（カジュアルファッションブランド）

の飾り気のないピンク色の、首までボタンをとめたカーディガン姿の女の子が、つま先立ちになってキッチンの戸棚の中身を調べている。

T・Jは中央のアイランド式カウンターのバースツールに腰かけていた。ふたりが入ってくるのを見るやいなや、ぱっと立ちあがる。「やあ!」

五人の顔がいっせいにふたりのほうに向けられた。ただひとり、ガンナーだけが視線をそらして、冷蔵庫のドアの一点をじっと見ている。

「部屋はどう? 落ち着いた?」ベンがたずねた。iPodのところに行き、スピーカーの音量を下げる。彼の視線が自分にとまることなく、真っすぐにミニーに向けられたことにメグは気づいた。

「そうねえ」彼の笑顔ににこにこと応じながら、ミニーが言った。「すごくすてきだわ」

メグはくすっと忍び笑いをした。

T・Jが彼女の肘に触れた。「何か飲むかい?」

「いいえ」メグは言いかけた。「わたしは――」

「わたしは喜んでいただくわよ」ミニーは冷蔵庫へと一直線に向かっていき、勢いよくドアを開けた。あまりの勢いに、ドアポケットに入れた調味料の瓶がぶつかりあってカタカタと音を立てる。彼女はざっとなかを見て、鼻にしわを寄せた。「ビールはどこなの？」

始まった。「ミニー、何かおなかに入れてからのほうがいいんじゃない？」

「いいえ、けっこうよ、ママ」意味ありげにほほ笑んで、ミニーが答えた。「自分でちゃんとやれるから」

「ぼくが取ってこよう」ベンがキッチンのドアから、塀で囲まれたテラスへ飛びだしていった。冷蔵庫を開ける音がメグにも聞こえたかと思うとすぐに戻ってきて、勢いあまって転がりそうになりながらミニーにビールを手渡した。彼に栓を開けてもらうあいだ、ミニーは慎み深いふりをして目を伏せ、マスカラを塗ったまつ毛をぱちぱちさせていた。この姿を見たら、これから社交界デビューを飾る南部の令嬢さえも舌を巻いただろう。ミニーはさしだされたベンの手からビールをつかむと、まるで男子学生社交クラブの軽薄な男子みたいにごくごく飲んだ。お上品だ。

地味なボブカットの女の子が冷蔵庫を開けて、ミニーのせいで傾いた調味料の瓶類を直した。それから身をかがめて、下の引き出しを開けた。「誰かここにキュウリを見ませんでしたか？」

〝赤紫色の髪〟が鼻を鳴らした。「なんでキュウリが欲しいの？　男なら家じゅうにいっぱいいるじゃないの」

ミニーとベンがぷっと吹きだしたが、〝地味なボブカット〟は庫内を探しつづけている。「サラダに使うんです」と答えただけで、まったくジョークを解さないようだ。

「そりゃあそうでしょうとも」ミニーはそう言って、ベンのおなかを人さし指で突いた。

〝赤紫色の髪〟がガンナーの顔をのぞきこんだ。「じゃあ、あの子があなたの元カノってこと？」あまり上手とはいえないひそひそ声できいた。

ミニーがビールを飲む手を止めた。「ちょっと、わたし、この部屋にいるんだけど」

メグはびくりとした。まだビールを一本も空けてないというのに、ミニーはすでにケンカ腰だ。

「えっと……」ミニーが昔の彼女なのかという単純な質問なのに、ガンナーは面食らったらしく返答に詰まっている。「まあ、そうだね。だけど、すっかり終わったことだ」

「すっかりね」ミニーが同意する。その意味を強調するかのように、手を伸ばしてひょろりと長いベンの腕を指でなでおろした。「その人のことは、どうぞ好きにしてちょうだい。そんなに欲しいならね」

〝赤紫色の髪〟が背筋を伸ばして身構える。「いったいどういう――」

「わたしはメグよ」メグは慌てて前に立ちはだかった。〝赤紫色の髪〟がつかつかと部屋を横切ってきて、ミニーの顔に平手打ちを食らわすのを防ごうとする。「ミニーとわたしはカミアック高校に通ってて、ガンナーとは同級生でね。ええと……」メグはちらっとガンナーを見た。彼の顔は真っ赤に染まっている。「たぶん、もう知っていたとは思うけど」

〝赤紫色の髪〟はさしだされたメグの手をしばらく見つめてから、ためらいがちに自分の手を伸ばしてきた。「クミコよ。シアトルのルーズベルト高校に通ってる」〝地味なボブカット〟を指さした。「彼女はビブ」

〝地味なボブカット〟が大きな音を立てて戸棚を閉めた。「ビビアンです」ときつい口調で返す。

「そうだった」照れ笑いをしながら、クミコが言った。「ごめん」

ビビアンはそれに取りあわず、続けた。「マリナー高校の二年生です」

「マリナー高校？」ミニーが口をはさんだ。「ロッカー室で死体が発見されたとこよね」

ビビアンがたじろいだ。「そうですけど」

「まだ身元は判明していないの？」メグはきいた。自分の子どもが亡くなっていることを知らないなんて、家族が気の毒でならなかった。

「まだなの」長身のアジア系少女が答えた。「わたしたちがフェリーに乗ったときには、誰も行方不明とは報じられてなかったわ。あとで最新のニュースをチェックしたほうがいいわね」

T・Jがメグの腰のくびれに手を添えた。「彼女はローリ」と小声で言う。

「ぞっとするわよね」クミコが言った。

ビビアンは入れ子式に重ねたボウルをカウンターの上に置いた。「そうですね。火曜日の授業がなくならないといいけれど」

本気なの？　自分が通う高校の敷地内で誰かが殺害されたというのに、授業が休みになるのが心配なのだろうか？

「火曜日は授業があるとも」ベンが言った。彼はミニーの背中をなでている。

ビビアンがくるりと振り向いた。「あなたはマリナー高校の生徒ですか？」

「そうだよ」

「本当に？」

「そうよ」ローリが言った。「学校で見かけたことないの？」

ビビアンが目を見張った。「待ってちょうだい。あなたもマリナー高校の生徒ですか？」

ベンが笑った。「そうとも。知らなかったのかい？　ローリは去年の春の合唱コンサートではソリストを務めたんだ」彼女にほほ笑みかける。「ところで、きみはすごかったよ」

ローリの顔がぱっと明るくなる。「ありがとう」

「そうですか」ビビアンはちっとも納得していないようだ。ふたりが自分と同じ学校に通っているのに知らなかったなんて、そんなはずがないと思っているらしい。

クミコがカウンターに寄りかかった。「ふたりがどこの高校に通ってるか、嘘をついてると思ってるんじゃない?」

「わたしがそう言いましたか?」

「まあ、そう聞こえたかな」メグはぽろりと漏らしてしまった。T・Jが笑った。

「そうね」ローリがやんわりと言った。「わたしたちはディベート部の一員じゃないから、気づいてもらえなかったのかも」

一蹴するように、ビビアンはリビング・ルームに向かって片手を振った。「あのふたりなら知っていますよ。あの人たちはディベート部に入っていないけれど」

ひょろりとした少年がキッチンに走ってきた。「あのふたりって?」立ち止まらずにテラスのビール用冷蔵庫へと一直線に進んだ。大柄の友人のほうは、黙ったままのそのそとキッチンに入ってきた。

「あれはネイサン」T・Jが教えてくれた。それから〝NFLのラインバッカー〟のほうに向かってうなずいた。「こっちはケニー」

ネイサンが片手に二本ずつビール瓶を持って戻ってきた。メグに向かって満面に笑みを浮かべてみせる。「元気か、ベイビー？」

おえっ、おえっ。

T・Jが身をこわばらせるのをメグは感じた。「こちらはメグだ」

ネイサンはビール瓶をつかんでいる手を上下に振って、握手のまねをした。「もう会ったぜ」それからT・Jの腕を肘で突いた。「ここでの、かわいこちゃんたちと野郎どもの割合を考えてたんだ」

かわいこちゃんたち？　本気で言ってるの？　メグは舌を噛んでぐっとこらえた。嫌な奴って声に出しちゃだめ。嫌な奴って声に出しちゃだめ。

「ジェシカがチアリーディング・チームの半数を連れてきたら、さらにおれたちに有利になるよな？」ネイサンがなおも続ける。

「メグはカミアック高校の生徒なんだ。ぼくと同じね」T・Jは相手の質問を無視して言った。メグの思い過ごしだろうか。T・Jは最後の言葉をやけに強調したようだ。

ネイサンは数歩あとずさった。「俺は好きだな」メグにはそれが自分のことなのか、女の子たちみんなのことなのか釈然としなかったが、ぞっとしたことにネイサンはそれ以上何も言わなかった。「よお」そう声をかけて、ケニーにビール瓶を放り投げる。

「何だよ、ここは図書館か何かか？　クソ楽しいパーティーのはずだろ。大騒ぎしようぜ！」

ネイサンは跳ぶようにスピーカーのほうへ行き、音量をあげるや、ビールを半分ほど一気に飲んだ。それからビビアンの腰に手を回して、盛りのついた雄犬みたいに彼女にまとわりつきはじめた。

「やめなさい！」ビビアンが金切り声をあげた。どぎまぎしているようだが、ネイサンから本気で逃れようとしているようでもない。

「いいじゃないか、セクシー・ママ」ネイサンがまるで女のヒモみたいに甘い声を出した。「その首にかけた真珠のネックレスを引きちぎってワイルドにいきたいだろ？」

嫌な奴のネイサンととりすましたビビアンのカップルだなんて、考えただけでメグは笑いがこみあげてくる。あまりにばかげた思いつきで、小説のアイデアとして使うにもいくらなんでも嘘っぽかった。ガンナーとクミコもダンスに加わり、ケニーは無言でキッチンを横切り、ローリのそばへ行った。彼女の耳もとに何やらささやくと、ローリの顔が耳まで赤くなった。

あちらではミニーとベンがテラスに出て、いつしか完全に姿を消していた。これはまずい。

「大丈夫かい」T・Jがきいた。

メグは首を伸ばして、ミニーが何をする気かちらっとでも見ようとした。「ええ、大丈夫よ」

「楽しんでる？」

「もちろん」メグは嘘をついた。「ほら、人間観察をね」

Ｔ・Ｊが笑みを浮かべ、えくぼを見せた。「作家だな」

ビビアンがようやくネイサンから身を引き離した。「このばか」彼女が言う。「こんな奴と一緒にパーティーに出るはめになるなんて。どうして？」ところが、彼女の目が笑っているのをメグは見逃さなかった。

「理由はみんなと同じでしょう」ローリが答える。「ジェシカ・ローレンスからの誘いを断れるはずないのよ」

ネイサンは息を切らして中央のカウンターにもたれ、もう一本ビールを開けた。

「よかっただろ？」

ビビアンはそしらぬ顔をしている。冷蔵庫のドアをぐいと開け、メグをちらっと見た。「あなた、料理はできる？」

メグは唇を噛んだ。家庭内では、メグはキッチンへの出入りを許されていない。それは周知の事実だ。一家の夕食作りに彼女が関わるとたいてい、やれボツリヌス中毒だ、やれ消火器だ、といった大騒ぎになる。「あんまりしないかな」

ビビアンは冷蔵庫からレタスを二袋取り出して、カウンターの上に軽く投げた。

「わかりました。サラダならできるでしょう」

それはどうも。

7

ビビアンがキッチンで夕食の生産ラインを取り仕切りだすやいなや、ネイサンとケニーはリビング・ルームへ慌てて逃げだした。クミコとローリはそれほど幸運ではなく、ガーリック・トーストの担当を割りふられた。T・Jはパスタソースをかき混ぜている。ガンナーはクミコを〝手伝い〟、バゲットにガーリック・バターを塗るのに没頭しており、その合間に思いだしたように深鍋の水がまだ沸騰していないかどうか確かめている。

ミニーとベンはいまも行方不明のままだ。ああもう。ミニーがジェシカの恋人という仲になっているという噂がジェシカ本人に伝わったら、これはもう大惨事になるだろうに。

「どこかでいちゃついてるだけだよ」T・Jが言った。「心配いらないさ」自分がふたりのことで動揺していると、T・Jにはわかったのだろうか？

「彼はジェシカとつきあっているんじゃ？」

「かなりカジュアルなつきあいだと思う」

「そう」カジュアルな関係という概念が、メグには理解できなかった。大勢の男の子とデートしていても、その誰にもまったく縛られない女の子たちがうらやましい。彼女たちはつねに堂々としていて、このうえもなくハッピーなように見える。絶対に手に入らない男の子に恋わずらいしているようなメグとはまるで別の人種だった。その男の子はすぐ隣でコンロの前に立ち、瓶入りパスタソースを鍋に移したものを物憂げにかき混ぜている。どういうわけか、その姿がメグにとって最高にセクシーに見えてきた。女性向け映画の世界に迷いこんだような気がしてくる。セクシーで憂いに満ちた男たちがこぞって彼女にテニソン(十九世紀のイギリスの詩人)の詩を読んで捧げようとし、さらにイタリアの別荘で豪華な食事を用意してくれて……。

やめなさい。しっかりしなければ。メグは冷蔵庫を開けてサラダの材料を探した。ひんやりした空気に触れれば、性ホルモンによる妄想から目が覚めるだろうとひそかに期待したのだ。トマトをいくつか取って、サラダ作りに戻ることにする。

「大学はもう決めたのかい?」T・Jがたずねた。メグは鋸歯のナイフでトマトを切ろうと格闘している。「三つの大学のライティング・コースに志願したんだよね?」

キュウリに手を伸ばしながら、メグはにっこり笑った。T・Jはそのことを覚えていてくれたのか?

「それで?」T・Jが言った。頰のえくぼが躍っている。「もったいぶらないで教えてくれ」

「UCLAに行くの」

ビビアンがまるで魔法みたいにメグの肩越しに現れた。「うーん」サラダの材料を吟味しながら、彼女が指示する。「キュウリはあまり大きく切らないで。窒息の危険性がありますから」

「やってみるわ」わたしたちが何歳だと思っているのだろう? 六つの子どもだとでも?

「それから、夕食の準備が全部できるまでクルトンは絶対に加えないように。べちゃっとなりますからね」ビビアンはパスタソースのチェックに移った。「塩を一切加えてはいけませんよ。あの瓶のナトリウム含有量はすでにとんでもなく高かったので」

「かしこまりました、奥さま」T・Jが敬礼のポーズをとってみせる。

ビビアンは眉間にしわを寄せたが、夕食のほかの分担に対しても仕切りたがり屋の性質を発揮すべく、すたすたと行ってしまった。

メグはキュウリを彼女のお尻に突っこんでやりたくなった。T・Jがコンロの火を小さくして鍋にふたをした。「なんだか、面白そうな女の子だな」

「〝面白そう〟が〝疲れそう〟っていう意味ならね」メグは無意識のうちにそう口に

した。

T・Jがほほ笑んだ。「ほらね、どうしてみんなの前でもそんなふうに言えないんだ？」

頰がかっと熱くなるのをメグは感じた。頭のなかで思ったことを口にできない自分の性格をT・Jに批判されたくなかった。「何もかも言う必要はないから」それはメグの母親の口癖のひとつだった。

ああもう。ママの口癖をそのまま言うなんて。

「きみはすごくいいツッコミを返してくることがあるんだよな」

「それはどうも」

T・Jはガンナーにほったらかしにされ、すでにぐつぐつ沸騰している鍋に大きな箱入りのスパゲティを放りこんだ。「思ったことを口にするのを怖がっちゃいけない」

「何それ、わたしのセラピストにでもなったつもり？」

T・Jの笑みがいっそう大きくなる。「ほらね、きみは最高だよ」

「いいかげんにしてよ。ほんとに」

T・Jがパスタソースをかき混ぜた。「ぼくらはお隣さんも同然になるっていうのに」

いきなりそんなふうに言われて、メグにはいったい何の話か見当もつかない。「えっ？」

「聞いてなかったのか？」

もちろん、聞いた覚えはない。「わたしは何も——」

T・Jは眉根を寄せた。「てっきりミンスから聞いてるかと思っていたよ」

「ううん、何も」

「ぼくは南カリフォルニア大学《USC》に進学する。奨学金が全額支給されるんだ。一年目はたぶんレッドシャツ（まだ公式戦に出場していない選手）になるだろうけど、大学側は試合に出場するチャンスをくれるという話なんだ」

「U‐Dubに行くんだとばかり思ってた」

T・Jが肩をすくめてみせる。「気が変わったんだよ」

なんと。だから、お隣さんということか。ふたりともロサンゼルスに行くのだ。メグは胸がどきどきしてくるのを感じた。

T・Jが彼女の肩に手をそっと置いた。「なあ、お互い、ほんの数キロしか離れていないところにこれから住むんだから……」

そんなつもりはなかったのに、メグはいつしか彼に顔を寄せていた。「それで？」

T・Jが真っすぐに目を見つめてくる。「せっかく近くにいるなら、ぼくらふたり——」

「ソースができたら」ビビアンがダイニング・ルームから叫んだ。「テーブルの用意をしてもらえますか？」

T・Jはメグの肩から手を離した。「お呼びがかかった。またあとで話そう」

T・Jがダイニング・ルームに姿を消すと、メグは切った野菜をボウルに入れた。

危ないところだった。T・Jに心を動かされまいと決心したのに、初の大きな試練にさっそく決意が揺らいでしまうなんて。これはまずい。ビビアンが邪魔してくれて助かった。

一方では、あの偉そうなタイプA性格（短気で負けず嫌い、完璧主義）の知ったかぶり屋に邪魔されたのかと思うと腹立たしくてならない。本当だったの？　さっきのは本当だったの？

メグは腹いせにクルトンをサラダドレッシングといっしょくたにボウルに入れて、すっかりぐしょぐしょになってしまえと心のなかで願った。

ミニーとベンのふたりがダイニング・ルームに戻ってきたとき、ミニーの唇からリップグロスが完全にはげ落ちているのにメグはまず気づいた。次に、ミニーのＭＡＣ「リップガラス」のキラキラ輝くピンク色の跡が、ベンの唇や頬、首筋にべったりとついていることにも気づいた。

ほかにベンの体のどこにキラキラしたピンク色の跡が残っているのか、メグは知りたくもなかった。

ふたりは別々に入ってきた。テラスで三十分もべたべたとキスしまくっていたことを、そうすればみんなから怪しまれないとでも思っているのだろうか。ミニーは半ば飛び跳ねるような足取りで部屋を横切ると、手と手をつないだガンナーとクミコの前を通り過ぎて、メグの隣の席にすわった。

ミニーはこちらを見ようとせず、ひとりでにんまりしながら、もつれたブロンドの髪を手ぐしで整えた。ところが、T・Jがサラダの入った大きなボウルを抱えて入ってきたとたん、彼に手を振った。

「T・J」かすかに息を切らして叫んだ。「ここにサラダを置いてちょうだい。もうおなかがペコペコだわ」

T・Jは肩をすくめた。「いいよ」

「こんなにおなかがすいちゃうなんて、もう信じられない」ミニーはそう続けながら、レタスやら切った野菜やらを皿に山盛りによそった。

T・Jがちらっとメグを見て、〝ぼくに理由をきけってことか？〟と言いたげな視線を送ってきた。それから、踵《きびす》を返して、何も言わずにキッチンへ戻っていった。

メグは唇を噛んだ。ミニーは以前にもこんなふうに思わせぶりな態度をとったことがある。T・Jの目の前でほかの男といちゃついて見せて、彼に嫉妬させようとしているのだ。前回、ミニーはガンナーと丸四カ月つきあったあげく、とうとうあきらめて気の毒なガンナーをお払い箱にしたのだった。今回はベンが都合のいい当て馬にされたようだが、いま隣に腰かけたベンを見つめるミニーのまなざしからすると、メグはミニーが本気なのではないかと推察した。

それはいいことだ。ただし、ベンはこのパーティーのホステス役とつきあっている。メグはその日初めて、ジェシカがマカティオ（ワシントン州の都市）で足止めされていることを喜んだ。

隣同士になった者たちがそれぞれおしゃべりに興じており、ダイニング・ルームはぼんやりとしたホワイトノイズに包まれていた。ケニーとネイサンはビデオゲームのことを議論しあい、ミニーとベンは古風な壁紙のことを冗談にして笑っている。ガンナーとクミコは何やら互いにささやきあっていた。メグはほとんどすわって眺めているだけで、次々と耳に入ってくる会話の断片をただぼんやりととらえていた。

「ティージ&ガン・ショー？」ビビアンが笑った。T・Jが腕いっぱいにビール瓶を抱えて、テーブルに運んできたところだ。「本当にそんな呼び名がついてるんですか？」

「まるでリアリティー・ショーじゃないか、なあ」口いっぱいにパスタをほおばりながら、ネイサンが笑い声を立てる。真っ赤なソースが口から飛んで、白いテーブルクロスに小さな染みをつくった。

「ひどいリアリティー・ショーってことよね」ミニーが訂正する。

「じゃあ、M&Mのほうがずっといいってこと?」クミコが言った。

ミニーが眉をひそめた。「自分から選んだわけじゃないわよ」

「そうだね」T・Jがメグのほうにちらりと目をやった。「だけど、とてもかわいい呼び名だ」

ミニーが顔を輝かせた。「やっぱりそう?」

「じゃあ、あなたはタラのいとこなの?」ローリがたずねた。

クミコがうなずく。

ローリはサラダを自分で取った。「彼女、ジェシカと仲がいいんでしょう?」

「親友同士だよ」T・Jが言った。「彼女を知ってるのかい?」

ローリはサラダをケニーに渡した。「去年の全郡合唱コンクールで一緒に歌ったの」

「すげえ」ネイサンが言った。「タラはいいよな」

クミコが食べている途中でフォークを置いた。「むかつく女よ」

「はあ?」ネイサンはぎこちない笑い声をあげ、同意を求めて男性陣を見まわした。

「いいよな」

クミコがT・Jのほうにあごをしゃくった。「ティージは去年、彼女とつきあったのよ」

ネイサンの目の玉が飛びだしそうになる。「マジか?」

「マジだよ」T・Jは冷ややかに言った。「だけど、長くは続かなかった」

「なあ」ネイサンが身を乗りだした。「いいかな、おれが、その……ほら。試してみても?」

クミコがスパゲティをからめたフォークを思わず皿に落とした。「本気なの?」

T・Jは笑った。「ああ、どうぞ。好きにすればいい」

テーブルの向こう側で、ベンがケニーを指さして言った。「なんてこった、ぼくも落第しそうだ。ダ・ガマ先生のクラスだろ?」

「四限だ」ケニーが答えた。

ベンがテーブルの反対側から腕を伸ばして、拳を打ちつけあった。「ぼくは五限だよ。まったく同感だね」

「おれはあの野郎が大嫌いだ」ネイサンが相づちを打つ。「去年、おれを本気で落とそうとしやがった」

ベンが首をかしげた。「落とそうとした?」

「そうとも。なあ、聞いてくれよ」ネイサンが自分の椅子をさっとテーブルに近づけた。「ガマのクソ野郎はおれに中間試験でAをとらないと落第だぞって言ったんだ。

ほかの生徒よりもかなり遅れてるから、このままじゃ学期末までに成績を上げるのはとても無理だろうってさ。おれは、なあ、頼むよってすがるように言ったんだけど、あのクソ野郎は大目に見てくれなかった。それでダチのケニーとおれは、ちょいと人の手を借りることにしたのさ」

「へえ、それで？」ベンが続きを促した。

「それで、前にマリナー校に通ってた、あの気味の悪い女を知ってるだろ？　長い黒髪に、虫みたいな目のむっつりした奴だよ」

ベンが鼻にしわを寄せる。「たぶん、あの子かな。いつもひとりぼっちだった女の子だよね？　カフェテリアの隅っこにずっとひとりですわってた子じゃ？」

ローリとビビアンがちらりと視線を交わした。

ネイサンがテーブルを叩いた。「そう、その女だ！　そいつ、おれに気があってさ。

車のそばで待ち伏せしてたりして、おれにつきまとってたんだ。ケニーが言うには、その女はガマのクラスでAの成績をとってるんだって」

「それで勉強を教えてもらった？」ベンがたずねた。

「もっといい方法があった」ネイサンがにやりと笑う。「中間試験の解答をそっくりそのまま教えてもらったのさ。その女は昼休みの前に受けてて、おれは昼休みのあとだったから……」

ビビアンは目が飛びだしそうなほど驚いた。「カンニングしたってことですか?」

ネイサンは肩をすくめた。「クリエイティブな受験法ってことさ」

「うまいことやったね」ベンがやれやれと首を振る。「だけど、どうやって彼女に協力させたのかな?」

「一番傑作なのはそこなんだ!」ネイサンはサラダをお代わりした。「おれは数週間、その女とつきあってるふりをしたのさ。ちょろいもんだった」

「おい」T・Jが口をはさんだ。「それはあんまりだろ」

ネイサンは肩をすくめてみせる。「なんとでも言えよ。あの女だって、いつまでもくよくよしてないさ」

メグはついその気の毒な女の子の身になって考えてしまう――ネイサンみたいな人気者にひそかに恋焦がれていたら、いきなり相手のほうからアプローチされるようになった。彼女はすごくうれしくてどきどきして、それなのに、結局、利用されていただけとわかったなんて。

メグはわれ知らず視線をT・Jに向けていた。彼のような人気者が、ひっこみ思案で目立たない自分のような女の子に恋したりするはずがない。でも、彼をあきらめないといけない理由はほかにもあった。

「それはひどいと思いますね」ビビアンが言った。

ローリもそのとおりだとうなずいた。「ええ、その女の子はそれでなくてもいろいろ問題を抱えていたのに」

「おい、よせよ！」ネイサンが言った。「あの女だっていい目を見たんだぞ。なあ、ケニー？」

ケニーの顔が真っ赤になり、その視線がきまり悪そうにローリに向けられた。「その、そうだな」とつぶやく。

ネイサンが笑って、ガーリック・トーストのひと切れをテーブルの反対側の親友のほうに投げた。「はいはい、そうだよな」

ケニーがテーブルに落ちたトーストをつかんで、ネイサンに投げ返した。するとネイサンは今度はサラダで応戦しようとした。あっという間に、ふたりはテーブル越しにひと握りのレタスを投げあっていた。

クミコとガンナーも参戦する。ミニーとベンはげらげら笑い転げ、一方、ローリはケニーの巨体のうしろに隠れて身を守ろうとした。

「やめなさい！」ビビアンが金切り声をあげ、弾かれたように立ち上がった。「散らかさないでください。ジェシカが来てこれを見たら――」

ビビアンが途中で言葉を切った。テーブルの向こうをじっと食い入るように見ている。メグは視線の先を追った。ベンを見つめているらしい。

何が起きているのか、メグは一瞬ぴんとこなかった。ベンはフォークを皿から口へ持っていく途中で止めて、すわったまま硬直している。何やらじっと考えこんでいるようだったが、次の瞬間、その顔がいきなりどす黒い赤色に染まり、両唇が腫れだした。

「えっ、いやだ」ミニーが声をあげた。「どうしたっていうの？」

「何か喉に詰まったのか？」T・Jがきいた。

ベンは首を振り、椅子をテーブルからうしろに乱暴に押しやったかと思うと、何やらポケットを探りはじめた。紫色に変色した顔は、ほんの数秒後にはパンパンに膨れあがり、目が糸のように細くなる。窒息したようなあえぎ声を漏らして、テーブルの上に顔から倒れこんだ。

「なんてこった！」ガンナーが声をひそめて言った。

ミニーはベンのそばからあとずさった。「誰かベンを助けて！」

ビビアンが慌ててテーブルを回る。「床に寝かせてください。わたしが心肺蘇生法《CPR》を実施します」

メグはかぶりを振った。「だめよ」ミニーの椅子にすわって、ベンの腫れあがった手をジーンズから引っぱり抜いた。ポケットのなかにはベンが探していた何かが入っているらしい。

「どういうこと?」ビビアンがまさにキーキー声で言う。「わたしはCPRと自動《A》体外《E》式除細動器《D》の資格を持っているんですよ。週末にはキャンディ・ストライパー(ボランティアとして病院で働く看護助手)もしてるんですからね」

まったく、いいかげんにしてほしい。メグは躊躇なくベンのポケットに手を入れた。指先が細いペンのようなものに触れる。よかった。

「それはなんですか?」ビビアンが問いかける。「何をしているんですか?」

「これはエピペン」メグはキャップを開けると、先端の針の部分をベンのジーンズの太ももに思い切り突き立て、押しつけたままにしておいた。誰ひとりとして声を立てない。メグは息もつけなかった。数秒ほど、何も変化はなかった。やがてベンが口を開いて、大きくあえぎながら息を吸った。顔や手足の腫れも引きはじめた。

「ありがとう」ベンは息を切らせながら言い、椅子にぐったりともたれかかった。

「どうしてわかった?」T・Jがきいた。「どうして対処法を知ってたんだ?」

メグは握っていた使用済みのエピペンからゆっくりと手を離して、それが指から落ちるに任せた。それから両手をポケットに突っこんだ。手の震えが止まらない。全員が彼女のほうを向いて、なんらかの答えを待っている。しっかりした声で答えようとしたが、言葉がもつれてしまう。「わたし、あの……母親が……」

「メグのママが蜂アレルギーでね」ミニーが言った。「そういうのをいつも持ち歩いてるのよ」

メグは彼女に向かってほほ笑んだ。ミニーがまさか覚えてくれていたなんて、思いもしなかった。

「彼は蜂に刺されたってこと？」ガンナーがたずねた。「家のなかで？」

ベンが上半身を起こして、首を振った。顔にかすかに残る赤みや腫れぼったい目を除けば、ほとんど正常に戻っている。「ナッツだ。ナッツ類にアレルギーがあるんだよ。サラダに混じっていたにちがいない」

ビビアンがくるりとメグのほうに向き直った。「サラダにはトマトとキュウリだけを入れるように言ったはずですが」

そうでしたっけ、アイアン・シェフ？　メグの心臓はまだバクバクと脈打っている。このままビビアンに返事をしたら大声で叫びそうだったので、何度か深呼吸をする必要があった。「入れたのは、これだけよ」メグはおもむろに口を開いた。「レタス、トマト、キュウリ、クルトン、それから砕いたフェタチーズ」

「それにアーモンドね」ローリがサラダボウルをのぞきこんで、ぽつんと言った。

「アーモンド？」メグは思わずきいた。

ローリがボウルをテーブルの真ん中へ押しやる。「ほら見て」

十名全員がサラダボウルをのぞきこんだ。メグの目にもはっきりと見える。アーモンドの薄くて小さなかけらがサラダに散らしてあった。

8

「そんなの絶対におかしい」メグは言った。「わたしはナッツなんて少しも入れなかった。間違いない」

ビビアンが腰に手を当てた。「あなたが入れたはずですよ」

またしても九人全員の目が自分に釘付けになっているのをメグは感じた。床がぱっくり開いて、自分を完全にのみこんでくれればいいのに。突然、口のなかがからからに乾き、喉が締めつけられる。メグはサラダにナッツなんて入れなかった。絶対に間違いない。自分を弁護したかったが、その言葉すら思いつかない。

「ちょっと待って！」ミニーがきっぱりと言う。「メグがやってないって言うなら、やってないのよ」

メグは彼女を抱きしめたかった。ミニーが味方になってくれるとわかってほっとした。

ビビアンが舌打ちした。「でも誰かが入れたんですからね」

〝ぼくはやってない〟〝わたしじゃない〟とテーブルのまわりでつぶやく声が、さざ波のように聞こえてくる。

メグは手近な椅子に腰を下ろした。自分はアーモンドを入れなかった――だから、ほかの誰かが入れたにちがいない。でも、サラダにナッツを入れるなんてごくありきたりなことなのに、どうして誰もそれをやったと認めないのだろう？ たんなる間違いだったはず。誰かがうっかりナッツを加えてしまい、ベンの発作にすっかり動揺して白状できなくなったのだろう。

背中にそっと手が触れるのをメグは感じた。「誰もきみを責めてないからね」T・Jが言った。

「ああ、そうだとも」ベンが声をあげた。彼はメグの両肩をつかんだ。「きみはぼくの命の恩人だよ。きみがいなかったらどうなっていたことか」

ベンが離れると、ミニーがまさにタックルするかのような猛烈な勢いでメグに抱きついてきた。「ありがとう、ありがとう、ありがとう」そう繰り返すたびに、メグの頬にキスをする。

メグはにっこりほほ笑んだ。いつもの、メグが知っている大好きなミニーだ。戻ってきてくれてうれしかった。「どういたしまして」

ダイニング・ルームに沈黙がおりて、みんながそれぞれ席に戻っていった。自分の皿から食べ物をつまむ者も何人かいたが、皆、食欲が失せてしまったようだ。

最初に沈黙を破ったのはベンだった。「たいしたことじゃないさ、みんな。ほんとだよ。こんなの日常茶飯事なんだ」

「すまない」T・Jが口を開いた。「ちょっとショックだったから」

ベンはカトラリーを自分の皿の上に積み重ねると、立ちあがった。「もういいんだってば。テレビでも見ないか？　しんみりされたら、こっちが落ちこむよ」

ベンが自分の食器をキッチンに下げにいき、ミニーはほとんど手つかずの皿をテーブルに残したまま、いそいそとついていく。ひとり、またひとりと皿や配膳用のトレイを集めだして、それらをすべて流しに運んでいった。ネイサンとケニーは洗い物をするはめにならないよう、その場から退散してしまう。ローリはケニーのすぐうしろを追いかけ、一方、ビビアンは食器洗い機の使い方に関していくつか指示してから、リビング・ルームのグループに加わった。しかし、メグはその場を立ち去らなかった。ガンナーとクミコがビビアンの提案とは正反対のやり方で食器類をさっと水ですいでから食器洗い機にセットするうちに、メグはアーモンド片が落ちていないか、戸棚のなかを探してみた。見つからなかったので、今度はゴミ箱を引っ張りだし、木製の長いスプーンで食べ残しをあさってアーモンドの痕跡がないか探した。

「ぼくがさっき調べたよ」T・Jが言った。「アーモンドの空き袋はひとつも入ってなかった」

「そう」メグは立ちあがって、スプーンを流しに放りこんだ。

「変だよな」ガンナーが口を開いた。彼はいつもわかりきったことばかり言うのだ。

クミコが食器洗い機に洗剤を足してから、扉を閉めた。「心配いらないって。ベンはなんともないんだしね。もう忘れてしまいなさいよ」

「そのとおりだ」T・Jが言った。「肩の力を抜いてリラックスしたほうがいい。そもそもこの週末はそのために集まったんだろ？」彼はテラスに姿を消したかと思うと、ビールを四本持って帰ってきた。二本をガンナーに渡してから、キーリングにつけた携帯用栓抜きで残り二本の栓を抜いた。「まじめな話、一本飲んだほうがいい。普段は飲まないって知ってるけど、飲めば緊張がほぐれるよ」

メグはほっとしながら瓶を受け取った。T・Jの言うとおりだ。ちょっと肩の力を抜いて、楽しまなければ。サラダにアーモンドを入れた張本人が誰かなんて、もう気に病まなくていい。楽しいはずの週末なのだから。

ビールを片手に、T・J、ガンナー、クミコ、それにメグはすでにみんなが集まっているリビング・ルームに入った。巨大な薄型テレビには映画が映っているものとばかり思っていたが、画面には何も映っておらず、青一色になっている。そのためリビング・ルーム全体がややくすんだ青色のライトに照らされていた。ネイサンとケニーが書棚のそばに立っている。ふたりは棚からＤＶＤのケースを引っ張りだしては、それらをソファにすわったベンとミニーに放り投げていた。

ミニーが『ハングオーバー！』（二〇〇九年の米国のコメディ映画）のケースを開けた。「空っぽだわ」そう言ってから、床に山積みになったＤＶＤケースの上にひょいと積みあげる。

「空っぽだね」ベンが『大逆転』（一九八三年の米国のコメディ映画）をその上にのせた。

「空っぽって？」メグはきいた。

「空っぽってこと」ベンとミニーが声をそろえて言う。

ケニーはこちらを振り返ろうともしない。「どれもこれも全部だ」

「おかしいですね」ビビアンは誰の意見もあまり信用していないのか、床に放置されたケースをあらためて調べた。「どうして空のＤＶＤケースを棚に並べておくんでしょう？」

Ｔ・Ｊがリモコンを手にして、入力を切り替えてみた。結果はずっと変わらない。死のブルースクリーン。

「衛星が故障しているんだ」ケニーが言った。

同意するかのように、屋敷の裏側に一陣の突風が吹きつけてくる。部屋のなかはちっとも寒くなかったが、メグはぞくっと身震いした。

「嵐のせいにちがいない」ベンがいきなり立ちあがって、キッチンのほうへ向かった。

「ビールを取ってくるよ。みんな、酒が必要だろう？」

「ボードゲームならいつでもやれるわ」ローリが提案する。「どこかに積んであるのを見かけたんだけれど――」

「ほら、これ！」ミニーが金切り声をあげた。ウィリー・ウォンカのゴールデン・チケットの最後の一枚でも見つけたみたいに（『チャーリーとチョコレート工場』で、ゴールデン・チケットが当たるとチョコレート工場に招待される）、きらきら光るＤＶＤを持ちあげてみせた。

「なんのビデオです？」ビビアンがたずねる。

ネイサンが彼女の手からディスクを抜きとった。「ホームビデオだぞ」顔のところまで持ちあげ、ラベルを読んだ。「〝わたしを見ないで〟だってさ」

「そんな映画は知らないな」ガンナーが言った。

ミニーがふんと鼻を鳴らす。「誰かが自分で焼いたディスクなのよ、ガン・ショー。本物の映画じゃないわ」

「そうか」

ベンがビールを配ってまわる。「たぶん、つまらないバカンスの映像か何かだろう」

「あるいはポルノかもな」ネイサンが自分から切りだした。

ローリが鼻にしわを寄せた。「ポルノなら〝わたしを見ないで〟なんてタイトルをつけるかしら？」

ネイサンが肩をすくめた。「別にいいんじゃないの?」

ビビアンが袖椅子の一脚に腰を下ろして、脚を組んだ。「どうも気に食わないわね」

「ちょっと知ってる?」ミニーがもったいぶって間を置いてから言う。「ホラー映画ってこんなふうに始まるわよね」

「さっきすでにひとり死にかけたんですけど」クミコが言った。

ベンが笑った。「事故だよ。ちっとも不吉じゃない」

「おまえ!」ネイサンがT・Jを指さした。「気をつけたほうがいいぞ」

T・Jが片眉を吊りあげる。「どうして?」

「これがホラー映画なら、おまえが最初に死ぬことになる。黒人野郎がいつも真っ先に殺されるからな」

自分でも思いがけない言葉がメグの口をついて出ていた。「本当? そこまで言わなきゃいけないの?」

「なんだと?」ネイサンが部屋を見渡した。誰もが彼の視線を避けた。「ほんとのことだぜ」

みんなの視線が再びメグに注がれる。メグは喉が締めつけられるのを感じた。いつもの内気で引っこみ思案の自分に戻ってしまう。「わたし、あの……」

「ほらほら」ネイサンが言う。「さっさと言えよ」

ネイサンのいじめっ子の性格が出てきた。メグにとっていじめっ子ほど嫌な奴はいない。ネイサンにこんなふうに威嚇され、ビクつくなんて悔しくてならない。と、突然メグは相手にはっきりと言ってやっていた。

「人種差別よね？　今度はクミコが数学の宿題を手伝ってくれるかどうか、頼んでみる気がある？」

クミコがおかしそうに笑った。「うまいこと言うじゃない」

自分の発言に驚いて、メグは苦笑いした。いつもはこんなふうに挑戦的な態度をとったりしない。きっと酒のせいだろう。

「なんとでも言えよ」ネイサンはケニーの手からディスクをひったくった。「こいつを見るのか、見ないのかどっちだよ？」

「いいよ、見ようじゃないか」ベンがミニーにビールを手渡して、彼女の隣に腰を下ろした。長い腕をミニーの背中に回すのをメグは見逃さなかった。「ボードゲームより楽しそうだしね」

「なあ」目をかっと見開いて、ガンナーが言った。「やめとこう」

ミニーがふわっと軽く笑い、ベンの腕にもたれかかった。「いやあねえ、ただのビデオじゃないの」それからネイサンのほうを指さした。「さっさとして！」

ネイサンはＤＶＤプレーヤーにディスクを挿入し、再生ボタンを押した。

画面に〝10〟という数字が現れた。手書きふうのアニメーションだ。すると、数字を消すように、その上に真っ赤なスラッシュがさっと入った。〝9〟〝8〟と続けて数字が現れ、それらにも同様にスラッシュが入る。それから、夜の浜辺らしい画像が三枚立て続けに映しだされた。場所は異なるようだが、いずれも見事な星空が広がり、一面の砂浜に波が打ち寄せては砕け散っている。

再び数字が現れだした。〝7〟〝6〟〝5〟と、やはり同様に真っ赤なスラッシュが入って消されていく。まるで何かのカウントダウンでもしているかのように。さらに映像が画面に映しだされる。今回は授業中の生徒たちの姿をコラージュしたものだ――テスト中の様子、模擬裁判か何かの議論風景、科学の実験、トラック走、合唱部。

〝4〟〝3〟〝2〟〝1〟

画面が暗転し、サウンドトラックの音が小さく流れてきた。最初はピアノの和音がいくつか響き、それからソプラノの声が歌いはじめる。

〝そう、この輝ける夜に……〟

画面に文字がじょじょに浮かんでくる。

誰かを……意図的に……

残酷に……傷つけたら……

音楽が続くなか、一瞬、画面が真っ暗になり、やがてまた文字が浮きあがってきた。

誰かの魂を盗むこと。

誰かに胸が張り裂けるような思いをさせること。

画面がちかちか光ったかと思うと、次にまったく脈絡のない映像のモンタージュで画面が埋めつくされた——ぱっと点灯する電球、小槌を打ち鳴らす裁判長らしき人物、たき火。

嘘をつき、不正を働き、盗むこと。

名声をだいなしにすること。

またしても無秩序な映像が現れる。次々とスクロールされていく数学の方程式。ダンスに興じる人たち。愛撫しあう男女。

おまえたちの行いは罪なのだ。

いまや画面には死刑の映像があった。電気椅子。銃殺隊。絞首台。

法律では罪と認められなくとも。

画面いっぱいに炎が燃えあがる。

おまえたちの裏切り、背信、誹謗中傷。

音楽が止まった。

善良無垢な人間を守るため、手段を講じなければならない。
それらの手段をまさにいま、ここで実行に移す。

次の瞬間、画面上で光と音がいっせいに炸裂した。映像が目まぐるしいペースで浮かび、さながら逆再生に切り替えられたかのように画面の向こうへ消えていく。音楽はもはや物憂げな曲ではなく、いつしか甲高い不協和音の集まりと化していた。耳ざわりなノイズが次第に大きくなるとともに、ビデオは再びカウントダウンを開始し、今回は数字が1から10へと逆に飛ぶように現れては消えていった。大規模な爆発が、いかにもふさわしい効果音とともに起きたかと思うと、そこに一行の文章が浮かびあがった。

復讐はわたしのもの。

画面が真っ暗になった。

9

真っ暗な画面にザーッという音だけが流れている。誰もが椅子にすわったまま、凍りついたように動けない。

最初に呪縛を解いたのはクミコだった。勢いよく立ちあがって、震える手でテレビのスイッチを切った。「いまのはなんだったの?」

ガンナーがひざをかいた。「ぼくら、ジェシカにからかわれてるのかな?」

「背信? 誹謗中傷?」ビビアンの声は一オクターブ高くなったように聞こえる。

「いったいどういう意味なんですか?」

「正直なところ、こんなに不気味なものは見たことがないな」ベンが言った。

「数学の方程式?」ネイサンが引きつった笑い声を立てながら言う。「首吊り? ただの冗談だよな?」

「たちの悪い冗談だ」T・Jが言った。唇をきっと結んで、真っ暗な画面をまだじっとにらんでいる。

「きっとなんの意味もないんですよ」ビビアンが言った。

部屋の隅から、すすり泣くような声がする。全員がそちらを見た。ローリが窓際のベンチにすわって、やたらと頰をこすっている。目は真っ赤に腫れて、涙の粒がぽろぽろと頰を伝っていた。

「ローリ、大丈夫か?」ケニーが声をかけた。メグが想像したよりもずっと敏捷にソファから起きあがると、瞬く間に部屋を横切って彼女のもとへ行った。

ケニーが片手を彼女の肩にそっと置いた。ローリが深い眠りから覚めたかのようにびくっとする。メグが見たところ、彼女の顔に浮かんでいるのはまぎれもないパニックの表情だった。ローリはいきなり両拳を強く握りしめ、木製のベンチに打ちつけた。

「誰がこんなまねをしたの?」

誰もがぴたりと動きを止めた。あっけにとられている。

ネイサンが真っ黒のテレビ画面を一瞥した。「なんだと?」

「このなかの誰かがやったのよ。みんなを怖がらせるために」ローリはぼんやりとあたりを見まわした。「ちょうだい……お酒……」ベンが彼女の隣に置いていたビールを見つけると、ローリはひと息に飲み干してしまった。

「きっとなんでもありませんよ」ビビアンが言った。その口調は、確信があるようには聞こえない。「落ち着くように。いいですね?」

「落ち着けですって？」ローリはビビアンの両肩をつかんだ。「誰かがわたしたちを脅かそうとしてるんだわ。わたしたちをやっつけようとしてるのよ」

メグは思わず目を見張った。〝わたしたち〟とはここにいる全員のこと、それとも彼女とビビアンのこと？

ビビアンが身を振りほどいた。「ばかばかしいことを」

「そうなの？」ローリがふらっとよろめいて、壁にもたれかかった。「ただの偶然だと思う？　さっきのがなんだったのか、わたしにはわかるわ。あなたが何をしたか、知ってるんだから」

「なんのことです？」

「去年、あなたがあの子に何をしたか。誰だって知ってるのよ」

ビビアンがたじろいだ。「わたしにはなんの話かわかりませんが」

「あらそう？　おやおや。大会に勝つためなら、あなたは自分自身の母親だってうしろからぐさりと刺しかねないでしょうに」

ガンナーがクミコのほうに体を寄せた。「何を訳のわからないことを言ってるんだろ？」

Ｔ・Ｊがやれやれとかぶりを振り、それからおもむろに立ちあがった。「全員、頭を冷やしたほうがいいと思う」と声をかける。「長い一日だったし、たぶんみんな疲れているはずだ。きょうはこれでお開きにしないか？」

「わたしはここから出ていくわ。明日の朝一番にね」ローリがよろよろと廊下を歩いていく。「嘘つき連中と一緒にここにとどまるなんてごめんだわ」

ローリがよろめきながら階段をのぼっていく足音にメグは耳を澄ました。ローリはビールを一本しか飲んでいなかったから、酔いが回っているはずはない。なぜそんなに動揺しているのだろう？

ローリが行ってしまうと、ビビアンも無言のまま大慌てで彼女のあとから出ていった。まず間違いないとメグは思う。ビビアンは泣いていた。

「嫌だわ」ミニーが口を開いた。「みんなどうしちゃったの？」

「わたしはローリと同室だから」クミコが言う。心底、心配そうな声だ。「ちゃんと様子を見ておくようにする」

「そうだな」T・Jが言った。「頼むよ」

そろってリビング・ルームから出たが、みんな黙りこくっていた。誰とも目を合わせようとしない。みんな、その目で見たことを話しあう気はゼロだ。

誰もが重い足取りで、一列になって階段をのぼっていく。まるでこれから学校で居残りさせられる小学生みたいだった。二階まで上がると、それぞれ自分の部屋へ姿を消した。ビビアンの部屋のドアはすでに閉まっている。反対側の廊下の奥では、クミコが自分の寝室のドアに近づき、そっとノックしてからなかに入った。

重苦しい沈黙が続くなか、メグとミニーは階段をのぼって塔上の部屋へ向かった。ふたりとも無言のままパジャマに着替え、無言のままベッドに入った。やはり無言のうちに、メグは部屋の明かりを消した。

天井をじっと見ながら、メグは猛烈な風にあおられて激しく窓に打ちつける雨音を聞いた。この部屋に泊まれると大喜びしていたはずが、いまは何もかも嫌な感じがする。うまく説明できないが、どこかがおかしい。

メグは打ち消すように首を振った。明日になれば、ジェシカが大勢の客を連れてやってくる。嵐もおそらく夜のうちにおさまるだろう。明日になれば何もかも違うはずだ。ばかね。ちょっと眠ったほうがいいだけ。

「明日ここを出たほうがいいかもしれないわよ」ミニーが小声で言った。ここから一番近い部屋ですら二階まで下りる必要があるのに、ミニーはそれでもささやき声で話している。

「ほんと?」メグはきいた。「だけど、せっかく楽しくやっていたんじゃ?」

「そうだけど……」ミニーが言いよどみ、黙りこんでしまう。寝返りを打つのが音でわかる。「メグ?」

「うん」

「わたし、大丈夫かな？　あなたがＬＡに行っても？」

「ミンス、あなたなら大丈夫よ」

シーツや毛布がかさっと音を立てる。「ときどき、無理かなって思う。あなたなしでうまくやっていくなんてね。そんな自信はないわ」

「またあとで話そうよ。ねえ？」メグは言った。「家に戻ってから」その話はしたくなかった。ましてやここはホワイトロック屋敷の塔上の真っ暗な部屋で、階下ではＴ・Ｊが眠っているのだ。ミニーとの友情を裏切っているようにいっそう感じられる。第一に、逃げるようによその大学へ進学すること、第二に、Ｔ・Ｊへの思いを再び募らせていること。

「約束してくれる？」ミニーが言った。メグが約束を守るとはふたりとも思っていないのに、またひとつ、そんな約束を交わした。

「約束する」

うなるような音を立てて風が吹き荒れ、塔の部屋のどの窓もガタガタと揺れている。叩きつけるように窓ガラスを打つ雨音はあまりにも激しく、まるで誰かが小石をつかんで屋敷の壁面に投げつけているかのように思われるほどだ。白い紗のカーテン越しにさしこむ光は、ぼんやりとしてほの暗い。メグは薄目を開けたとたん、嵐が一度もやむことなくひと晩じゅう吹き荒れていたにちがいないと思った。この風雨の勢いからすれば、きょうもヘンリー島で暗くてじめじめした一日を過ごすはめになりそうだ。メグはぶるっと身震いして、キルトの掛け布団を耳のあたりまで引っ張りあげた。ああもう、家のなかが冷え切っている。誰かが暖房を切ったのだろうか？　横向きになって、アラームクロックで時刻を確かめようとしたが、デジタル表示が完全に消えていた。凍えるほど寒いのも当たり前だ。嵐のせいで夜中に停電してしまったのだ。電気がなければ、暖房も衛星放送テレビも使えない。ミニーの言うとおりだ――朝一番のフェリーで島を出なくては。

屋敷内の物音に耳を澄ましてみたが、ミニーのリズミカルな息づかいが聞こえてくるだけだった。しばらくベッドに横たわったまま、メグは迫りくる夜明けに抗うようにぎゅっと目を閉じていた。起きだして、停電のことをみんなに伝えるべきだろうか。でも、どうせ何もできないでしょう？　温かいベッドから出るだけむだだ。メグは掛け布団にもぐりこんで、もう一度眠ろうとした。

ただ、おしっこがしたい。膀胱《ぼうこう》が小さいうえにビールを飲みすぎた。メグはベッドから脚をおろして、つま先でひんやりとした床にそろそろと触れてみる。スリッパを持ってこなかった自分を心のなかで恨んだ。大判の掛け布団を体に巻きつけてから、メグはつま先立ちで部屋を横切り、階段を下りていった。

オープンな造りの塔の階段はかすかに風が吹き抜けており、メグは首筋に寒気が走るのを感じた。キルトを引っ張って頭からすっぽりかぶり――不意にエスキモーの人かブルカをかぶった女性、はたまたミイラにでもなった気分になる――歩調を速めた。

パタ、パタ、パタ。自分の素足の音が、頭からかぶった分厚い羽毛入り布団を通して遠くからぼんやりと聞こえてくる。つま先が冷え切ってしまい、階段の滑らかな木の感触はほとんど伝わってこない。そのうえ、掛け布団の繭に包まれていると、目隠しをして歩いているにも等しい。視野が狭まり、すぐ目の前の小さな楕円形の空間しか見えない。かさばる布団を身にまといながらもできるだけ素早く動いた。つまずいたりしませんようにと心のなかで祈る。ここでつまずいたら、真っ逆さまに階段を転げ落ち、下手をすれば手すりから投げだされてしまう。そうなれば首の骨が折れるのはまず間違いない。

どうしていつもぞっとするようなシナリオばかり思いつくのだろう？　やれやれ。さっさとバスルームに行って、温かくて心地よいベッドに戻ればいい。

パタ、パタ、パタ。

ギギィーッ。

メグは足を止めた。階段のきしむ音だろうか？　頭上から聞こえたような気がする。嵐に耐えかねて屋敷がギシギシと悲鳴をあげている？　階段の角を回ると、またもやその音が聞こえてきた。

ギギィーッ。塔内の白い壁に影が映っているのが目に入る。どことなく奇妙で、どことなく見覚えがあるような形状だ。しかし、そこに影ができるはずはなかった。塔内の窓にはカーテンがかかっておらず、影をつくるようなものは何ひとつない。つかの間、メグはそれをまじまじと見つめ、その影が動いていることに気づいた。ゆっくりと左右に揺れている。

ギギィーッ。

メグは凍りついたように動けない。目はその影らしきものに釘づけになっている。ずしりと重そうで、細長くて、特にはっきりした形のない物体だが、ただ、何かがだらりと垂れさがっている……。

脚だ。なんてこと、あれは人間の脚だ。

メグが顔を上げると、吹き抜けの階段にぶらさがっている人間の顔と目があった。首には輪縄がかけられている。肌は紫がかった青色に変色していた。

メグは口を開け、悲鳴をあげた。

10

ローリの体はゆらゆらと左右に揺れ動いていた。

目をそむけたかった。だが、メグの視線は目の前にある女の子の遺体に釘づけになっている。掛け布団が床に落ちるに任せた。空気は凍るように冷たいのに、体がかっと熱くなる。ローリのぶらぶら揺れる体の動きに合わせて、メグの体も揺れはじめた。あまりにも体がぐらぐらするので、欄干から転がり落ちそうな恐怖に駆られ、思わず手すりを握って体を支えた。

メグは瞬きひとつできない。ローリの虚空を見つめる茶色の瞳から目が離せなかった。ローリの目には何かが浮かんでいる。恐怖？　混乱？　最期の瞬間、ローリはその両方を感じていたのだろうか？　欄干から身を投げだしたあとに初めて、自ら命を絶つという選択をしたことを後悔したのか？　メグはぶるっと身震いした。もはや生きていたくない、そんな絶望感に満ちて自殺したのかと思うと、慄然とした。

「うわっ！」

「ああ、そんな」

嗚咽《おえつ》。うめき声。

ほかのみんなが部屋から姿を見せるまで、おそらくほんの二十秒しかかからなかったのだろう。しかし、メグにとってはさながら二十分も経過したように感じられた。周囲で誰かが息をのんだり、叫んだりするのがうっすらとわかる。人の存在が強く感じられたが、目には入ってこない。こちらを見すえる生気のない死人の目しか見えなかった。

誰かの手が肩に触れるのを感じたとたん、メグはようやく再び体を動かせるようになって目をしばたたいた。

「大丈夫か?」T・Jが声をかけてきた。彼の腕が下りてきて腰に回されると、メグはその腕に寄りかかった。T・Jと目があった——何かを感じ、理解し、見ることのできる目だ。メグはがたがたと震えだした。

「ええ」

「嘘つくなよ」T・Jは掛け布団を拾いあげ、メグの肩にかけた。

「何があったのよ?」クミコの声は甲高く引きつっている。「一体全体、何があったっていうわけ?」

ビビアンは遺体に背を向けて立ち、断固として遺体を見ようとしない。「あなたは彼女と同室でしたね。彼女は何か話していませんでしたか？」昨夜は感情を爆発させていたが、その片鱗はもう何ひとつなかった。以前の手厳しいビビアンに戻っている。

クミコはかぶりを振った。「昨日の夜、わたしが部屋に戻ったときには彼女はすでにベッドに入ってた。酔いつぶれて寝たんだと思ってたけど」

「彼女がベッドから出る音を耳にしなかったのですか？」

「わたし……」クミコがちらっとガンナーに目をやった。「あの部屋では寝なかったから」

ビビアンは舌打ちした。「あら、それはまいったわねえ」

「ちょっと」クミコがビビアンに顔を近づけ、怒鳴った。「わたしはあの子のママじゃないんだからね。そんなにあの子の頭がおかしくなってるなんて、わかるはずないじゃない？」

「警察を呼ばないと」T・Jが言った。

「わたしの部屋に電話がありますから」ビビアンがぱっと向きを変えて、主寝室へと姿を消した。

「どこでロープを手に入れたんだろう？」ベンが言った。階段の吹き抜けを見あげ、塔の屋根の梁《はり》に目を凝らしている。「それにどうやってあそこに結びつけたんだろう？」

「なんでみんな大声でわめいてるの？　眠れないじゃ——」

その声に気づいてメグが顔を上げると、ちょうどミニーが塔の部屋から階段を下りてくるところだった。階段の最後から二段目のところで、ミニーがぴたりと足を止めた。顔にかかった明るいブロンドの髪を片手で払いながら、もう片方の手はメグのフード付きトレーナーの胸のあたりをしっかりとつかんでいる。ミニーがこの状況を理解したのがメグにはわかった。ミニーの視線が遺体からロープを伝って塔の木の梁へと上に動き、また下がってくる。

メグとT・Jを押しのけ、ベンがミニーのほうに向かって階段を駆けのぼった。ミニーは口を開け、悲鳴をあげるかと思われたが、そのままへなへなとくずおれてしまう。ベンがぎりぎりのところで彼女を抱きとめた。

「彼女なら心配ない」ミニーの体を階段に横たえながら、ベンが叫んだ。「気絶しただけだ」

メグはミニーのもとへ行きたかった。けれども動けない。動こうとしなかった。T・Jの腕が腰に回されていたから。

「なあ」T・Jがそう言って、ガンナーに合図する。「メモか何か、残ってないか？」

ガンナーはすぐさまぴんときて、いかにも彼らしく無言のままローリの部屋へ向かった。途中、通りすぎざまにクミコの腕をさっとなでる。クミコも、一瞬のちには彼のあとについて部屋に入った。

「まだ震えてるじゃないか？」T・Jがささやくように言う。彼の唇が、メグの唇からほんの数センチ先にある。「何かぼくにできることは？」

メグは息をのんだ。T・Jが彼女を守るかのようにすぐそばにいる。メグにとってはまったく新しい感覚だった。これまで病的な不安や精神の発作につながるようなこの世の出来事から、ずっと親友を守ろうとするばかりだった。それがいま、今度ばかりはT・Jが彼女の世話を焼こうとしている。

「大丈夫」メグは答えた。T・Jを納得させたいのか、それとも自分に言い聞かせているのか、はっきりしない。「わたしなら大丈夫だから」

「電話は通じませんね」ビビアンが言った。わずかに息を切らしているみたいだ。

ネイサンが腕組みをして、壁にもたれかかった。「そいつはまずいぞ」

「ど……どうなったの？」ミニーがきいた。弱々しい声だ。

ベンが彼女を支え起こした。「気を失ったんだよ」

「わたしが？」ミニーは上半身を起こした。彼女の視線は遺体を通りすぎ、その向こうの踊り場にいるメグに向けられた。「どうしてなの？」

メグは答えようと口を開けたが、文字どおり言葉を失っていた。幸いなことに、ミニーのほうがいくらでも言葉を発することになるだろう。メグは身のすくむ思いで、ミニーの目がぶらさがった死体を再びとらえ、その顔に恐怖の色がさっと浮かぶのを見ていた。

「ああ、そんなばかな、そんなばかな……」繰り返すごとにミニーの声が大きくなっていく。震える手で、ローリの遺体を指さした。「彼女、死んでるわ。死体よ。ああ、なんてことなの。どうすればいい？　わたしたち……いったいどうすれば……」

ミニーの声にパニックの色がにじむのがわかる。ミニーがちゃんと薬をかばんに詰めてきたことをメグは祈った。薬がなければ、まずいことになるだろう。

「見ちゃだめだ」ベンがそう言って、ミニーを手すりから離そうとする。だが、手遅れだった。

「それをどこかにやってしまって！　どこかよそにやってちょうだい！」ミニーがわめいた。まるでメグならすべて片づけてしまえるかのように、ミニーは真っすぐにこちらを見ていた。

「彼女はそれなんかじゃない」ケニーが一喝する。メグが振り向くと、ケニーが自分の部屋の戸口に立っていた。木の幹みたいに太い腕を胸の前で組み、眉根をぎゅっと寄せている。これまでずっと物静かだったのに、ケニーはいきなり声を荒らげていた。その顔は深紅に染まり、体は頭のてっぺんから足の先までわなわなと震えている。

「もちろん、そうだとも」Ｔ・Ｊが穏やかな声で応じた。「ミニーは本気で言ったんじゃない。気が動転しているだけだ」

〝気が動転している〟というのは控えめな表現だ。パニック発作を起こしているとメグにはわかる。メグは世話役モードにぱっと切り替えて、悪い流れを断ち切ろうとした。「ミニー、心配いらないから。あなたは大丈夫だから」

「いいえ、だめよ」ミニーがしゃくりあげる。「もうだめ、だめよ」

「彼女はどうしたんだ？」T・Jがメグの耳もとでささやいた。

「パニック発作なの」メグは口の端から声を出した。「薬を飲ませないと」それから階段をのぼろうとする。「行きましょう。クロノピン（抗不安薬）を飲ませてあげる」

「いいよ。ぼくが連れていく」ベンがそう言って、ミニーの手を取った。彼女を見てほほ笑む。「薬の場所はわかるかい？」

ミニーがこくんとうなずくと、ふたりとも階段を上がって塔の部屋へと姿を消した。

T・Jのほうに向き直ったメグは、彼の顔に浮かんだ困惑の色に気づいた。「ああいうのはよくあることなのか？」T・Jがやんわりとたずねた。

メグは唇を嚙んだ。ずいぶん長いあいだミニーの秘密を隠してきたので、なんと答えたらいいのかわからない。「その……」

助かったことに、そのときクミコが寝室から重い足取りで戻ってきた。ガンナーもすぐうしろからついてくる。彼女は何やら罫紙の一片を手に持っており、話しだしたその声は、抑えきれず震えを帯びているのがわかった。「あったわよ。遺書らしきメモを見つけた」

「おい、本当かよ?」ネイサンが言った。

クミコが自分の顔を隠すようにその紙片を持ちあげた。奇妙な紙で、平行な線の塊が何段も書いてある。ややあって、メグはその正体がわかった——楽譜用紙だ。

「も——もうだめだわ」クミコが読みあげる。その手がぶるぶると震えていた。「もう全部終わりにするべきよ。この声はもう二度と歌えない」

沈黙がおりた。メグは二階の廊下に敷かれた細長い青色と金色のじゅうたんを眺めた。特に珍しい敷物でもないのだが、誰の顔も見る気になれなかったのだ。すべて忘れようとしてここに立ちつくしていれば、忘れてしまえるだろうか? ふと目を覚ませば、これは酔いのせいで見た恐ろしい夢だったとわかるだろうか?

ギギィーッ。

メグの視線が反射的に死体のほうに動いた。どうしても止められなかった。

「まさか、あり得ない」力強い、挑むような声でケニーが言った。ほんの一分ほど前に比べると、その声は明らかに落ち着いている。だが、目も顔も引きつっており、挑戦的な様子で歯は食いしばられている。

「ケニー」T・Jが声をかけた。「気の毒に——」

「まさか、あり得ない」ケニーが繰り返しつぶやく。瞬きもせず、びくりともせず、ローリの遺体をひたと見つめている。「彼女は自殺なんかしない」

「なあ」ネイサンが声をかけ、友人の腕に手を置いた。「なあ、これは明らかに――」

「彼女は、自殺なんか、しない」ケニーがなおも言い張った。それから踵を返すと、ネイサンを押しのけるようにして自分たちの部屋に戻り、ドアをばたんと閉めた。

「ケニー!」ネイサンはケニーを追いかけて部屋に入っていく。「なあ、そんなつもりじゃ……」

ネイサンがうしろ手にドアを閉め、声は聞こえなくなった。気の毒なケニー。メグの脳裏に、夕食前に彼がローリの耳もとに何やらささやきかけ、彼女が頬を赤く染めていた光景がよみがえった。ふたりが互いに惹かれあう姿をこの目で見ていたのに、いまローリは亡くなり、ケニーはショックを受けている。こんなに……あっけないものだとは。

ギギィーッ。

この音を聞くと、メグは吐き気を催しそうになってきた。

「よし」T・Jが口を開いた。メグの肩をぎゅっと握ってから、踊り場のバルコニーのような空間の中央に歩いていき、ローリの遺体に背を向けた。「なんとしても、ちゃんとつながる電話を見つけて警察を呼ぼう」

「了解。任せといて」ガンナーがクミコの手を握り、半ば引きずるようにして階下へ連れていく。

「書斎に一台ありますよ」ビビアンがふたりのうしろから呼びかけた。一瞬考えてから、さっと自分の部屋へ行き、パジャマの上にだぶっとしたセーターを羽織って戻ってきた。「ふたりと一緒に行ったほうがいいでしょうね」誰にともなくそう言った。「念のために」

T・Jとメグだけが二階の踊り場に残された。誰もがそれぞれ目的を持って動いている――ベンはミニーを介抱し、ネイサンはケニーをなだめようとし、クミコとガンナー、ビビアンは警察を呼ぼうとしている。メグは自分も何かすべきだと感じた。誰かの助けになりたい。ばかみたいにここに突っ立って、T・J・フレッチャーの力強い腕でもう一度抱擁されるのを待ち焦がれるだけじゃなくて。

ローリが遺したメモが、クミコが置いていったテーブルの上からひらひらと舞いあがった。悲しみや痛みにまつわるものらしからぬ様子で、ふわりと軽く床に落ちていく。不意にそれを見たいという衝動に駆られ、メグは床からさっとつかみあげた。ローリの遺書は楽譜の裏側にすべて大文字で書いてあったが、手書きの文字には震えや乱れは見受けられない。自らの命を絶つという選択に、ローリが心の平安を見いだしていたかのようだ。メグは紙片をひっくり返して楽譜のほうに目をやった。ピアノ伴奏付きの、歌詞のある曲だった。

「変ね」メグはつぶやいた。

「えっ？」T・Jが肩越しに楽譜をのぞきこんできた。

メグは歌詞を読みあげた。「〝そう、この輝ける夜に、われは驚嘆し、涙する〟」

「いい歌だね」

「〝そう、この輝ける夜に〟」メグは重ねて言う。その歌詞には聞き覚えがあった。

「昨夜のビデオでかかっていた曲じゃない？」

T・Jが首をかしげて、メグをじっと見た。「そのとおりだ。どうしてわかったんだ？」

「ええと……どうしてかな」わたしがつねに周囲の人間を観察しているから？ 自分から行動するよりもまわりを観察しているほうが居心地がいいから？ まあ、そんなに気味が悪いことでもないだろう。

「きみは作家だね」T・Jがにっこりほほ笑み、頬にえくぼが深く刻まれた。

「彼女が取り乱したのも無理ない」ビデオを見終わったときのローリの表情を、メグは思いだした。おびえて、ほとんどパニックを起こしかけていた。それに誰かが故意にあのビデオをつくったのだと激しく非難していた。これはきっと彼女がリハーサル中の歌だったにちがいない。彼女が動揺したのも無理はなかった。

メグは楽譜をよくよく眺めてみた。どうも違和感がある。ローリが遺書のメモに選んだ楽譜。そこに書かれた歌は、悲しく陰うつで、何かを渇望するようなものではなかった。まったくその逆だ。〝驚嘆し、涙する〟という一節もどちらかといえば幸せや喜びで泣いているように思える。ローリはなぜこの歌を選んだのだろう？　メグはかぶりを振った。ただの偶然だったのかもしれない。手近にあったのがこの紙だけだったのだろう。とはいえ、メグの〈ティーボ〉にたっぷり録画された、ありとあらゆる犯罪捜査ドラマのラインナップからすれば、遺書はおおむね意図的なものであるはずだ。それなら、なぜローリはこの歌を選んだのだろう？　この歌が階段の吹き抜けにぶらさがっている死体にどうつながるのか……？

メグはぎゅっと目を閉じた。網膜に映るものを消せば、ローリのあの顔のイメージが脳裏から薄れるのではないかと思った。だが、そんなにうまくいくはずもない。

「彼女をあそこから下ろさないと」メグは言った。

「ぼくもそう考えていたところだ」T・Jは塔の階段の真ん中あたりまでのぼって、屋根を支える梁に目を凝らした。「男子たちを呼ぼう。みんなでやれば彼女を下ろせると思う」

「よかった」

T・Jが暗い顔に笑みを浮かべた。「きみが発見することになって気の毒だったね、メグ」

メグはほんの一瞬、かすかにほほ笑んだ。「ミニーが見つけるよりはましだったから」

「いつもそこまで彼女を守ろうとしてるのか？」

メグは唇を噛んだ。普段ならミニーとの共依存関係をうまく隠せていたが、この二十四時間はそうはいかなかったらしい。T・Jにここまではっきり目撃されてしまったことが恥ずかしかった。「仕方がないのよ」

T・Jが階段を下りて、メグのほうへ近づいた。「どうして？　なぜきみがそこまでしなきゃいけない？　彼女のほうもきみにそこまでしてくれると本気で思ってるのか？」

メグは彼の目をまともに見られない。あまりにも痛いところを突かれたからだ。

「わたしは――」

「ああ、なんてこと、なんてこと！」階下からビビアンの声が聞こえた。

T・Jとメグが無言で階段を駆けおりていくと、ビビアンが玄関ホールに立って壁を食い入るように見つめていた。彼女の顔からは血の気がすっかり失せている。「見て」

メグはそろそろと首をめぐらした。真っ白な壁面の、コート掛けの隣には、べったりと滴り落ちんばかりの真っ赤なペンキで大きくスラッシュマークが描かれていた。

11

「一体あれはなんだ？」

「何かの冗談なの？」

「ローリがやったと思う？」

「ひでぇ冗談だな」

　全員が口々に声をあげた。しかし、メグにはどの声もはっきりと区別できた。周囲の世界がスローモーションのようにゆっくりと動いている。その世界は混沌におちいっていったようだが、メグは不思議なほど冷静だった。

　真っ赤なスラッシュマークに一歩近づいてみる。明らかに、刷毛で塗ったものだ。壁を滴り落ちたべっとりした赤いペンキに、その質感が残されている。昨夜ビデオで見たカウントダウンの、手書きのような赤い線で数字にスラッシュが入れられていく映像が、頭のなかによみがえった。ただし、いまのこれはまるで本物の……。

「血か？」ネイサンがたずねた。「こいつは血だと思うんだな？」メグのすぐうしろに立ち、彼女の肩越しにマークをのぞきこんでいる。まるでメグを盾として利用しているかのようだ。なんと立派で男らしいことか。

「それは疑わしいと思う」あなた、ほんとは猿に育てられたんじゃないの、と言ってやりたい衝動と闘いながら、メグは答えた。

「なんでそんなものがここに？」ケニーは一番下の階段の途中で足を止め、それ以上壁のしるしに近づこうとしない。

無理もないとメグは思った。

T・Jが間近に寄ってくる。「ラスト・オリウム社の塗料じゃないかな。船の甲板用のやつだ」

ネイサンは納得がいかないようだ。「おれにはやっぱり血に見えるけどな」

「いいえ、違いますね」ビビアンがぴしゃりと切り捨てた。書斎の戸口に立っているガンナーのほうを振り向く。「警察に電話しましたか？　警察の返答は？　ヘリを送ってくれますか？　どれくらいかかります？　それまでわたしたちはどうすればいいと？」

彼女はいらだっているらしい。ミニーにクロノピンを分けてもらうことになりそうだ、とメグは思った。

ガンナーがゆっくりと首を振った。「電話が通じてない」

「なんですって？」ビビアンが叫んだ。うわずった声だ。ぜんまいをピンピンに巻いた安物の時計みたいに、いまにもネジが切れてしまいそうだ。

「電話が」ややおつむの弱い子どもに話しかけるように、クミコがぽつりぽつりとしゃべった。「通じてないのよ」

「ばかな」ビビアンはガンナーを突き飛ばすようにして書斎に入った。「通じてないなんて、そんなことはないはず。あり得ない」

メグはあきれて目をぐるりと回した。不安性ヒステリーの爆発まであと3、2……。

「嵐のせいにちがいない」T・Jがまったく冷静に言った。

クミコが赤紫色のメッシュを入れた髪を片手でかきあげた。「携帯の電波が届いてるか、誰か確かめてみた？」

「昨日の夜に試してみたけど」メグは答えた。「届いてなかった」

「一番近い中継塔はロシュ港にある」T・Jが補足する。「ここは遠すぎるよ」

すっかり意気消沈して、ビビアンが足を引きずるように書斎から出てきた。「通じていませんね」

クミコがくるりと彼女に向き直った。「おや、そうなの？　わたしたちが受話器を、電話線を、バッテリーを確認して、それからもう一回、受話器を確認して……それでもあなたにはまだ足りなかったっていうこと？」

ビビアンは肩をすくめた。「事実かどうか、わたしは自分で確かめたいタイプなんです」

「すごいじゃない」クミコがつかつかとビビアンに近寄った。「それなら、これからあんたのお尻を蹴りあげるから、自分でちゃんと確認してちょうだい」

「ちょっと待てよ」ガンナーが口をはさみ、クミコを引っ張りもどした。

ビビアンが大慌てで階段をのぼった。「その子を近寄らせないで。さもないと警察に訴えますからね」

「へえ？」ガンナーの腕に抗いながら、クミコが応じる。「それはちょっと難しそうだよね。警察を呼ぼうにもその手立てがないんだから」

メグはその事実をひしひしと身に染みて感じた。なんてことだろう。これからどうすればいい？　固定電話も携帯電話も使えないし、インターネットも……そのとき、ふと思いだした。リビング・ルームで見かけたはずだ。ぐるぐる巻きにした黄色いケーブルが、書棚のフットボードのところに押しこんであった。

「インターネットよ！」メグは思わず口走った。

「えっ？」T・Jが小首をかしげて言った。「コンピューターは一台も見なかったが」

メグは説明するのももどかしかった。階段を駆けのぼって、ノートパソコンを入れたリュックが置いてある塔の部屋へ向かった。二階の踊り場を回るときは、うつむきかげんにすり減った木製の階段をじっと見すえながら、塔の上へのぼった。

「ミニー」声をかけて、部屋のなかに入った。「わたしのノートパソコンを――」

メグはぎょっとして足を止めた。室内はさながら爆弾でも爆発したかのようだ。ドレッサーの引き出しはことごとく引っこ抜かれ、その中身は――もっぱらミニーの週末用の服だったが――部屋じゅうに乱雑に投げだされている。肌着類はランプシェードにぶらさがっていた。ショートパンツは姿見に引っかかっている。タンクトップやジーンズ、ドレスやスカートは床のいたるところに散らばっていた。

ベッドは二台とも文字どおりめちゃくちゃになっている。シーツがはがされ、ベッドの足もとに放ってあり、マットレスは大きくずれたままだ。枕はカバーをはずされ、投げだされていた。

ミニーのキャリーバッグはひっくり返され、服や化粧品が床に散乱している。まるで逆さにして中身を振り落としたみたいだ。メグのリュックもこの修羅場を免れなかった。彼女の化粧ケースや日記は無造作にアームチェアの上に放りだされ、大事なノートパソコンは床に落ちて、ドレッサーに立てかけたような格好になっていた。

メグはようやくその状況を理解し、それからミニーの姿を見つけた。彼女は部屋の隅にうずくまっており、ベンがかたわらにしゃがみこんでいる。ミニーの顔は真っ赤で、涙に濡れていた。

「どうしたの？」メグはきいた。これまで混乱や抑うつ、徹底的な絶望といったミニーのさまざまな心理的段階を目にしてきたが、これはどういうことだろう？　こんな状態のミニーを見るのは初めてだ。

「誰かに薬を盗まれたのよ」ミニーが答えた。泣いていた痕跡はあるが、彼女の声はやけに冷静で淡々としており、かえってそのことがメグを不安にさせた。

「あなたの薬を盗んだ？」メグは自分のフード付きトレーナーを一枚、イージーチェアの背からはがして、パジャマの上から身につけた。「ねえ、誰も薬を盗んだりしないと思うけど」

ミニーのハシバミ色の目がぎろりと光った。「じゃあ、どうして消えてしまったわけ？　手品か何かのせいだとでも？」

メグはちらりと視線をベンに向けた。彼は黙ったまま、ミニーの背中をさすっている。ああそう、力になってくれないのね。

「荷物に入れ忘れたのかも」メグは言った。

「違うわよ。ちゃんと二回チェックしたんだから」

「どこかに置き忘れたとか？」その言葉を口に出したとたん、メグはばかなことを口走ったと思った。

「冗談でしょ？」ミニーが鼻で笑った。両手をさしだして、めちゃくちゃに荒らされた部屋を身ぶりで示した。「これでもわたしたちが探さなかったと思うわけ？」

「メグ？」T・Jの声が階段の上まで聞こえてくる。「何をしてるんだ？」

ああもう。「ねえ、下へおりましょうよ。誰かが処方薬を持ってるかもしれない」

ミニーがかぶりを振った。「絶対に嫌よ」

「彼女は下へおりたくないって……」ベンが口ごもった。「ローリの遺体がなくなるまでは」

「あっ、そうね」階段の吹き抜けからローリの遺体をおろして運びだすことを考えただけで、メグの体に悪寒が走った。「男子たちが下ろしてくれるはずよ……すぐにね」どちらが最悪だろう？ ローリをあそこに吊るしたままにしておくほうか、それともあそこから下ろすほうか。

「警察はここに来るの？」ミニーがたずねた。

ああもう、ああもう。嵐で電話が不通になったことを話すべきだろうか？ ミニーの目はきょろきょろとメグとベンのあいだを行ったり来たりしており、どう見ても慰めの言葉を求めている。やはり、電話の件はいま持ちだすべきではないだろう。正直に打ち明けたら、ミニーは正気を失ってしまうかもしれない。

返答する代わりに、メグは親友の手をしっかりと握り、自分としては精いっぱい自信に満ちた、安心感を与えるような笑みを浮かべてみせた。それから、自分のパソコンと日記を手に取り、日記のほうはトレーナーのポケットに押しこんだ。大切なものを無造作に放っておきたくなかった。

「どうしてノートパソコンを持っていくのよ?」ミニーがきいた。声がかすれている。

「何が起こってるの?」

「下へ戻らなきゃ」メグは言った。

「どうして?」ミニーが食いさがる。

ベンの視線がノートパソコンからメグの顔へとちらっと動いた。一瞬、困惑が見てとれたが、ベンは事態を察したらしくこちらに向かって短くうなずいた。

「彼女のそばにいてくれる?」メグはきいた。

「もちろん」

「よかった。ありがとう。すぐに戻るね」さらに質問する隙をミニーに与えずに、メグは階下へ向かった。


「うまくいくわけがありませんね」

クミコがため息を漏らした。「なんで?」

「停電しているんですよ」ビビアンが続ける。いつもながら希望と喜びにあふれた発言だ。「ルーターだけは別だとでも?」

「電線で接続されていなければね」メグは答えながら、ネットワーク・ケーブルを自分のＭａｃＢｏｏｋのうしろ側へさしこんだ。「もし衛星インターネットなら、太陽光による自家発電システムがパラボラアンテナに備わっているかもしれない」

「パラボラアンテナから直接ケーブルを引いているなら、いまもネットが使えるかもしれないな」Ｔ・Ｊが彼女の肩をぎゅっとつかんだ。「すばらしいよ」

「驚いた」クミコがビビアンを一瞥して言った。「メグがここにいてくれて、すっごく助かったよね」

「なんとでも言いなさい」ビビアンが返した。

全員がパソコンの画面をのぞきこもうとしているらしく、メグは背中にみんなの体が押しつけられるのを感じた。奥行きの浅い棚にノートパソコンを置いて、ひざで支える格好にした。ネットワーク・ケーブルはすでにさしこんである。メグは息を止めて、バッテリーが十分残っていることを祈りながら電源ボタンを押した。

頼むから、お願い。完全にバッテリー切れだとしたら、メグの運もそれまでだろう。だが、あきらめかけたころにようやく緑色のランプが点灯し、なんとか電源が入ったとわかった。助かった。

全員が安堵の吐息をつき、誰かの息がメグの頬にかかった。誰かのじゃない。Ｔ・Ｊの息だ。すぐうしろに彼がいて、振り向けばお互いの唇が触れてしまいそう……。

やめなさい。よりによってこんなときにT・Jとのキスを想像するなんて最悪だ。

メグはなんとかパソコンの画面に意識を戻した。一瞬、運命のレインボーカーソルが現れ、じれったい思いがしたが、やがてデスクトップ画面が立ちあがった。

「やったぞ!」T・Jが声を出した。

「ぐずぐずしないで!」ビビアンがせっついた。かろうじて冷静さを保っているらしい。「ブラウザーを開きなさい」

メグはブラウザーのアイコンをクリックしつつ、思わず唇を嚙んだ。これがうまくいかなかったら、どうすればよいのだろう?

「ああ、ほら!」クミコが言った。「見て!」

ブラウザー・ウィンドウにメグのホーム画面が表示された。成功だ! 自分のアイデアがうまくいった!

「ちょっとやらせてちょうだい」ビビアンがそう言って、前に出てくる。「わたしの電子メールにログインして――」

クミコが彼女を肩で押しもどした。「メグのコンピューターなんだから」

そのとおり。自分のコンピューターだ。メグはブラウザー・ウィンドウにあるメールのタブを開いた。きちんと機能しているようだ。新着メールが今朝届いている――母親からで、件名は「楽しんで!」となっていた。メグは唇を嚙み、〝メールを作成〟ボタンをクリックする。母親からのメールを見ただけで、なぜか泣きたくなってしまった。

「誰にメールを送ればいい？」ガンナーがきいた。「警察かな？」

「えっと」メグはみんなを見まわした。「警察署のメールアドレスはわからないんだけど」

「きみの両親に先にメールすればいい」T・Jが提案する。「それからオンラインで緊急連絡先を見つけよう」

メグはうなずいた。アドレスボックスに両親ふたりともの名前を入力し、あとはとばして直接メールの本文にとりかかった。

〈ヘンリー島にあるジェシカ・ローレンスの別荘にいるの。話せば長くなるから簡潔に。事故が発生。電話が不通。助けて〉

娘が嘘をついたと知ったら、両親はきっと激怒するだろう。けれど、いまはこの島に警察を呼ぶのが先決だった。叱られるのは仕方がないとしても、それはあとの話だ。

震える手で、メグは〝送信〟ボタンをクリックした。

「よし、頼むぞ」T・Jが小声で言った。全員がノートパソコンのほうにぐっと身を乗りだしてくるのがわかった。まるでみんなが心のなかで念じることで、電子メールをサイバー空間に送りだし、送信完了メッセージを表示させようとしているみたいだ。

「ああっ」

七人の口からいっせいにそんな声が漏れた。ほんの一瞬前まではインターネットに接続され、活発に動いていたパソコンの画面が、いきなり真っ白になってしまった。

〝インターネットに接続されていません〟。

それでおしまいだった。

12

「何があったんです？」ビビアンが噛みつくように言った。「うまくいっていたはずですよ」

「ページを更新してみたら？」クミコが提案した。

メグはすでに先んじて更新していたが、何度やっても結果は同じだった。〝インターネットに接続されていません〟。

「信号が届かなくなったみたい」メグは言った。「本当にごめんなさい」

「きみのせいじゃない」Ｔ・Ｊが応じる。「きみがいなければ、誰も思いつかなかったんだから」

「なあ、俺にやらせてくれよ」ネイサンが口を出した。メグが脇に寄ると、ネイサンがさっそく〝ネットワーク〟のウィンドウを開いて、メグがその存在すら知らなかった、接続診断ツールを起動した。「ネット接続の維持ってのは、一筋縄じゃいかないときがあるからな。接続が切れただけなら、おれがなんとかしてやるよ」

メグはあまり期待していなかったが、それでもネイサンの意気ごみがありがたかった。

「うまくいくはずないと言ったじゃありませんか」ビビアンが口をはさんだ。窓際のベンチにすわりこんで、脚を組んでいる。

「ほんと、あんたって知ったかぶり屋よね？」クミコが言った。

ビビアンは鼻をつんと上に向けた。「あら、誰かが理性の声をあげるべきでしょうよ」

「脳みそがあるのは自分だけだと思ってるわけ？」クミコは激怒している。「少なくともメグはいいアイデアを思いついて、みんなの助けになろうとした。あんたなんてただふんぞりかえって、自分のほうが上だと思ってるだけでしょ。自惚れるのもいいかげんにして」

ビビアンはやおら立ちあがり、ぐいと胸を張った。「この週末のあいだずっと尻軽な行為に耽るなんて、少なくともわたしはそんなマネをしませんからね」

「何が言いたいのよ？」

「きみのことを尻軽女と呼んだのか？」ガンナーが口を開いた。

「つまり」両手を腰に当てて、ビビアンが答える。「あなたたちふたりがこそこそと人目を忍んで――」

「誰もこそこそなんてしてない」ガンナーがのろのろと否定する。「T・Jがソファで寝ると言ってくれたんだよ」

メグは小首をかしげた。昨夜、T・Jはリビング・ルームで寝たということ？　メグがローリの遺体を見つけて、最初に階段に駆けつけたのはT・Jだったはずだが。

「わたしが言いたいのは」ビビアンがなおも続ける。「昨夜、あなたが自分の部屋で寝ていたら、ローリは死なずにすんだかもしれないということです」

「そこまでよ！」クミコがビビアンにつかみかかろうとしたが、T・Jがふたりのあいだに割って入った。

「もうよすんだ」彼が言う。「ケンカしてもなんにもならない。これからどうするか、みんなで知恵を絞らないといけない」ネイサンのほうを振り返った。「どうだ？」

「だめだね」ネイサンが答えた。メグのノートパソコンを閉じると、彼は立ちあがってネットワーク・ケーブルを引き寄せてみた。ケーブルは書棚の裏の、部屋の隅にある出窓のところから伸びている。

「壁の向こうにつながってるようだ」それだけ言うと、ネイサンはリビング・ルームから走りでて、キッチンへ入った。

「一体何ですか？」ビビアンが声をあげた。

テラスに通じるドアが閉まる音がした。メグが出窓からのぞいてみると、ネイサンが裏庭に出る通用口から顔だけ出して、そとを見ているのがわかった。ひと呼吸おいて、彼は雨のなかへ飛びだした。

六人が窓際のベンチの上で押しあいへしあいしながら、窓のそとに視線を凝らしていた。窓ガラスに雨が打ちつけ、そとの景色はさながらおぼろげな印象派の絵画みたいに混沌としている。万華鏡をのぞきこんでいるような気になりながら、メグは輪郭のぼやけたネイサンの姿がぬかるんだ地面から何か拾いあげるのを眺めていた。

「あれは何です？」ビビアンが甲高い声を出し、窓ガラスのほうへ上体を起こした。

「何を拾ったのかしら？」

ネイサンの手のなかに黄色いものがちらっと見えて、メグは思わず息をのんだ。黄色のネットワーク・ケーブルだ。

ネイサンが一瞬立ち止まった。メグが見守るなか、彼は屋根のほうを見あげ、それから踵を返して家のなかへ走ってもどった。

全員が黙ったまま、キッチンへ急いだ。

「それで？」ビビアンが促した。「何があったんです？」

T・Jからタオルを受け取ると、ネイサンは濡れた顔や手をすぐさま拭きはじめた。

「何もない。こいつはだめだな」

「そうなのか？」ケニーがきいた。

「すまん、みんな。何らかの原因でケーブルは真っ二つに切断されていた。木の枝や何かの破片のせいかな。もう完全に使い物にならないぞ」

「ノートパソコンを衛星アンテナに直接つなげないのですか？」ビビアンがたずねた。ネイサンは髪から水滴を振り払った。「あんたが屋根の上にのぼってつないでくれるのか？」

ビビアンは不満げに唇をすぼめた。「このわたしが屋根にのぼるように見えますか？」

「そんなふうには思ってなかったよ。もう八方ふさがりってとこだな」

ある意味ではそうだった。電話はだめ、インターネットもだめ。一番近い町は海峡の向こう側だ。メグは塔の部屋の窓から遠くでちらちらと瞬く光を見て、あれがロシュ港の家々の明かりだと思ったのだった。

遠くの光。ああ、どうして忘れていたんだろう？「テイラーズ家の別荘よ！」メグは突然言った。

ビビアンがにらみつけてきた。「誰ですって？」

「ここの向かいにある屋敷のことよ」メグは言った。「そこなら電話があるかも」

「もちろんよ！」クミコが声を出した。「昨日の夜はパーティーであんなに盛りあがってたんだから」

「ひどい天気なんだぞ」ネイサンがぐしょぐしょになった保温Tシャツを手で絞りながら言った。「あそこまで渡っていけると思うのかよ?」

「ガンナーとぼくがやってみよう」T・Jが言う。

「了解」ガンナーがたたっとリビング・ルームに戻っていき、玄関ホールへ向かう。T・Jもあとに続いた。

メグもみんなと一緒にすぐあとからふたりを追いかけた。T・Jとガンナーは壁のコート掛けからレインコートを下ろした。そのあいだにメグは玄関ドアを少し開けた。激しい雨がほとんど水平に前庭に吹きこんでおり、その猛烈な勢いでテイラーズ家の別荘の輪郭がぼやけて見えている。別荘は突風が吹くタイミングに合わせて見え隠れしており、まるで異次元から現れては消える建造物のようだ。

「本当に大丈夫なの?」メグはきいた。T・Jとガンナーが大波にさらわれ、海へ流されている様子を想像してしまい、胃がきりきりと痛んだ。

T・Jはレインコートのフードをしっかりとかぶった。「歩道デッキがある。ふたりともつねに片手で手すりをつかんでおくようにする。そうすれば安全だよ」

ネイサンがメグのうしろに立ち、玄関ドアをいっぱいに開いた。「なあ」屋敷の下方に見える地峡を指さして続ける。「そいつはどうかな」

メグは視線を大荒れの海のほうにさっと向けた。激しい波が打ち寄せ、細長い陸地はほんのいっとき海中に没した。それから波が引くと、海中から地峡が再び姿を見せた。メグははっと息をのんだ。

「デッキがなくなっている」

「くそっ」T・Jが罵った。もっとよく見ようと、強風のなかをテラスへと押し進んだ。

「まずいわよ」クミコが口を開いた。

T・Jは向きを変え、屋敷のなかへ戻ってきた。黄色のレインコートを脱ぐ。「完全になくなってるな」と言う。「嵐のせいで破壊されてしまったにちがいない」

ビビアンが玄関ドアから顔を突きだしてそとを見た。「歩道デッキがなくても渡れるでしょう？　波はそんなにひどくありませんよ」

「あんた、頭がおかしいんじゃない？」クミコが彼女をなかに引っ張りもどした。「デッキがないと、ほんの小さな波にものまれてしまうおそれがあるんだからね」

「でも、ここで手をこまねいているわけにはいきませんからね」

「それならあんたがやってみたら」クミコは胸の前で腕を組んだ。「どうぞお好きなように。わたしが見守ってあげる。この上からだけどね」

「クミコの言うとおりだ」ケニーが冷静な声で言う。「これじゃ、向こうまでたどり着けるわけがない」

ビビアンの目はほとんど飛びだしそうなほど見開かれた。「つまり、ここで身動きがとれないってことですか？」

T・Jはうなずいた。「とりあえず嵐がおさまるまでは」

メグは土砂降りの雨のなかに目を凝らした。雨風が弱まった瞬間には、地峡の向こう側にテイラーズ家の別荘の輪郭が浮かびあがってくる。あんなにすぐ近くにあって、居心地がよさそうで、それなのにたどり着くことができないなんて。メグはゆっくりとドアを閉めて、そこに額をもたせかけた。メグの提案はいずれも成功しなかった。みんな、ここに囚われてしまった。

「これからどうする？」クミコがきいた。ガンナーの手をしっかりと握っている。

「彼女をあそこから下ろさないといけない」ケニーが低い声で言った。それは問いかけではなかった。彼の声は穏やかだったが――ほとんどささやき声に近い――ケニーが悲しみを抑えこもうとしているのがメグには強く感じられた。彼が感情を爆発させるのを見たくなかった。

どうやらビビアンには、ケニーの神経を逆なでしないようにする気などないらしい。

「下ろすですって？　あなた、正気ですか？　あそこは犯罪現場ですよ。警察が調べる必要があるんですからね」

「この前に確かめたときには、自殺は犯罪じゃなかったけどね」クミコが応じた。

ケニーの決心は変わらない。「彼女をあのままにはしておけない」

「別にいいんじゃありませんか？」ビビアンが問いかける。

「亡くなった人への冒瀆《ぼうとく》になる」

「遺体を動かすほうが冒瀆になるでしょう。証拠をめちゃくちゃにしてしまったらどうするんです？」

「落ち着きなさいよ、科学捜査官殿」クミコが返した。

メグは塔の部屋で床にうずくまっているミニーの姿を思いだした。ビビアンの主張も一理あるが――神よ、彼女をお救いください――警察に連絡する術《すべ》もなく、いつジェシカが到着するかもわからない状況で、ローリの遺体をあそこに吊りさげたままにしておくのはあまりにも恐ろしかった。もし月曜日までここに足止めされたらどうするのか？

「ケニーの意見に賛成するわ」メグは言った。「彼女を下ろしたほうがいいと思う」

T・Jがうなずいた。「ぼくもだ。誰かほかに反対する者はいるか？」

ネイサン、ガンナー、クミコが首を左右に振った。

「好きになさいな」ビビアンが言った。怒りで顔を真っ赤にしている。「でもね、わたしはこの件に関して一切責任を取りませんよ。警察に質問されたら、あなたがたの一存でやったことでわたしは止めようとした、と答えます。あなたたち全員、面倒なことに巻きこまれるんですからね。わたしは関係ありませんよ」それだけ言うと、憤然として玄関ホールから去っていった。

「自分の思いどおりにならなくて、そのたびに足をどんどん踏み鳴らしてどこかに行ってくれるなら」クミコは彼女が去っていくのを眺めながら、にやりと笑った。「あの女が口を開くたびになんでもかんでも反対してもいいかな？」

「それって難しくもなんともないよね」メグは答えた。

「それでどうする？」ガンナーがたずねた。

T・Jがメグを見た。「彼女を下ろしたほうがいいと本気で思っているんだね？」

事実上、T・Jがリーダーの役割を担っていたが、それでも熱心にメグの意見を聞きたいらしい。メグには理由がわからないが、なんとなくそれがうれしかった。その場の全員が自分の返答を待っていると気づいて、ほんの一瞬メグはパニックを起こしそうになった。と、同時にT・Jが自分の意見を尊重してくれるかと思うと、胸がどきどきしてくる。

メグはごくりと唾をのみこんだ。「オーケー」ローリの遺体をあのまま吊るしてはおけない。それはあんまりだ。「やりましょう」

13

ローリの遺体をホワイトロック屋敷の一階に下ろすには、ほぼ全員の力を必要とした。ロープは塔の一番高い垂木に投げかけてあり、もう一端は塔の階段の下の手すりにしっかりと結んである。ロープの扱いに長《た》けた船乗り並みの手際のよさだ。おそらくかなり混乱した精神状態でローリがよくまあこれだけしっかりロープを固定し、さらに垂木にかけて輪をつくったりできたものだとメグは驚いた。

男子たちがじょじょにローリの遺体を下ろしていき、一方、メグとクミコは階段の下で待機していた。メグは前もってリンネル用戸棚から遺体をくるむのに使えそうな古いシーツを何枚か見つけておいた。クミコと一緒にシーツの一枚を床に広げて、遺体がじわじわと下りてくるのを待ち受けている。

ローリが自殺したという事実そのものよりも、頭上から下りてくる遺体を目にするほうがはるかに恐ろしいのだと実感した。男子たちが遺体の重みに必死に耐え、足を踏ん張るたびに、遺体が操り人形さながらにびくっと震え、身をくねらせる。じわじわと黒っぽい姿が近づいてきて、もつれた細い髪が顔にかかっているのが見えた。塔のてっぺんの梁や桁がぎしぎしときしむとともに、遺体がゆっくりとねじれる。最初は左に回転し、それからもっと速く逆回転してねじれが解け、また左に回転しはじめる。

ローリのだらりと垂れた脚が頭のすぐ上まで迫ってくると、メグは胃が飛びだしそうになるのを感じた。うしろに下がって視線を落とした。あの生気のない瞳をもう見たくない。遺体が床に着いた音がしてから、メグはようやく顔を上げた。

塔の上にいる男子たちは手に感じる重みの変化に気づいたらしく、ロープを持つ手を緩め、やがて手を離したようだ。そのとたん、ローリの命のない、硬くなった体は床にがっくりと崩れ落ちた。頭上からロープが降ってきて、メグとクミコは慌ててその場から離れた。

「ごめんよ」ベンが塔の上から声をかけた。「みんな、無事かい？」

「うん」クミコが答えた。「わたしたちなら大丈夫だよ」

死んだ少女を除いて、とメグは心のなかでつぶやきながら、ローリの遺体を覆うために二枚目のシーツを持ってきた。

遺体はうつぶせに横たわっていた――左腕は体の下敷きになっており、右腕は肩のつけ根で不自然にねじれている。まるでばらばらに分解され、すべてのパーツを逆に戻した人形のようだ。首にはまだ輪縄がかけられており、体の上にはロープが落下したときのままとぐろを巻いている。

メグはシーツを広げて、ローリの体を覆った。それからクミコといっしょに頭と胴体のところでシーツを折り重ね、ミイラのように体をくるんでいった。

ベン、ガンナー、T・Jが階段の下に集まってきた。ネイサンものろのろとあとからついてくる。「祈りの言葉でも唱えるべきなのか?」彼がたずねた。「そうすべきだろうな」

「何か知ってる?」クミコがきいた。

「へっ」ネイサンが笑った。「まさか」

「われわれはローリ・グエンに別れを告げるためにここに集った」ケニーが階段の踊り場から唱えはじめる。彼はすでにローリの追悼の場を取り仕切っていた。「彼女の笑みを目にすることはもはや二度と叶わない。彼女の声を聞くことも。叶うものなら――」ケニーはそこで息をついてすすり泣きをこらえた。言葉をとぎらせ、手の甲で涙をぬぐう。「互いをもっとよく知りたかった。われわれはきっと……」

彼の声は次第に小さくなった。ネイサンが親友をちらりと見あげて、困ったように足をもぞもぞさせた。だが、黙ったままだ。

「これが誰の仕業であれ、誰が引き金となったのであれ……」ケニーはひと呼吸おいた。「罪人たちは報いを受けるだろう」

メグは一瞬びくっとした。あれから一日も経っていないのに、誰かが復讐をにおわせたのはこれが二回目だ。ケニーは気が動転しているのだろうが、それでもほかの誰かのせいにせず、ただローリは自殺したと認められないのだろうか？

ビビアンが書斎から顔をのぞかせた。「ここに運びこんでしまいましょう。そうすればもう目にせずにすみますから」

「彼女、ほんとにここまで鈍いのかな？」メグは小声で言った。

「どうやらそのようだね」T・Jが答えた。

ケニーがローリの頭部を、ガンナーとT・Jは彼女の脚をそれぞれ持ち、ネイサンが胴体の部分を支えた。ビビアンが彼らを書斎へと先導する。彼女はひっきりなしに指示を飛ばしつづけた。「ランプをひっくり返さないで。彼女の頭に気をつけてください。机に近づきすぎですよ。いいえ、反対側がいいでしょう」そのエネルギッシュな姿にメグはあっけにとられた。リーダーぶって支配力を行使することがこの世でもっとも重要だと言わんばかりの振る舞いで、それはあまりにも無意味でネガティブなものだ。しかし、ビビアンは懲りることなく延々とそんな行動を続けるのだ。

「あれはもうないのね？」

全員が振り返った。ミニーが階段の最後から二段目に立っている。ほかのみんながまだパジャマの上にコートやトレーナーを羽織って寒さに耐えているというのに、ミニーはきちんと着替えており、ジーンズに厚底のサンダル、カシミアの長袖セーターという格好だ。塔の部屋を半狂乱でひっくり返してから、ようやく落ち着きを取り戻したらしい。だが、この状況でのミニーのあまりにもひどい共感の欠如に、メグはぞっとしてしまった。クミコとガンナーがほとんど嫌悪に近い表情で顔を見あわせる。ケニーがそれこそミニーの頭蓋骨に穴があくのではないかと思われるほどぎらぎらした目で彼女をにらみつけている。

「彼女の名前は」いつものやわらかい口調でケニーが言うと、メグは首筋がぞくっとするのを感じた。「ローリだ」

「あら」ミニーが思わず声を漏らした。まずかった、とうっすら気づいているらしい。それだけでもたいしたものだ。「ごめん」

「よし」T・Jが話題を変えようと口を開いた。「あっちに行ってすわろう。これからどうするか相談しないといけない」

室温でやわらかくなったバターを塗ったパンを、メグはひと切れつまんだ。少しちぎって、無理やり口に押しこむ。ダイニング・テーブルを囲んでいる面々のほとんどはやはり食欲がわかないらしいが、その日の悲惨な出来事にもかかわらず、ミニーの食欲だけは旺盛だった。

「よくわからないのは」ベンが切りだした。「なぜいまあんなことをしたのかってことだよ」

T・Jがメグにちらりと目をやった。「何かが、ええと、引き金になったはずだ」

「そうかもしれませんが」ビビアンがかぶりを振った。「そんなに気が滅入っていて自殺まで計画していたのなら、のこのこホームパーティーなんかにやって来ますか?」

「あんたじゃなかったのが残念だよね」クミコがメグの左手のほうに向かってつぶやいた。

「はあ?」ビビアンがきき返した。

「別に」

ネイサンが肩をすくめた。「ここでもいいと思うけどな。ほら、やることは一緒なんだし」

〝やることは一緒なんだし〟自殺をそんなふうに軽く扱えるなんて。変わってる。人格的に欠陥がある。

「これからどうするか、話しあうべきだ」ベンはそう告げてから、ドーナツをひと口かじった。ミニー同様、彼の場合もローリの死が食欲を減退させることはなかったらしい。すごい、まさにお似合いのふたりだ。

「屋敷内に発電機があるかもしれないぞ」ネイサンが指摘した。

「すでに探してみたよ。ガンナーとぼくでね」T・Jが言った。「何も見つからなかった」

ネイサンが椅子の上で前かがみになった。「ちくしょう」

「ジェシカの到着を待つしかありませんね」ビビアンが口を開いた。「そのときにフェリーから警察に連絡を入れてもらえばいい」

猛烈な突風が屋敷に吹きつけ、建物全体が基礎から屋根までびりびりと震えた。

「思うんだが」しばらく間をおいて、T・Jが言った。「そろそろ現実と向きあうべきじゃないかな。ジェシカは来ないかもしれない」

「ええっ？」口いっぱいにベーグルをほおばりながら、ミニーが声を出した。「来ないってどういうことなの？」食べかけのベーグルを皿に置いた。「来るわよ。そうにきまってる。メグ、そうよね。約束したでしょ」

メグ自身、こみあげてくる恐怖をなんとか押し殺そうとしている最中なのだ。ミニーをなだめて落ち着かせるなんて、裸足でエベレストに登るのに等しいように感じられる。

ありがたいことにベンが割って入ってきた。「心配いらないよ」声をかけて、ミニーの手の上に自分の手を重ねた。

「ボートハウスがあったよな」ガンナーが口を開いた。それだけしか言わない。詳しくは語らなかった。

「やれやれ、情報をどうも」ビビアンが応じた。

彼を擁護して、クミコが即座に切り返した。「わからないの、ミス・秀才《ブリリアント》？　ボートハウスがあるなら、ボートが見つかるかもしれない。ボートにはたぶん無線機があるでしょ」

「無線機？」メグははっと背筋を伸ばした。

「そうとも」T・Jが答える。「あらゆる船舶にはマリンVHF無線機が設置されている」

「使い方を知っているの？」

T・Jがうなずいた。「おじさんが釣り用のボートを持っているんだ。夏にはよく手伝いをしていたからね」

メグはミニーにさっと視線を向けた。ローリの遺体が書斎に安置されてからというもの、彼女の気分はかなりよくなっているようだが、それもいつまで続くかわからない。抗うつ薬や抗不安薬が見つからないのだから、ミニーの精神がすっかり崩壊してしまうのも時間の問題だ。それこそチェルノブイリ級の深刻な事態になるだろう。

それだけは避けなければ。なんとしても。

T・Jもやはり無線機を調べに行きたがっているようだ。「それなら、行ってみよう」

「全員で？」そとで吹き荒れる嵐に目をやって、ミニーがたずねた。

「いや」T・Jがメグにウインクする。「メグだけを連れていくよ」

「そう」ミニーはふたりと目を合わそうとせず、真っすぐに前を見つめた。

ううっ。いまはベンがそばにいるのに、ミニーはいまだにT・Jをめぐって争うつもりだ。やはり彼のことはあきらめなければ、とメグはいま一度思った。

しかし、T・Jも今回ばかりは明らかにメグの心を読めていなかった。「行こう、メグ」彼が声をかけた。「身支度をしてレインコートを着たら、出かけよう」

14

メグは階段を駆けのぼって塔の部屋へ戻り、乱雑に散らかった室内で長靴とレインコートを探した。心臓が早鐘を打っている。でも、それは猛ダッシュで階段をのぼったからではない。メグは健康で、その程度の体力なら十分ある。ただただ、気持ちが高ぶっていた。

T・Jが彼女の力を必要としている。

だめよ。

メグはベッドの端にすわって、長靴をはいた。ミニーのこわばった表情がよみがえる。T・Jへの思いを抑えなければ。絶対に。ミニーに知られたら、到底許してもらえないだろう。だいいちメグはロサンゼルスへ行き、一からやり直すつもりなのだ。

とはいえ、T・Jもロサンゼルスへ行くことになっている。

一体どうしたっていうのよ? まるでメグの脳がわざわざ自分自身の邪魔をしているかのようだった。ホームカミング・デーの夜に決心したはずだ。T・Jとつきあうことは絶対にない。その決心を守らなければ。それでなくても、T・JがUSCに入学すれば、マカティオの花形選手どころじゃない、もっとはるかに有名になるだろう。セクシーなLAの女たちが彼に群がってくるはず。しかも、たぶんセレブな女性たちが。USCのフットボール選手はきまってセレブな若い女性とつきあうんじゃなかったっけ？　そういう条件が契約か何かに含まれているのだ——奨学金の全額支給に加えて、カーダシアン家（米国のセレブ一家）の女性との交際が必須。T・Jはメグのことなんか思いだしもしないだろう。メグは彼の名声への道の、いわば減速バンプも同然の存在にちがいない。

この週末をなんとか乗り切らないといけない。無線機を見つけて、この島から離れよう。先へ進まなければ。

メグは立ちあがり、レインコートを探そうと部屋を見まわした。ミニーが衝動的に部屋のなかを荒らしたときに放り投げたのだろう。レインコートはドレッサーのてっぺんに引っかかっている。それを下ろして着ようとしたとき、ふと何かが目にとまった。

ドレッサーの上に、額入りの女の子の写真が置いてある。

最初のうちは、誰の写真かわからなかった。どうもこの部屋に似つかわしくない、場違いな写真だと思った。青ざめた肌、悲しげな顔つき、ずたずたのカーテンみたいに顔の前に垂れた、くしゃっとした髪。黒髪。真っ黒で不吉な髪。

頭のなかの霧が晴れるように、メグはようやく気づいた。この女の子を知っている。

クレア・ヒックスだ。

どういうこと？　クレア・ヒックス？　どうしてクレア・ヒックスの写真がこの部屋にあるのだろう？

頭のなかが疑問であふれ返った。

到着したときからここにあったのだろうか？　メグは記憶をたどってみた。初めて階段をのぼってきたとき、塔の部屋に思わず目を奪われ、大喜びしたから、ひょっとしたら見落としていたのかも。いいえ、そんなのばかげている。分厚くて黒い額に入ったクレア・ヒックスの写真でしょう？　ここにあったとしたら、きっと覚えているはず。

では、もしこの写真が昨夜はここになかったのなら、どうしていまここにあるのだろう？　当然ながら、何もない虚空から突如現れたわけではない。誰かがドレッサーの上に置いたはずだ。でも、誰が？　ベンとミニーは一時間ほどずっとここにいたが、今朝のあの騒動のなかなら、誰でも塔の部屋に上がってこられただろう。いとも簡単だったはずだ。

そして、これがもっとも大事な疑問だ。なぜ？

もちろん、ごくありきたりな回答はこうだ。写真はドレッサーの裏側に落ちてしまっていたのだ。ミニーかベンがそれを見つけてもとに戻した。論理的に考えて、その説明が一番妥当だろう。しかし、それが事実だとしても、メグはまた最初の反応に立ち返っていた。どうしてクレア・ヒックスの写真がこの部屋にあるのだろう？

メグは写真をまじまじと見つめた。クレア。クレアが写真のなかからこの部屋へと這いだしてくるよ悪い幽霊の女にそっくりだ。クレアが写真のなかからこの部屋へと這いだしてくるような気がして、メグはすっかり怖くなってしまった。

彼女の家族がこんな写真を遺影に使うなんて、ますます訳がわからず不快な気持ちになってくる。

どうして、一体なぜ、メグの部屋にこの写真があるのだろう？　クレアはローレンス一家とはまったく関わりがない。むしろ、ジェシカ・ローレンスとその仲間たちはクレアをまるで疫病神のように忌み嫌っていた。あからさまに敵意をむきだしにしていたわけではない。正直なところ、クレアはすでに学校でのけ者にされても仕方のない状況にあった。秋学期の初めにカミアック高校に転校してきたクレアだったが、数週間のうちに噂が飛び交いはじめた。彼女を邪険に扱った者たちはみな、おかしな事故に遭うのだという。

ボビー・テイラーは学校の廊下でわざと彼女の足をすくって転ばせてから二日後、

自動車事故に遭った。のちに、ブレーキが効かなかった、誓って本当だ、と主張したらしい。

ティファニー・ホリデイは、おそらく彼女の手によるものだろうが、フォトショップで加工されたクレアの写真がフェイスブック上に出回ってから一週間後、ロッカーに仕込まれていた鋭い金属片で切り傷を負った。そのせいで正体不明の感染症にかかって二週間入院し、輸血を受けるはめになった。校内では献血運動が行われたし、ティファニーに回復の見込みがあるかどうかも不明で、不安な日々を過ごしたことをメグは思いだした。幸いなことに、彼女は無事に回復した。そして、警察はすべて事故として済ませたのだ。

それ以後、誰もクレアと関わりを持とうとしなくなった。教師たちですらそうだ。それでもクレア本人はあまり気にしていないようだった。だからこそ、彼女がいくらひどい状態だったとしても、ホームカミング・デーの翌日に寝室で天井ファンから首を吊って死んでいるのが見つかったときには、まったく予期せぬことでかなり驚いたものだ。

いまここでもう一件、首吊り自殺が起きた。そしてこの人里離れた場所の薄気味悪い広い屋敷で、写真のなかからクレアがその一部始終を眺めていた。これには何か意味があるのだろうか？　もしやローリが、メグたちが眠っているあいだにこの部屋に写真を置いたのだとしたら？　彼女はクレアと何かつながりがあったのか？

メグはぶるっと体を揺すった。すっかり想像を逞しくしてしまった。ばかばかしい。冷静にならなければ。T・Jと一緒にボートハウスを調べに行き、望むらくはヘンリー島から楽に脱出する方法を見つけたい。きっとうまくいくはず。

つい力をこめて、メグは写真立てをドレッサーに伏せてしまった。そのまま去りかけたとき、額の裏側に何か書いてあるのが目に入った。人さし指で額を回して反対側に向け、文字を読もうとした。

真っ赤なインクで書かれている。〝わたしが報復する〟。

一体全体どういうこと？　誰かの悪ふざけだ。それは間違いない。でも、はっきり言って、ちょっとあまりにも気味が悪くなってきた。メグは部屋からあとずさっていった。階段の縁まで来ると向きを変えて、長靴の足で可能な限り早く階段を駆けおりた。

階段の下でT・Jがメグを待っていた。「ずいぶん時間がかかったんだね？」

「ご――ごめんなさい」メグは口ごもりながら言った。頭のなかがぐちゃぐちゃになっている。ローリの死。クレアの写真。不可解な赤いスラッシュ、それに奇妙なDVD。すべてただの偶然か、それともなんらかのつながりがあるのか？　もしそうなら、どうつながるというのか？

T・Jが目の前に立った。「大丈夫か？　何だか……」

「えっ？」

「よくわからないけど、ショックを受けてるみたいだ」

メグは片眉を吊りあげた。「そう思うの？」

「つまり」T・Jがため息をついて言った。「ほら、ローリのこと以外に何かあったんじゃないかと」

メグは唇を開きかけた。クレアの写真の件をT・Jに知らせたかった。でも、途中で思いとどまった。T・Jはパジャマから着替えており、レインコートの下はジーンズとケーブル編みのセーターという格好だ。ひげを剃った跡にもメグは気づいた。一方、メグのほうはフランネルのパジャマズボンの裾を長靴にたくしこみ、トレーナーの上にそのままレインコートを羽織っている。髪をブラシでとかしていないし、いつものようにポニーテールに結いあげてもいない。パジャマ・パーティーの翌日に目を覚ましたばかりの間抜けな小学生みたいに見えるにちがいない……これから格好いい男の子とボートハウスに行くというのに。しかも、ふたりきりで。

まったくもう。自分がそこまで間抜けだったとは。

いや、何も言わずにおこう。十中八九、つい想像力が活発に働いていただけのことだ。実際にいもしないクローゼットのモンスターにおびえるばかな子どもみたいに思われるなんて、それだけは絶対に避けなければ。そんなことになったら、T・Jはあきれてさっさと逃げだしてしまうだろう。

「また物思いにふけっているね」彼が言った。「どうしたんだ？」

「なんでもない」メグは嘘をついた。

「よし。じゃあ出発だ」

ふたりは玄関ホールのほうへ歩きかけたが、すぐにT・Jが立ち止まった。壁の赤いスラッシュのそばを通りたくないのだろう。無理もない。玄関ドアを使わずに済んで、メグ自身、心のうちで喜んだ。T・Jは廊下を通ってリビング・ルームに入っていく。クミコとガンナーは長椅子にすわってふたりでべたべたしており、ネイサンは窓際のベンチで雑誌をめくっているが、誰も何も言わなかった。キッチンでは、ビビアンがカウンターにもたれて室温になったダイエットコーラを飲んでいる。

「ボートハウスへ行くんですよね」とだけ声をかけた。

「ああ」T・Jは裏のテラスへつながるドアを開けた。「運がよければ、無線機を見つけられるはずだ」

「そうでしょうね」片眉を吊りあげて、ビビアンが応じる。「無線機ねえ。ボートハウスに行く目的はそれだけなのかしら」

「それだけだ」T・Jはそっけなく答えた。「行こう、メグ」ビビアンがテラスのドアのところまでついてきた。「あなた、本当に無線機を使えるんですよね？」

この人はねちねちと、どこまで他人を管理したいのだろうか？

T・Jはメグを先にテラスへ送りだした。「そうだよ」

ビビアンが二、三歩、こちらのほうに足を踏みだした。「なんなら、わたしもあなたがたと一緒に――」

「いや、結構だ」T・Jが笑みを浮かべながら、突っぱねた。それから、彼女の目の前でドアを閉めた。「くそっ、彼女はほんとに嫌な奴だな」T・Jがぼそっとつぶやいた。

「嫌な奴なんてもんじゃないけどね」

T・Jが裏庭に出るドアを開けると、嵐のすさまじさがじかに感じられた。滝のような雨のせいで裏庭の向こうにある木々はぼんやりとしか見えない。外気は、暖房の切れた室内よりもさらに少なくとも二十度は下がったような冷たさだ。

「ぼくから離れるんじゃないぞ、いいね？」T・Jが声をかけた。「ボートハウスへのくだり道はたぶん足場が悪くて危険だろう」

危険なの？　そうなのね。「わかった。そうする」

「いいかい?」T・Jはレインコートのボタンをあごまでかけた。ポケットからビーニー帽を引っ張りだして、耳まで深くかぶる。

メグはフードで頭をすっぽり覆った。「オーケー」

T・Jが階段を下りて、雨のなかへ飛びだした。深く息を吸うと、メグもそのあとに続いた。

15

ホワイトロック屋敷周辺の地面はぐしょぐしょにぬかるんでおり、裏庭を横切ろうとするメグの長靴の底に泥が吸いついてくる。くるぶしまで砂に埋まる浜辺でも歩いているかのように、メグはよろよろと重い足取りで歩いた。足を一歩前に踏みだすだけでもいつもの倍の労力がかかる。昨夜にもまして風が荒々しく島を吹きすさび、まるで行く手を阻む木々をことごとく根こそぎにし、建物を横倒しにしようとせんばかりの勢いだ。ベイマツの木立もこの大嵐に直面して縮こまっているようだ。突風に揺すぶられる枝々の音や、下方で海岸の岩々に当たって砕ける波の音が聞こえてもいいはずだが、メグの耳に入ってくるのは容赦なくヒューヒューうなりつづける風の音だけだった。

T・Jから遅れまいと、メグは懸命についていった。T・Jはメグよりも少なくとも十五センチは身長が高く、フットボールチームの花形選手のずば抜けた脚力でもって、泥まみれの裏庭も風を切るように進んでいく。ゆうに三十秒は早く木立の手前までたどり着いた。メグがよろよろとうしろから近づいても、ほとんど気づかない。

T・Jが右手のほうに目を凝らしているので、メグも彼の視線を追ってみた。木製の歩道が木立を突き抜け、斜面をくだっている。地峡から押し流された歩道デッキと同じような造りのものだ。ざらっとした木材は風雨にさらされ傷んでおり、すでに茶色から灰色に退色し、あちこちくぼんでいる。T・Jが一枚目の厚板を足で踏み、体重をかけて強度を確かめた。歩道はややたわんだが、見たところ頑丈で問題なさそうだ。

「大丈夫そうだ」雨の壁にさえぎられ、T・Jがこちらに向かって叫んだ。メグの手を握り、先に立って木立のなかをくだっていく。

歩道の厚板はどれも傾いており、不ぞろいで——横切るのに十歩かかるものもあれば、ほんの三歩で渡れるものもある——底に滑り止めゴムがついたメグの長靴でも、びしょ濡れになった厚板をしっかりととらえるのは容易ではない。崖のほうにふと目が行ってしまわないように心がけた。険しい崖の下にはぎざぎざの岩々が待ち受けている。

ボートハウスに行くのはちょっとまずかったかもしれない。いまにも壊れそうな歩道？　チェック。最悪の嵐？　チェック。海岸の岩に激突して即死？　チェックメイト。まさに、昨夜ネイサンが口走ったひどく人種差別的な冗談そのものではないか。

これこそホラー映画の始まりだ。

前方で、歩道が急カーブを描いている。道は危険なほどの角度に傾斜しており、メグの目の前でT・Jが数センチほど足をスリップさせたものの、なんとかバランスを取り戻した。「気をつけろ」彼が叫んだ。「ちょっと――」

手遅れだった。メグの長靴が傾いた厚板を踏んだとたん、靴底がグリップを失った。メグはなすすべもなく歩道を滑り落ち、手すりに向かってつんのめりそうになる。急斜面がちらっと眼前に迫ってきて、自分の体が崖から真っ逆さまに落下していく様を思わず想像してしまう。両手を伸ばして手すりをつかもうとしながら、おんぼろの木の柵が落下を食い止めてくれることを祈った。だが、甘かった。木製の柵はあっさり崩れて、メグは目をぎゅっと閉じた。万事休す。

ところが、崖から転落することなく、メグはたくましい腕が腰に回されるのを感じた。T・Jが力んだ声を出し、歩道の縁から彼女の体を引っ張り戻す。それからくるりと向きを変えて、安全な場所へとふたりの体を移動させた。斜面の反対側で歩道を支えている大木の幹に体を預ける。メグは彼の体にもたれかかっていた。ふたりとも荒い息をしながら、その場に立っている。

「無事か?」T・Jがきいた。彼の両腕はいまもメグの腰に回されたままだ。

「ええ」メグは答えた。心臓がどきどきしている。九死に一生を得るような経験をしたからか、それともT・Jの体がぴたりと押しつけられているせいか、メグにはよくわからない。

「危ないところだった」T・Jが彼女の肩越しに道の湾曲部に目をやった。「あそこをちゃんと修理すべきだな」

T・Jがいなければ一体どうなっていたか、メグは想像したくもなかった。

片腕をメグの腰に回したまま、T・Jは彼女をそっと次の、崖の反対側へ曲がっていくデッキの上へ下ろした。ゆっくりと慎重に、ふたりはボートハウスへ向かった。と、T・Jがいきなり足を止めた。

「くそっ」とつぶやく。

メグは彼の顔を見あげた。「何?」

「テラスのドアのそばに懐中電灯が何本か置いてあったのに」彼が答える。「持ってくるのを忘れてしまった」どちらを選ぶか考えているかのように、ボートハウスのほうを見おろしたかと思うと、危険な湾曲部の向こうにある屋敷のほうを再び見あげる。

「くそっ」と繰り返した。「懐中電灯は必要だ。ここで待っていてくれるか?」

まわりに何もない、こんな急な斜面でじっと待っていろと？　崖から落ちて死ぬところだったというのに？　そんなのはお断りだ。メグは抗議しかけたが、T・Jはその暇を与えなかった。メグが何か言う前に、身をかがめて彼女の唇にさっとキスをする。それから向きを変えて、また斜面をのぼっていった。

メグは頭がくらくらした。たったいま、T・Jにキスされたのだろうか？　T・J・フレッチャーがいま自分にキスをした？

いくつかの考えが同時にメグの頭に浮かんだ。

第一に、自分が喜びのあまり気絶してしまってもおかしくないだろう。

第二に、T・Jは彼女に本気でキスをしたのか？　何かの間違いでは？　いいえ、そんなはずはない。彼女の顔から何かをぺろりとなめ取ろうとしたのなら話は別だが、そうでなければ何かの間違いだなんてあり得ない。

第三に、まさかミニーに見られていやしないだろうか？

最後のひとつが一番気がかりだった。激しく降り注ぐ雨のなかで、メグは目をしばたたき、首を伸ばして屋敷のほうを見ようとした。テラスの塀に沿って横一列にならんだ窓がかろうじて見分けられるが、それすらも木々に隠れてちらっと白く光るものが見えるにすぎない。大丈夫だ。ミニーがボートハウスまでふたりのあとをつけてきていない限り、見られた心配はまずない。メグは一段高い厚板にのぼって、屋敷へ戻る道を目でたどってみた。だが、斜面の急な角度とうっそうとした樹木のせいで三十メートルほどしか見通せない。

よかった。メグのほうから屋敷が見えないなら、ミニーからこちらが見えるはずはない。

メグは木の幹にもたれかかった。雨は猛烈な勢いで激しく降っており、もはや雨粒すら判別できないほどだ。数秒ごとに風向きがころころ変わり、顔がびしょ濡れになってしまう。容赦なく続くすさまじい嵐。その荒々しさの前でほとんど目も開けていられなかった。

メグは下方の岩々に目を凝らした。岩だらけの島に波が激しく打ちつけ、その衝撃が感じられそうなほどだったが、奇妙なことに音は一切聞こえてこない。実のところ、周囲の音は個別にはまったく聞こえない。雨と風によって一種のホワイトノイズの幕が張られ、ほかの物音がすべてかき消されてしまったかのようだ。メグは口を開けて嵐のなかで叫んでみたものの、思わず苦笑してしまった。自分の声すらほとんど聞こえない。

だが、笑い事ではないとすぐさま思い直した。大声で叫んでも誰にも聞こえない。それが現実なのだ。雨に打たれ、真っすぐに立つのもやっとという強風のなかにいると、島全体がいっそう不気味な様相を帯びてくる。

メグはぶるっと身震いした。T・Jがいなくなってから、どれくらい時間が経ったのだろう？　そろそろ屋敷からここに戻ってきてもいいころなのでは？　とはいえ、T・Jを急かすつもりはなかった。木製の歩道は滑りやすく、一歩間違えば眼下の岩々へ真っ逆さまに転落してしまうだろう。どうしてこれほど危険な歩道を作ったのだろうか？　これではまるで――。

誰かの手がメグの肩をつかんだ。メグは悲鳴をあげた。心臓が口から飛びだしそうになったが、振り返ってみると、そこにはT・Jがいた。

「大丈夫か？」雨のなかで、T・Jが声を張りあげる。オレンジ色の柄のついた懐中電灯が二本、レインコートのポケットから突きでている。T・Jの顔に笑みはなかった。

メグはうなずいた。

「歯がガチガチいってるよ」T・Jが指摘した。

「ほんとに？」メグは頭のなかで自分の状態をチェックしてみた。頭のてっぺんから足の先までぐっしょりと濡れており、確かに歯がガチガチ鳴っている。T・Jのキスと、この島がかもしだす薄気味悪い雰囲気にばかり気を取られて、メグ自身は気づいてすらいなかった。

「行こう」T・Jが言った。

メグは何も考えずに、よろよろとT・Jのあとをついて歩いた。岩の多い海岸に下りる手前で歩道が切れて、そこから木製の急な階段が続いている。手すりはぐらついていたが、T・Jは一段ずつゆっくりと慎重に下りていった。それから、ふたりでローレンス家のボートハウスのがたがきている扉を押し開けた。

16

しとどに濡れ、骨の髄まで冷え切ったT・Jとメグは、足を引きずるようにしてなかに入った。屋根にはいくつも亀裂が走っており、そこからぼんやりと鈍い光がさしこんでいる。ふたりが板張りの床を踏むと、大量のほこりの粒子がきらきらと舞うのがわかった。屋根の二十カ所ほどから雨が絶え間なく滴り落ちてくるが、それでも木製の壁に囲まれているおかげで風にはさらされない。メグがくしゃみをしたちょうどそのとき、T・Jが補強木材を交差させた頑丈な扉を閉め、掛け金をかけた。

T・Jは頭から帽子をはぎとった。「平気かい？」たずねながら、濡れた帽子を両手で絞った。

メグはがたがた震えだしそうになるのを懸命にこらえた。フランネルのパジャマズボンはぐしょ濡れで太ももにはりついており、見栄えがいいとはお世辞にも言えない。青緑色の防水レインコートの下では、寒さで鳥肌が立っている。メグはブラジャーをつけ忘れた自分のばかさかげんをひそかに呪った。

「ええ」メグはフードを頭から下ろして、髪をさっと振った。「まったく大丈夫よ」

「よかった」T・Jはニット帽をレインコートのポケットに入れ、メグに懐中電灯を一本渡した。彼女はスイッチを入れ、ボートハウスの室内を照らしてみる。

ふたりは、水上に浮かぶ建物全体に延びる木製デッキの上に立っていた。奥の壁には何かが積んであり、ブルーシートで覆われている。メグはその輪郭部分を懐中電灯の光でなぞってみた。シートの隅の折りたたまれたところから、積みあげられたガソリン缶が顔をのぞかせていた。

「少なくともガソリンは大量にあるということね」メグは言った。

T・Jも山と積んだガソリン缶に自分の懐中電灯の光を当てる。「たき火でもするか？」

「だめよ」メグはふっと笑った。「ここからボートを出すことになっても、少なくとも燃料の心配はせずにすむんだから」

T・Jがメグの前に歩みでて、にっこり笑った。「へえ、そうなんだ？　きみがボートを操縦するのかい？」

T・Jの頰にえくぼが——左のそれのほうが右のものよりもやや深い——からかうように浮かぶ。このえくぼに指を走らせ、くぼみのやわらかさを指先で感じてみたい、角ばったあごの力強いラインを指でなぞってみたい、とメグは幾度となく夢見たのだった。日記にそうつづったことさえあって、自分自身、赤面するほど恥ずかしかった。日記を読み返して惨めったらしく感じることほど情けないものはない。

T・Jが一歩近づいてきて、メグははっと息をのんだ。もう一度、キスをするつもり？　ああ、どうしよう。中学生のとき、楽団の練習後にティム・エバスタインにキスされて以来、フレンチキスの経験はなかった。あのとき、彼の真新しい歯列矯正用ブリッジで舌を切ったのだ。かなり出血がひどく、血と唾液の混じったものが口から垂れて、真っ白のTシャツの前を汚してしまった。ティムは女の子みたいに甲高い悲鳴をあげ、逃げだした。メグは保健室へ行き、ばかげた作り話をするはめになった。春季コンサートの招待状を発送するために、封筒を舐めて封をしていたら、口のなかをひどく切ってしまったのだと。

あれはロマンチックな体験とはかけ離れていた。

メグは記憶を振り払おうとした。T・Jは歯列矯正用ブリッジなんかしていないのに、何をそんなにびくびくしてるの……？

そのとき、ほんの数センチ先に立っているT・Jの視線が、メグの右肩越しに何かに注がれていることに気づいた。メグも振り返ってみると、彼が一隻のボートを見つめているとわかった。

いや、ボートという表現はふさわしくない。全長十二メートルはあろうかという巨大なクルーザーで、鋭い船首を持ち、一段高くなった操舵室がふたりの頭上にそびえている。船体は白く——屋敷と同じように——塗装され、船首近くに船名が真っ赤な文字で書かれている。〝ネメシス（ギリシャ神話の報復の女神）〟。

「美しいな」T・Jがため息を漏らした。

本当に？　船が？　この無生物のほうが、メグよりも魅力的だということ？　彼女の人生によくありがちなパターンだ。

「ああ」一歩メグの横に寄って、T・Jが続ける。「ぼくが子どものころ、おじさんがまさにこういう船を持っていたんだよ。何年ぶりかな、目にするのは」

「船につけるには気味の悪い名前よね」

「ただの船じゃない」T・Jが言う。「グランド・アラスカン・トローラー。小さな島を旅したり、個人で釣りを楽しんだりするのに最適な船だよ。すごくいい船なんだ」T・Jは舷側の乗降口の掛け金をはずして、船にのぼっていく。

「そう」メグにはなんのことやら、ちんぷんかんぷんだ。

「これは七〇年代初期のものだろうな」T・Jが指の関節で船の横腹をこんこんと叩いてみる。「木造の船体、船室を囲むように設けられたポルトガル・ブリッジ。完璧なコレクターアイテムだ。こんな辺ぴな場所に放っておくなんて信じられないな」

メグはため息をついた。「すごいの？」船のことは何ひとつ知らないに等しい。両親はニューヨークのアッパー・イースト・サイドから移住してきており、シアトル沿岸での生活にあまりなじめなかったようだ。メグが乗った船といえば、フェリーだけだった。

「もちろん」T・Jは彼女のほうに向き直り、再び笑顔になった。えくぼが刻まれ、メグの神経をかき乱した。それから、T・Jは片手をさしだした。「おいで。操舵室へ案内しよう」

メグは船に乗りこみ、T・Jのあとについて一段高くなった操舵室への狭い階段をのぼった。この船はかつては手入れが行き届いていたようだが、ここ数年は完全に放置されていたらしい。マホガニー張りの操舵室には、見たところ、建造当時にはなかったはずのハイテク機器がこれ見よがしにずらりと並んでいる。最新のナビゲーション・スクリーンも、スポークが突きでた古風な操舵輪や船内へと続く階段の木製手すりと相まって、どうも時代遅れなように感じられてしまう。明らかな劣化や損傷の跡は見当たらないが、表面にはどこも分厚いほこりが積もっている。

「くそっ」T・Jは操舵席にこびりついたほこりを指でぬぐい、ジーンズで手を拭いた。「こんなにすごい船がここでじっとしたままだなんてもったいない。持ち主がずいぶん手を入れてるが、いくら性能を向上させても、これはそもそもクラシックな船だからな。こういう船はいまはもう造られていないんだ」

うわっ、T・Jが船マニアだったなんて。そんなこと誰も知らなかった。近寄りがたい印象がちょっと薄れたような気がする。「あなたがここまで船に詳しいなんて知らなかった」メグはかすかに笑みを浮かべて言った。

「えっ」そわそわと足を動かしながら、T・Jが応じた。「あんまり人に話してないから」

「その理由がわかる気がする。かなりオタクっぽいもの」

T・Jは船の機器類からやっと目を離して、メグをじっと見つめた。彼の顔から笑みが消え、メグに笑いものにされたのかと考えこむかのように眉根をぎゅっと寄せる。

「いまのはただの冗談だから」顔が赤くなるのを感じながら、メグは弁解した。なんてドジなんだろう？「だって、わたしのほうがずっとどうしようもないオタクなんだもの。なんといっても、わたしは作家志望だしね。ふたりとも究極のオタクってとこかな。それに、わたしの野球カードのコレクションを見たらきっと……」

メグは口ごもった。ああ、そうよ。そうやって言葉の〝下痢〟を引き起こせばいい。ちっともセクシーじゃないわよ、メグ。

「きみはオタクなんかじゃない」T・Jが言った。真剣にはっきりと何か伝えるかのような、穏やかだが、きっぱりとした声だ。「全然違うよ」

「そう」T・Jは彼女のことをオタクだと思っていないのか。それはよいこと？　悪いこと？　ああもう、どうして自分に自信が持てないのだろう？

　T・Jが一歩こちらに近づいた。いま、彼のまなざしは彼女だけに向けられている。

「メグ……」彼が言いかけて、途中で口ごもった。

「何？」苦しげな声が口から漏れた。おそらく、気絶してしまうのではないかと思うほど心臓が激しく早鐘を打っているからだろう。

「大丈夫か？」

　どうして何度もそんなふうにきくのだろう？　「ええ」

　T・Jが彼女の肩に手をかけた。「震えているぞ」

　メグ自身まったく気づいていなかったが、T・Jに指摘されたとたん、またしても歯がガチガチ鳴りはじめた。低体温になっているか、T・Jとふたりきりのせいでアドレナリンがどうしようもないほど噴出しているのか。たぶん、その両方だろう。

「寒いだけ」ガチガチ鳴る歯のあいだから、メグは声を出した。

「すまない」T・Jが言った。彼の手はメグの腕から離れず、レインコートを通してその手にわずかに力が込められたのが感じられる。「こんな寒い場所に連れだすつもりはなかったんだ。ただ……きみと話がしたくて」

　そのころには、メグの胃はまるでずっと喉もとにせりあがったままのように感じられていた。T・Jが彼女への不滅の愛を宣言してくれることを何度夢見ただろう。それなのに、いまこのボートハウスでふたりきりになってみると、メグにはこれが現実だとはとても信じられない。彼ならどんな女の子もよりどりみどりだろう。誰もがT・J・フレッチャーとデートしたがっている。一体全体どうしてメグを選ぶだろうか?

「ふたりであまり話をしてなかったよね。あれから……そう、ホームカミング・デーからずっと」T・Jが切りだした。彼の指がメグの手の甲をかすめるのがわかる。「ぼくはすっかり腹を立てていて、あれ以降きみを避けていたんだと思う」

ホームカミング・デーの夜。彼からダンスに誘われ、メグはそれこそ天にも昇る心地だった。でも、ミニーに問い詰められ、すべてが崩れ去ってしまった。

「でもきみが恋しかった」T・Jが続けた。こちらに顔を近づけてくる。「ガンナーとミニーが別れて、きみと会えなくなったから」

ミニーの名前があがるやいなや、メグの全身がこわばった。ミニー。だめだ。ふたりでこうして船上にいるところをミニーが見たら、なんと言うだろう? こんな会話をしていると知ったら、ミニーは絶対に許してくれないだろう。ミニーは打ちひしがれてしまうはず。彼女との友情もだいなしになってしまう。

T・Jがメグのほうに身をかがめてくる。「つまり、ぼくが言いたいのは――」

「無線機を見つけないと」メグは思わず口走った。もうこれ以上聞いていられない。

何を考えていたんだろう？　親友が夢中になっている男の人とつきあえるはずがない。これ以上の裏切りはなかった。

まるでメグにひっぱたかれたかのように、T・Jがさっと顔を引っこめた。「えっ？」

「無線機よ」メグはT・Jから離れて、操舵室の制御盤上の機器類を調べはじめた。「それから屋敷に戻りましょう」

「ああ」一瞬、T・Jはその場でじっとしていたが、やがて操舵席のほうへ歩いていった。「そうだな」

メグは彼に背中を向けた。声をあげて泣きたかった。どうしてせめて最後まで彼の話を聞かなかったのだろう？　どうしていつも自分から何もかもだいなしにしてしまうのだろう？

「おかしいな」T・Jが言った。

涙がひと筋だけ頰に流れ落ち、メグはそれをぬぐった。「何？」

「無線機がなくなってる」

「ええっ？」その瞬間、ふたりのあいだの緊張がたちまち消え去った。窓の上の、T・Jが指さしたところを、メグは見あげた。

「消えている。誰かに運びだされたんだ」

17

「誰かが船から無線機を持ちだした？」メグは船内のキャビネットにぽっかりあいた空間を見つめた。「どうしてそんなことをするの？」

T・Jはかぶりを振った。「見当もつかない。でも、ここのほこりについた指紋の跡からすれば」――T・Jはかつて無線機があった位置の両隣に残された汚れを示した――「ごく最近運びだされたんだと思う」

「それってよくあること？」メグはたずねた。まさにわらにもすがる思いだった。胸騒ぎがいまにも完全なパニック状態へと悪化しそうで、なんとか不安をしずめようとした。「メンテナンスか何かのために？」

「いや、違うな」

「そう」

ふたりとも黙ってその場に立っていた。本土と連絡をとるという望みがまたひとつ意図的に打ち消され、そのことがじわじわと身に染みてくる。彼らがいま置かれている現実が重くのしかかってきたが、その一方でメグは頭のなかで必死に解決策を探した。

「船はどうなの？　これを操縦してロシュ港まで行けない？」

「キーがない」

「ああ」なんだ。どういうわけか、メグはもっとダイナミックな答えを期待していた。

「キーなしでエンジンをかけられないの？」

T・Jは首をかしげてメグを見た。「ぼくがキーなしで船のエンジンをかけられるような人間に見えるのか？」

「あなたは船を動かせるように見えないけれど、どうやら動かせるみたいじゃないの」

「いい指摘だね」

今度はメグが首をかしげる番だ。「それで、できるの？」

「何が？」

何これ、二十の質問ゲーム（質問を繰り返して、答えを当てるゲーム）？　メグはやれやれと両手を上げた。

「キーなしでエンジンをかけられるの？」

T・Jが唇をぎゅっと結んだ。頬がごくかすかにくぼんだ。「いや、できない」

メグの目が操舵室内を見まわした。「ここにあるんじゃない？　キーが？」それが理にかなっている。船のどこかにキーを置いているのでは？　まさかこんな辺ぴな場所でわざわざ船を盗むような輩《やから》がいるわけでもあるまいし。

「正直言って、メグ、それはどうかな」

「とにかく調べてみましょう」

Ｔ・Ｊがため息をついた。「わかったよ」彼は船室につながる短い階段を下りた。

「ぼくは船室を調べるから、きみはここを頼む。いいね？」その声音からすると、どうやらあまり期待していないらしい。

「オーケー」Ｔ・Ｊがいくら悲観的でも、メグはあきらめたりしない。絶対にキーを見つけてみせる。

キー類を保管するとしたら、操舵室がもっとも理にかなっているはず。懐中電灯で照らしながら、制御盤を徹底的に調べた。機器類のなかで金属製のキーがきらりと光って目につくだろう。だが、むだだった。次に、操舵輪の両隣にいくつかある引き出しや戸棚のなかをくまなく探してみた。見つかったのは、海図、工具箱、ＷＤ－40（防錆潤滑剤）、ほこりが積もったコンパス、シアトル・マリナーズのやけにつばがくたびれた野球帽、電池式扇風機、ほこりまみれのコーヒーマグ、一見したところ適合する電気製品がよくわからない大量のアダプターやプラグ、延長コード。

だめだ。

うしろの壁の、階段の脇にはクローゼットのドアがあった。これが最後のチャンス。メグは幸運を祈ると、息を止めてクローゼットを開けた。

ところが、そこにはキーが一本も見当たらないどころか、妙なことになかが空っぽだった。モップもほうきもコート類も、何ひとつ入っていない。なんだか変だ。操縦室のほかの収納はどこも雑多なものであふれ返っている。それなのにここだけが空になっていた。

クローゼットの上から下までよく調べてみる。懐中電灯の光が床の何かをとらえ、メグは思わず手を止めた。それは染みだった。真っ赤なペンキの輪染みだ。

「T・J！」メグは大声で呼んだ。「こっちに来て！」

階段を駆けのぼってくるT・Jの足音がして、船が揺れた。「どうした？」手すりから顔をのぞかせ、たずねる。「キーが見つかったのか？」

メグはかぶりを振った。「見て」

T・Jの懐中電灯の光がメグのそれと合わさって、クローゼットの床に残された真っ赤な染みを照らしだした。彼がしゃがみこんで、指先でぬぐってみる。中指に真っ赤なペンキがべっとりとついた。

メグははっと息をのんだ。「まだ濡れてる？」

T・Jは返事をしなかった。中指を鼻先に近づけ、何度かにおいを嗅いでみる。それから、つと立ちあがった。「これは……」と言いかけた。「屋敷の壁に使われたペンキと同じものだと思う。まず間違いない」

メグの胸の鼓動が速くなる。消えた無線機、消えたペンキ……。「誰かが両方とも盗んだのね」メグは言った。「しかもごく最近に」

それは問いかけではなく、T・Jは答えようとしなかった。言葉にしない〝なぜ〟という疑問がふたりのあいだに漂って離れないが、メグはそれを口にするのが怖かった。答えを聞くのが恐ろしかった。

「これからどうする?」メグは違う質問をした。

T・Jがクローゼットと無線の消えた空っぽのキャビネットを交互にちらっと見て、それからメグに視線を戻した。「帰ろう」

雨脚は三十分前ほど激しくはなく、風も、島の住人や動植物をみな一様にきれいさっぱり吹き飛ばしてしまわんばかりの強さはなかった。だが、メグはいまだに自然の猛威と闘っているような気がしながら、ホワイトロック屋敷を目指してのろのろと木製の歩道をのぼっていった。

先ほどと同様にT・Jが先を歩いたが、今回は彼女の手を握ってくれなかった。それどころか斜面を半分ほどのぼるころには、T・Jはゆうに三メートル先をずんずん歩いていた。メグが大丈夫かどうか、一度も振り返って確かめようとしなかった。

文明社会と接触するチャンスが消えたのみならず、最愛の人の怒りを買うはめになってしまった。これで二度目だ。すごいじゃない、メグ。よくやったね。いっそこの島の断崖からいますぐ身を投げてしまえば……。

そんなことを考えながら、メグはなんとなく歩道から岩だらけの斜面のほうへ視線を移した。ところが、ぎざぎざの岩々や海岸に打ちあげられた流木が目に入るかと思いきや、何か違うものが見えた。派手な黄色がちらっと目にとまる。空気注入式のゴムボートだろうか？ そんなものがなぜここに？ 降りしきる雨のなか目を凝らした。よく見ようと目をしばたたく。あの形、あの大きさ。ゴムボートにしては小さい。あれはまるで……。

なんてことだろう。

「T・J！」メグは叫んだ。彼に聞こえるかどうか心もとない。目が岩場に釘づけになったまま、もう一度声を張りあげた。「T・J、こっちに……」

「どうした？」あっという間に、気づけばT・Jが彼女の肩のそばに寄ってきていた。メグは目撃したものを言葉にしようとしたが、その前にT・Jが彼女の視線をたどって自分の目でそれを見た。

「嘘だろ」T・Jが声をあげた。手すりを飛び越え、斜面をゆっくりと慎重に下りはじめる。

メグは躊躇せずに動いた。手すりの下をくぐり抜け、彼のあとを真っすぐに追いかける。重くてかさばる長靴のせいでメグがそろそろと下りていく一方で、T・Jはあっさり彼女を引き離して、半ば滑り降りるように泥だらけの斜面を下りていった。メグが到着するころには、T・Jはすでに丸一分はその場に立っていただろう。ぎこちない足取りでメグがT・Jのうしろまで行くと、彼が振り返って腕をつかんできた。

「見るんじゃない」T・Jがそう言って、メグと岩場に見えるそれのあいだに立ちはだかる。

「えっ?」メグはきいた。「それは何なの?」

T・Jは険しい顔をしている。答える代わりに、メグを引き寄せ、彼女が息もできないほどきつく抱きしめた。彼がゆっくりと身を離したとき、その両手が震えていることにメグは気づいた。

「事故だったんだ」

「ミニーなの?」こらえきれず、メグの声にパニックの色がにじんだ。

T・Jが首を振った。

メグはほっと息を漏らした。ミニーがボートハウスに向かうふたりを追いかけてきて負傷したのなら、メグは絶対に自分を許せなかっただろう。

「きみは屋敷に戻ったほうがいい」T・Jが言った。

「わたしにも見せて。何が起こったのか、見たいの」実際以上に気丈な声を出してしまった。この二十四時間のうちに奇妙なことばかりが起きたとあって、メグはどうしても自分の目で確かめたかった。

T・Jは反論しなかった。ただ、脇へどいた。

彼の背後で仰向けに横たわっているのは、ビビアンだった。恐怖と苦痛にかっと目を見開いている。セーターと絹のパジャマの上から黄色いレインコートを着て、きちんとボタンをかけていた。血の筋がゆっくりと腕を伝っていき、指先から、彼女の体の下にある水たまりへと滴り落ちていく。先のとがった流木が胸から突きでている。背中から突き刺さったものらしい。

「彼女は……」喉が詰まって声にならない。

「そうだ」

「そんな、まさか」

「ああ」

メグには何がなんだか訳がわからない。ビビアンはふたりのあとをつけてボートハウスに行こうとしたにちがいない。でも、どうしてこんなことに？

「歩道で足を滑らせたんだろう」メグの頭のなかの疑問に答えて、T・Jが言った。

「あの雨のなか、ぼくらのあとをつけてきたのなら……かなり危険だったはずだ」

ビビアンの目はただ虚空を見つめるばかりで、メグとT・Jが下りてきた岩だらけの斜面を見てはいない。頭部が太い流木の縁からがっくりと垂れ、両腕を体の左右に広げている。ビビアンが彼女の助けなしにはメグたちが無線機を見つけられない、操作できるはずがないと思いこみ、ふたりのあとを大急ぎで追いかけてくる姿が頭に浮かぶ。慌てていたので濡れた歩道で足を滑らせてしまった。真っ逆さまに崖から転落し、先のとがった流木の真上にどさりと着地した。その瞬間、まさにその流木に背中から串刺しにされたのだ。他人を細部まで管理し、支配しようとする性質が、破滅のもととなった。

こんなことが実際にあり得るだろうか？　ほんの数時間のうちにふたりが死亡するなんて？　メグは恐怖を振り払った。ローリの場合は明らかに自殺だった。ビビアンのほうはぞっとするような事故だ。そうだよね？

雨脚が強くなるなか、メグとT・Jはビビアンの遺体のそばに立ちつくしていた。大粒の雨がビビアンの開いた目に降り注ぐと、まぶたがわずかに震え、まるでビビアンが彼らにウインクするかのように見える。吐き気がしそうになり、メグは思わず顔をそらした。

「どうする？」メグはたずねた。

「ボートハウスにブルーシートがあった」T・Jが答えた。「ぼくが取ってくるよ。それで遺体を覆っておこう。でも、いまのところは動かさずに待ったほうが……」そこで言い淀んだ。

「ジェシカが来るまで？」メグは言った。口調に皮肉っぽい響きが混じってしまう。「それともフェリーが明日戻ってくるまで？　いまの時点ではそのほうがまだ可能性は高そうね」

T・Jが彼女を見おろした。唇がきつく結ばれ、ピンク色になっている。「ブルーシートを取ってくる」メグの皮肉に応じることなく、T・Jは告げた。「きみは屋敷に戻って、みんなに知らせてくれ」

メグとT・Jは斜面をよじのぼった。ぐっしょり濡れたフランネルのパジャマと重くてかさばるゴム製の長靴のせいもあって、雨のなか斜面をのぼるのはいっそう危険だった。だが、ほぼ純粋な意志の力だけで、ふたりは手近な歩道の上までなんとか体を引きあげた。つかの間、ふたりとも息を切らしてその場にすわりこんでいた――ずぶ濡れで、泥まみれで、心身ともに疲労困憊《こんぱい》して。メグはついビビアンの遺体のほうを見おろしてしまう。ローリと同様に、彼女の目もやはり見開かれ、空っぽで生気が失せていた。ふたりの死人の顔のどちらも頭から振り払うことができない。

T・Jが無言で立ちあがり、メグの体を持ちあげて立たせた。短くうなずいてから、慎重な足取りでボートハウスへ戻っていった。しばらく彼のうしろ姿を目で追ってから、メグは仕方なくホワイトロック屋敷のほうに視線を移した。木々のあいだに、建物がかろうじて見える。すでに皆、動揺しているというのに、またしても事故が起こったと伝えなければいけない。ミニー……ああ、ミニーは完全にパニック状態においってしまうだろう。ここには彼女の薬もないというのに。

歩道の急カーブのあたりに近づいたとき、メグははっとして立ち止まった。彼女が先ほど足を踏みはずして崖から転落しかかった、まさにその場所から、手すりがすっかりなくなっている。

メグは喉が締めつけられるのを感じた。ビビアンはここで足を滑らせたにちがいない。一時間前にメグ自身がそうだったように。あのとき、T・Jがそばにいて助けてくれなかったら、海岸で串刺しにされ、流木の上に横たわっているのはメグ自身の体だったはずだ。

そんなことは考えたくもない。メグはそこに背を向け、早く室内に入りたい一心で屋敷へと急いだ。木々のあいだを抜けるころには、嵐はさらに勢いを増していた。風雨がこれほど不吉に感じられたことはついぞない。まるでメグ自身の心のなかの寒々とした惨めさを映しているかのようだ。ビビアンとローリが亡くなった。船には無線機はなかった。もはや万策尽きようとしている。

さらに悪いことに、テラスに入る裏口に鍵がかかっていた。ああもう。ビビアンが屋敷を出るときに鍵をかけたにちがいない。おやおや、きょうはどんどんよくなっていくじゃないの。気分がタイタニック号を上まわるスピードで一気に沈んでいくなか、メグは屋敷の正面へと回った。

メグは大きく息を吸った。大丈夫、きっとやれる。ホワイトロック屋敷には、まだ、わたしたち八人がいる。数のうえではいまも有利なのだ。みんなで身を寄せあい、なんとか夜を明かそう。月曜日の朝になればフェリーが戻ってきて、悪夢のような週末もたんなる過去の記憶になるだろう。

オーケー。気をしっかり持たなければ。メグは玄関ドアを開け、つかつかとなかへ入った。

しかし、そんな必死の虚勢も、見せかけの勇気も自信も、玄関ホールに足を踏み入れた瞬間、あっさり崩れ去った。

壁には、ひとつ目の隣に、新たに引かれた真っ赤なスラッシュがあった。

18

一体どれくらい玄関ホールに立ちつくしていたのだろう。床には泥まじりの水たまりができている。なんのためにここにいるのか、メグはほとんど思いだせない。壁に平行に描かれたスラッシュしか目に入らなかった。ふたつのスラッシュマーク。ふたつの遺体。これは偶然だとは到底考えられない。

でも、それならどういうことなのだろう？　誰かが彼らをもてあそんでいるのは明らかだ。彼らを怖がらせようとしている。ひどく悪趣味な冗談だ。おそらく、たまたまビビアンの事故と同じタイミングで、こんな悪ふざけが行われたのだろう。それとも……。

メグはぞっとした。それとも、ビビアンが亡くなったことを誰かが知っているのか。

「大丈夫かよ？」

メグははっとわれに返った。ネイサンが食べかけの七面鳥のサンドイッチを手にして、廊下に立っている。

「無線機は見つかったのか？　T・Jはどこだ？　サンドイッチを食べないか？　こいつはなかなかいける――」ネイサンの言葉が途中で止まった。その目はメグがすでに見ていたものをとらえている。

「そいつはなんだ？」ネイサンがわめいた。サンドイッチが床に落ちたかと思うと、玄関ホールを横切り、慌ててスラッシュマークに近づいてくる。「なんてことをしたんだよ？」

「わたしが？」メグは思わずきき返した。この人は一体何を言っているんだろう？　ネイサンは振り向いて、メグに顔を近づけてきた。「スラッシュはひとつだけだったのに、いまはふたつある。こんなことをして面白いとでも思ってんのか？　みんなで見たばかげたビデオのまねでもしてるつもりかよ？」

　メグは彼から身を離した。「わたしがやったんじゃない」

「みんな！」ネイサンが廊下のほうへ行き、もう一度叫んだ。「みんな下に来いよ。いますぐだ！」

　最初にクミコとガンナーが、そのあとでケニーが、リビング・ルームから姿を見せた。ベンとミニーはのんびりと階段を下りてきた。

「みんな、何をそんなに騒ぎ立てているわけ？」あくびをしながら、ミニーがきいた。

「この女だ」メグを指さしながら、ネイサンが言った。「こいつがやったんだ」

「何をしたって？」クミコがたずねる。ネイサンは壁のほうにあごをしゃくった。全員が列を成して玄関ホールに入ってくる。

「わたしは何もしていない」メグは言った。六人の目がいっせいに自分に向けられ、メグはT・Jが一緒にここにいてくれたらと必死で祈った。「家のなかに入ったら、これが目に入ったのよ。そうしたら、ネイサンがここにやって来て」

「これがひとりでに現れたはずはないからな」ケニーがそう言って、親友の肩を持とうとする。

クミコはそうあっさり納得しない。「じゃあ、ペンキはどこなの？　彼女が壁にペンキを塗ったのなら、刷毛やペンキの缶とか、何かまだ持ってるはずでしょ」

「使ったあとでどこかに隠すこともできたよな」ネイサンが反論する。自分の言い分を譲ろうとしない。

「でも、それならどうしてわざわざ犯行現場に戻ってくるんだい？　そんなの間抜けじゃないか？」ベンが言う。「きみを混乱させるためだけに？」

「それは……その……」気の毒なネイサン。どうやらそこまでは考えが及ばなかったらしい。

「それだけじゃない」ベンが続けた。メグのうしろに歩いてきて、彼女が屋敷のなかに入ってきたときの泥や雨水の跡を身ぶりで示した。「彼女はずぶ濡れで泥まみれだ。足跡は、明らかにいま立っている場所までしか残っていない。それ以上壁には近づかなかったということだ」

メグは彼を抱きしめたくなった。

「そうらしいな」ネイサンはぼそっと言った。その声音からすると、決して納得したわけではないようだ。

「待てよ」あたりを見まわして、ケニーが言った。「ビビアンはどこだ？」

「それにT・Jは？」ミニーがつけ加えた。

ああ。先ほどまでビビアンのことをみんなに伝えるのが怖かったけれど、二本目のスラッシュマークが引かれたことで事態はますます悪化してしまった。

「あの……」メグは口を開いた。全員の顔をひとりずつ、うかがうように見る。みんなはどう受け止めるだろうか？　彼女を非難するだろうか？「事故が起こったの」

メグがみんなを連れて斜面を下りていくころには、T・Jはすでにビビアンの遺体をしっかりとくるんでいた。海岸から運んできた重い石をブルーシートの隅にのせて固定し、シートの両側をビビアンが落ちた流木の下側にたくしこんであった。ネイサンとケニーは自分たちの目で遺体を確認するといって譲らなかった。本当に死んだとは信じられないからか、あるいは死因が事故だとは信じられないからか、メグにはどちらともわかりかねた。いずれにせよ、ふたりは泥だらけの斜面をおぼつかない足取りで下りていき、そしてT・Jがブルーシートをそっとめくった。歩道に立つメグには遺体は見えなかったが、ふたりのぎょっとした引きつった顔を見れば、彼らがそこで目にしたであろうものが、ありありと思いだされた。

みんなは歩道をのぼり、屋敷に向かったが、メグは最後からついていった。ぐずぐずしていたのは、先を歩いているみんなが当然交わすであろう会話に加わりたくなかったからだ。死、スラッシュマーク、いまのところ外界から切り離されているという事実。それらをあえてまた耳にしたくない。容赦なく降りしきる雨のほうがむしろ好ましかった。

ビビアンが足を踏みはずして転落したと思われる地点で、メグは再び立ち止まった。あまりにも無意味で、防ごうと思えば防げた事故だと思われる。メグの視線は壊れた手すりをたどった。雨が降っていなかったら、手すりがこれほどひどく老朽化していなかったら、よかったのに。手すりは腐っていたので、これほどもろく崩れてしまったのだろう。なんの気なしに、メグは身をかがめて手すりを眺めた。

木製の手すりの片側は、ビビアンが激突した衝撃でざっくりとへし折られているが、もう片側はちょうど歩道がカーブしている場所で、手すりの一部がきれいさっぱりなくなっている。裏側を見ると、まるでボキッと折り取られたようだった。そこの丸太部分全体にすーっと縦に溝が彫られている。きれいな切り口で、明らかに人為的なものだ。

のこぎりでひいたように見える。

そんなばかな。

手すりには意図的に切りこみが入れられていたのか。

メグは立ちあがった。このことを誰かに伝えたい気がするが、果たしてみんなは信じてくれるだろうか？　ネイサンはいまだにメグがふたつ目のスラッシュを壁に描いたと思いこんでいる。それに、これがもしメグの推測どおりなら……。

「大丈夫か？」

Ｔ・Ｊが一段上に立っている。メグは彼を手招きした。「これを見て」

慎重な足取りで、Ｔ・Ｊはあぶなっかしい歩道を下りて、壊れた手すりのところまで来た。「ここはきみが落ちかけた場所じゃないのか？」

「ええ」メグは壊れた手すりを指さした。「ここをよく見て」

Ｔ・Ｊはしゃがみこんで、裂けた木を調べた。「彼女も足を滑らせたんだろうが、残念ながら助けてくれる人がそばにいなかった。ぞっとするよな」

「でも、見て」メグはそう言って、のこぎりの跡を指でなぞってみせた。「事故なんかじゃない」

T・Jの指がメグの指をかすめ、縦に入った切りこみに触れた。「誰かがわざとやったと思うのか？」しばらくして、T・Jがたずねた。

「ひょっとしたら？」メグは急に落ち着かなくなった。はっきり口にするのが恐ろしい。

「やはり事故だという可能性もあるんじゃないかな」壊れた手すりをじっと見たまま、T・Jが応じた。「誰かが手すりを修理して、この部分だけうっかりやり残してしまったとか」

「みんなに話すべきだと思う？」

T・Jが不意に立ちあがった。崖の下にあるブルーシートで覆われたビビアンの遺体を眺めてから、視線を上げて屋敷のほうを見た。ようやくメグに視線を戻した。

「いまはやめておこう」彼が言った。「しばらく成り行きを見守ろうじゃないか。みんなぴりぴりしているだろう。打ち明けたら、事態を悪化させるだけだ」

「わかった」もちろん、T・Jの主張は正しい。先ほどの赤いスラッシュの件でのネイサンの反応を思い返せば、手すりを切ったのもメグの仕業だと非難されかねない。とはいえ、何も言わないのもおかしいような気がする。警察に連絡する手立てがもし見つかれば、このことを伝えられるだろう。

メグはぶるっと身震いした。〝もし見つかれば〟。

「さあ、なかへ入ろう」T・Jがメグを促して、屋敷へと歩道をのぼっていこうとする。「乾いた服に着替えたほうがいい」

塔の部屋へたどり着くころには、メグの肌は氷のように冷たくなっていた。レインコート、それにトレーナーを体からはぎ取り、長靴とぐっしょり濡れたパジャマズボンを蹴るようにして脱いだ。ポケットから日記を出して——助かったことに濡れていない——ベッドの上に放り投げる一方で、服の山のなかから一番暖かそうな衣類をつかみ出した。ジーンズ、長袖のシャツ、その上に重ねたセーター、分厚いソックス、上着、指なし手袋。自分のブラシが見つからずミニーのものを拝借すると、濡れた髪をとかして、高い位置でポニーテールにまとめた。

メグはそのまま部屋でじっとしていた。階下に行きたくない。T・Jと一緒に戻ってくるころには、全員がリビング・ルームに集まって、これからどうするか相談していた。しかし、歩道でのことに気づいてからというもの、メグは翌朝にフェリーボートが戻ってくるまで塔の部屋に引きこもっていたいような気がしていた。あれは悲惨な事故だとT・Jは信じているらしいが、ビビアンの死にまつわるささいなことがメグの頭に引っかかっていた。あれは本当に事故なのか？　それとも意図的なものなのか？

いや、考えすぎだろう。手すりに人為的な損傷があったとしても、ほかの理由も考えられるはずだ。T・Jが言ったように、ローレンス一家が前回ここを訪れた際に歩道を修理していて、あの部分だけやり残してしまった可能性もある。それならつじつまが合う。一家はあそこが傷んでいることすら気づいていなかったのかもしれない。でも、ペンキのことは？　それについては説明がつかない。赤いペンキはネメシス号のクローゼットにあった。それが少し前に持ちだされ──たぶん、ここ十二時間のあいだに──玄関ホールの壁に赤いスラッシュが描かれていた。二本のスラッシュ。ふたりの死に呼応するように。遺体が発見される前から、ローリとビビアンのふたりが亡くなったことを知っていた人物がいる。

ふたりがこれから死ぬと知っていた人物がいるのだ。

メグは窓枠にもたれかかり、どんよりと曇った灰色の空を見つめた。恐怖や不安、疑念がないまぜになり、頭のなかがこんがらがってしまっている。いろんな考えが次々と浮かんできた。ローリとビビアンが殺されたと、自分は本気で考えているのだろうか？　それとも、少なくとも誰かがふたりの死に気づいていながら、みんなに黙っていたと？　でも、それはおかしな話ではないのか？

とはいえ、ふたりが亡くなっている。ひとりなら悲劇的な事件で済むだろうけれど、ふたりなら？　ビビアンの死がただの事故だとは信じられない。手すりに切りこみが入れられていたのだから。さらに言えば、スラッシュの件もある。ひとつ目のスラッシュは、ローリが世間に対して〝くそくらえ〟というおぞましいメッセージを残したのだとしても、ふたつ目は一体だれがやったのか？

この島に来てからずっと何かがおかしい。メグは気づかないふりをしてきた——招待客の奇妙な顔ぶれ、ジェシカの不在、それからあの不気味で意味をなさないDVD。DVD……ビデオが終わったあとのローリとビビアンの会話が頭によみがえった。〝わたしたちをやっつけようとしてるのよ。あなたが何をしたか、知ってるんだから〟ローリとビビアンのふたりは何かについて、もしくは誰かについて話していた。ほかの誰も知らない、学校での出来事だろうか。ふたりに何かつながりがあるとしたら？

メグは窓辺から離れて、むき出しのベッドの縁に腰かけた。このことを誰かに話したくてたまらない。けれども、階下にいるみんなの前でこの話を持ちだすことは、素足でガラスの破片の上を歩くことにも等しいように感じられ、とてもその気になれない。いましばらく黙っておくほうがいいとT・Jは思っている。それでもいろんな考えがメグの頭のなかを駆け巡っていた。なんとか考えを整理しなければ。

無意識のうちに、メグは自分の日記に手を伸ばしていた。

手に取った瞬間、メグはどこか違和感を覚えた。日記にはつねに銀色の細いペンをはさんでいる。だが、そのペンがない。ページのあいだのふくらみが感じられない。黒い合皮のノートをじっと見おろした。メグの日記にそっくりだが、何かよくわからない原因で表紙がもっとすり切れ、もっと古びているように見える。実際はそんなに古くないのにやけに傷みが激しいように思える。重くてもろくなっており、まるでバスタブのなかに落としてしまい、ひと月のあいだ日向に出して乾かした本みたいだ。日記についているリボンのしおりがページのあいだでぼろぼろになっていて、広げたクジャクの尾みたいに下からはみ出ている。日記全体からかび臭いにおいがした。

これだけは確かだ——絶対にメグの日記ではない。

ふたつの考えがぱっと頭に浮かんだ。自分の日記はどこだろう？　それにどうやってこの日記が部屋にまぎれこんだのだろう？　室内の惨憺たる有り様に目をやった——散乱した部屋のどこかに自分の日記があるにちがいない。そしてこの日記はおそらくもとからこの部屋にあったのだ。以前の住人や客人がここに残していき、それをミニーが半狂乱になって薬を探したときに意図せず発見してしまったのだろう。

メグはその日記を引き出しのなかに戻したかった。メグ自身も日記を習慣にしているとあって、他人の内面や胸の奥に隠した秘密を盗み読むことに強い罪悪感がある。自分の日記が誰かに見つかって読まれたら、と思うとぞっとする。想像するだけで背筋に冷たいものが走った。その意味では、古い日記が一体いつから引き出しのなかにしまわれ、ほこりをかぶったままずっと秘密を隠していたのか不明だが、とにかくもとの場所に戻してしまいたかった。そのままにしておきたかった。部屋から去ってしまいたかった。

だが、メグはそうしなかった。

最初の一ページを読むだけ。メグは自分に言い聞かせた。誰の日記か知るために。それくらいなら許されるはず。

メグはきょろきょろと室内を見まわして、ほかに誰もいないことを確かめた。それから窓の下の床にすわりこんだ。そこならわずかにさしこんでくる光で、ページの文字が読めるだろう。さながら禁断の書物のようだ。メグはなんとしても日記を開いてみたかった。

見かけよりも古いものかもしれない。かなり昔のものだとしたら、持ち主はたぶんその存在すら忘れてしまったのだろう。結局、日記の主がここに残していったのだ。たいして大事なものでもなかったのだろう。たぶん、書き手はとうにこの世にいない。つまり、読んでもさしさわりはないのでは？　著者の死後にその書簡が出版されるようなものだ。実際、最初のページだけをこっそり見て書き手を明らかにするくらい、なんの害もないだろう。まったく問題ないはず。

メグは息を吸って、日記を開いた。

これはあなたの日記なの？　そうじゃない？

それなら読むのをやめなさい。いますぐ。

その文章は、中央にそろえて真っ赤なインクで日記の扉に書かれている。不吉な予感がしてもいいはずだ。ページをめくるのを躊躇してもよかったはずだ。しかし、たいして気にならなかった。

ほんとだからね。あなたを見つけて、痛めつけてやる。

メグはつい吹きだしてしまった。その言葉や意図がおかしかったわけではない。幼いころに好きだった古い絵本を思いだしたからだ。「セサミストリート」に出てくるグローバーが、本の最後にモンスターが現れるという理由から読者にページをくらせないようにする、というものだった。グローバーがロープや木材、れんが塀などを使ってあの手この手で邪魔をしてくるのだが、当然ながら、子ども時代のメグは怖いもの見たさにページをくり続けたのだ。十年経っても、彼女のそんな性格はあまり変わっていないらしい。

三ページ目には一行だけ、こう書かれている。

彼らの破滅はすみやかに訪れるだろう。

どこかで見たことがあるような文章だが、はっきりと思いだせない。何かの詩の一節？　シェイクスピア？　ああもう、知っているはずなのに。いずれにせよ、そこには日記の主の激しい感情がこめられているようだ。〝破滅〟という文字には線が三本引かれてあり、一本ごとに神経が高ぶってきたのか、最後の一本ではペン先が紙に激しく食いこみ、次の二ページ目まで紙の表面を傷めてしまっている。

オーケー。正気じゃないのかも？

「何してるの？」

その声にメグはびくっとして日記から顔を上げ、頭を壁に思い切りぶつけてしまった。ほんの一瞬ぼやけた視界がはっきりしてくると、ミニーの顔と肩が床からひょいと突きでており、下半身は階段の下に隠れているのだとわかった。

「別に何もしてないけど」メグは答えた。日記をぱんと閉じる。いたずらを見つかった子どものような気分だ。

「あら、そう」ミニーは真に受けたように見えない。「下におりてこないとだめよ。これからどうするか、みんなで相談するからね」

「わかった」メグは立ちあがると、上着を身につけるときに日記をこっそりポケットに忍びこませた。階下に行き、どんな話しあいが行われているにせよ、そこに加わるのはちっとも気が進まなかった。だが、ミニーの言うことは正しい。メグはそこにいなくては。その場にいなくてはならない。

謎の日記の続きは、また今度にしよう。

19

暖炉では薪がわずかに燃えて、パチパチと音を立てている。いまはリビング・ルームが屋敷内でもっとも暖かい場所だった。数脚の椅子と大きなソファが暖炉の前に引きずってこられ、皆がそこに腰かけて話をしている。メグは静かにそこへ行き、誰も気づかないことを半ば望みながら、窓際でじっと立っていた。

「それで、誰も何も見なかったのか？」T・Jが言った。書棚にもたれかかり、両手をポケットの奥まで突っこんでいる。

ミニーはベンの隣で、ひざを抱えてソファの上にすわっている。「わたしたちは」と強調しながら答える。「ふたりで一緒に塔にいたのよ。何も見なかったわ」

「おまえらこそ、そとにいたんだろうに、なあ」ネイサンが口を開いた。責めるような口調がメグは気に入らなかった。

「ボートハウスにね」T・Jが反論した。「あそこからは上の歩道は見えないんだぞ」

「何を見るっていうのよ？」クミコが口をはさんだ。「ビビアンは足を滑らせ、転落した。ただの事故でしょ」

「どっちにせよ」ネイサンが言った。「ここでただ手をこまねいてすわってるだけなんて、おれはもううんざりだ」

「じゃあ、どうするというんだ？」T・Jが問いかけた。

ネイサンが片脚を大きく揺すった。「またしても〝事故〟が起こるのをじっと待つよりも、向こうに渡ってみるべきだと思うけどな」

ネイサンが〝事故〟という言葉に抑揚をつけたとたん、メグは思わずたじろいだ。この先もさらに同じことが続くとでも思っているのか？

「どうやって行くつもり？」クミコがきいた。「まさか泳ぐとか？」

「嵐は多少弱まってきている」ケニーが答えた。「なんとか渡れるだろう」

ベンがかぶりを振る。「あそこの狭い陸地に波が打ち寄せるのを見ただろう？　デッキが押し流されたんだよ。ぼくらに渡り切れるはずがない」

「全員で行くことはない」ケニーが応じる。「実際、そいつはやめたほうがいい」

T・Jが背筋を伸ばした。「どういう意味なんだ？」

「おい」ネイサンが口を開いた。「おまえはばかなのか？」

「いや、ぼくはただの黒人だよ。つまり、この時点でまだ命があることに感謝しなきゃいけないってことだ。自分が言ったことは覚えてるだろ？」

「あれは冗談だぞ」ネイサンが応じた。片脚を何度も上下に揺すっている。

ガンナーが椅子からじりじりと身を乗りだした。「笑えない冗談だ」

ネイサンも同じ姿勢をとった。「おまえやおまえの彼氏にユーモアのセンスがないだけだろ。おれのせいじゃない」

「今度は同性愛を笑いものにするのか？」T・Jが言った。両拳をぎゅっと握り締めている。「人種差別、そのうえ同性愛嫌悪ってことか」彼はケニーのほうにうなずいた。「よくまあこんな奴と仲よくしていられるな？」

ケニーが体を押しだすようにしてソファから立ちあがる。「おれの勝手だろう」

クミコがふたりのあいだに割って入った。「ちょっと、あなたたち、一体どうしたっていうのよ？」

ネイサンは引きさがろうとしない。「あの壁のスラッシュマークはどうなんだ？あいつは魔法のようにどっかから現れたんじゃないぞ」

部屋がしんとなった。その事実はみんなの頭から離れていたわけではなかったが、はっきりと口に出したのはネイサンが初めてだった。屋敷内にはほかに誰もいない。このなかのひとりが壁にあのマークをつけたのだ。

「ほらみろ！」ケニーがソファの脚をずいぶん荒っぽく蹴ったので、メグは驚いて飛びあがった。「このなかにひとり、ばかな野郎がいるんだ。おれはただぼんやりと成り行きを眺めてるつもりはないからな」

ローリの自殺から、ケニーはまるで人が変わったようになった。最初の夜は柔和で優しい巨漢の男子といったふうで、口数少なくずっとにこにこしていた。ところがいまはいつ爆発するかわからない時限爆弾みたいだ。

「ずばり、そのとおりだ」ネイサンがそう言って、椅子にすわりなおした。「勘弁しろよ。おれらはほかの誰にも」――露骨にじろりとメグを見た――「たんなるつきあいで同行してもらいたくないんだよ」

メグは口を開いて反論しかけたが、T・Jに先を越された。「船からペンキがなくなっていることに気づいたのは彼女なんだぞ。もし彼女がやったのなら、なんでわざわざそのことを指摘するんだ?」

「おれらを攪乱しようとしてるのかもな」

「彼女がやったんじゃない」食いしばった歯のあいだから、T・Jは声を絞りだした。

「そうかい?」ネイサンが言った。執拗に脚を揺すっているので、振動が床板を通してメグにも伝わってくる。「それで、彼女の言葉をうのみにしろというのか?」

T・Jがぐっと肩を怒らせた。「彼女と、それにぼくの言葉を、だ」

メグはちらっとミニーを見た。親友がさっと助け舟を出して、メグは無実だと言ってくれることを願った。だが、ミニーはコーヒーテーブルから目を離そうとしない。

「それだけじゃ納得できそうにないんで、そろそろ失礼するよ」ネイサンは再び立ちあがった。「ケニーとおれはもう一軒の別荘を目指すことにする」ネイサンが告げる。「おれたちだけでな」

「好きにしろ」T・Jが言った。「幸運を祈るよ」

ネイサンとケニーはそれ以上何も言わず、猛然とリビング・ルームから出ていった。

「えらくオーバーな芝居みたいだったよね」クミコが口を開いた。

「ふたりを引きとめるべきじゃない？」メグはきいた。「渡るなんて絶対に無理よ」

ベンが立ちあがり、長い腕を頭上にぐっと伸ばした。「きっと大丈夫だ。早く警察に通報できるなら、それに越したことはないから」ミニーの肩に手をかける。「ちょっと休んだらどう？　長い一日だったからね」

ベンの声でうたた寝から起こされたかのように、ソファにすわっていたミニーが一瞬ぎくりとした。うなずきもほほ笑みもせずに立ちあがると、彼のあとについて部屋から出ていった。

メグは不安になった。あんなに冷静で落ち着き払っているなんて、ミニーらしくない。いつもの彼女なら、今朝メグが目撃したような反応をするはず――完全にパニック状態になり、それからやや大げさに自己陶酔におちいるのだ。だから、こんな反応は……変だ。

「ミニー、ちょっと待って」メグは声をかけ、ふたりのあとを慌てて追いかけた。階段の下でミニーに追いついた。「ねえ、大丈夫なの？」

ミニーがこちらを一瞥する。「どうして？　大丈夫じゃない理由でもある？」

「それは……」ほんの二時間前にミニーはふたりの部屋を文字どおり引っかきまわして薬を探したというのに、そんなすさまじい錯乱状態を記憶しているのはメグだけなのだろうか？　ベンは先に階段を数段上がっている。彼のほかに誰かに聞かれる心配はない。「わかってるじゃないの。抗不安薬がなければどうなるか？　きょうはいろいろ大変なことがあったから心配してて――」

「わたしは平気だから」

「そう」

こんなことは初めてだった。六年間の友だちづきあいで、ミニーはメグにだけは心を開いてなんでも相談してくれたのに。この一、二年のあいだにミニーの感情の振幅がどんなにひどくなっても、メグは世話役に徹してきた。悩みや愚痴を聞いてやった。なんでも面倒をみてやった。万事うまくいくようにしてきた。それがいつものパターンだった。健全な関係ではなかったかもしれない。でも、それが当たり前だったし、そんな関係をメグ自身も楽だと感じていた。それがいまは？　薬が切れているからだ。きっとそうにちがいない。

二階の踊り場まで来ると、ベンは自室へ去っていった。塔へのぼりかけたミニーが、いきなり振り返った。

「少し寝るつもりなの」彼女が淡々と言う。「しばらくひとりにしておいて」それだけ言うと、ミニーは階段を一段飛ばしで駆けのぼっていき、メグがさらに質問する間もなく塔の部屋のなかに姿を消してしまった。

「わかった」メグは誰にともなくつぶやいた。

そのまま丸一分は階段に立ちつくしていただろう。ミニーにとってひとりきりの時間はいわば天敵だ。彼女にとってのクリプトナイト（スーパーマンの弱点である鉱石）。アキレスのかかと。これまでうつの症状が現れると、ミニーは昼夜を問わず何時でもメグに電話してきて、ひとりになるのが怖いからと何時間経っても電話を切らせてくれなかった。ところが、いまこんな悪夢のような状況にあっても、ミニーがひとりになりたいだなんて？　この二十四時間のあいだに奇妙なことがいろいろあったけれど、いまのミニーの件がそのなかでも断トツの一位だった。

のろのろと、メグは踵を返して階段を下りはじめた。自分が？　この屋敷内でつまはじきにされている？　明らかに、ネイサンとケニーは壁のスラッシュはメグの仕業だと思いこんでいる。T・Jはどこかに姿を消してしまった。ミニーは部屋でメグと一緒にいたくない……まったくもう。

階段を下りたところで、メグは足を止めた。どこに行こう？　書斎には遺体が安置されている。玄関ホールには不気味な赤いスラッシュマークがあり、五メートル以内に近づきたくはない。階段を上がって、ただ誰かと一緒にいるためだけにT・Jか、クミコとガンナーを捜したいような気もした。

何かせずにいられない。何かをして時間をつぶさなければ。いつしかポケットに手が伸び、あの日記のすり切れた表紙に指先が触れていた。どこか静かな場所を見つけて、この日記に何がつづられているのか確かめてもいいかもしれない。

その誘惑には抗いがたかった。気づけばリビング・ルームにいた。

室内はしんしんと冷え、暗かった。暖炉の火はすでに消えかかっており、火かき棒でかき立ててみたものの、オレンジ色の火の粉がふわっと煙突のなかへ舞いあがっただけだ。薪置きは空になっているので、消えかけの残り火だけでなんとかするしかないのだが、それが放つ鈍い光では暗い室内はほとんど見とおしがきかない。暖炉の火を頼りに日記を読むのはとても無理だ。そこでやむなく底冷えのする窓際のベンチに腰を落ち着けた。そこなら少なくともぼんやりと日の光もさしこんでくるので、日記が読めそうだった。

メグはかすかに身をおののかせ――寒さのためか、それとも不安の混じった期待のせいか――日記を開いた。

わたしが死んだら、あの人たちは自分たちがどんなにひどい仕打ちをしたかわかるはず。悪かったと思うかな？　どうだろう。でも、せめて自分たちが原因だということぐらいはわかるはず。自分たちのせいだ、いつかその報いを受けるのだと。

自分たち全員が。

訳がわからない。一体どういうこと？　黒のインクで書かれた文字は不ぞろいで、ところどころ紙がやや反っているあたりでにじんでいる。このページに水滴でも落ちたのだろうか。ひょっとして涙が？　メグ自身、日記を書きながらよく泣いてしまったことを思いだした。この日記の主もそうだったのだろうか。

言い回しからは最近の日記なのか、何年も、あるいは何十年も前のものなのか、まったく判断がつかない。それにいまだに書き手の正体は不明だった。

いま再び、メグは日記を閉じ、ベンチの上に置いて立ち去るべきだと感じた。読むべきではない。それでも、持ち主の警告にもかかわらず、続きを読まずにはいられない、そんな気持ちに駆られた。メグは完全にこの日記の虜になっていた。

とはいえ、これはいけないことだ。メグも自覚している。日記には書き手の心の内がつづられており、それを盗み読みするなんて……きっと、ずいぶん気まずいことになるだろう。ミニーやT・J、さらにはジェシカ・ローレンスまでもがメグの日記を読んだとしたら、みんなが彼女のことをどんなふうに思うことか。メグの人生の大半がそうであるように、黙っておくほうがいいこともある。

だからこそ、メグは日記をつけるのだった。

だが、メグの日記はある意味では彼女の人生のなかでもっとも確かなものだった。そこにあるのはすべて嘘偽りのない真実だった。日記のなかではつねに本当の自分でいられたし、いつでも好きなときに本音を吐きだせた。そこでは決して口ごもったりせず、気おくれしたりせず、自信のなさとは無縁だった。

メグはこの日記を置くべきだった。

しかし、そうせずにページをめくった。

20

すごくわくわくしてるわ！

きょうは転校初日。すばらしい一日になりそうよ。そんな予感がするの。ママも機嫌がいい。引っ越ししてよかった。ママは新居が気に入ってるし、ボブも職場が近くなったから、本物の家族みたいにみんなで一緒に夕食を食べられるわね。ママがずっとご機嫌でいてくれたらいいな。

ドクター・レバインによれば、引っ越しはわたしにとってもいいんですって。新しい家、新しい学校、新しい友だち。ドクターの言うとおりね。さっそく気持ちが軽くなってる。期待でわくわくしてるわ。

再出発するのよ。わたしは生まれ変わるの。ここなら以前のわたしを誰も知らない。これまでとは何もかも違うんだわ。


メグははっと息をのんだ。まるで自分の日記を読んでいるみたいだ。中学一年生になる前に両親とともに一家でニューヨークからシアトル郊外に越してきて、転入生になったときのことが鮮明によみがえる。興奮と不安。この日記の主のように。〝再出発するのよ。わたしは生まれ変わるの〟まさにこういうことをメグ自身、何度日記に書いたことだろう? 州外の大学への進学を決めたのも、それが理由のひとつだった。

いくつか出会いがあったわ。あまり多くはないけれど。すごくかっこいい男の子がスペイン語のクラスにいたの。さっそく男の子のことを考えてるなんて信じられない! ドクター・レバインの話では、まずは友だちから始めたほうがいいみたい。ただの友だちから。だけど、しょうがなかったの。彼がクラスで冗談ばかり言ってて、あるとき、わたしが笑ったら、向こうも笑顔を返してくれた。からかうような笑みじゃなくて、本物の笑顔だった。いい感じでわたしに気づいてくれたの。

驚いた。メグとこの日記の主の人生はまるでそっくりではないか? メグは初めてT・Jとちゃんと言葉を交わした日のことを思いだした。パーティーや学校の廊下で通りすがりに交わす「調子はどう?」といった軽いあいさつなんかじゃない。『怒りの葡萄』の研究課題でペアを組むことになり、プランを練るためにフットボールの練習後にコーヒーハウスで会ったのだ。

当時、ふたりはほとんど初対面に近かった。メグがT・Jについて知っていたのは、(a)フットボールの選手、(b)自分の親友が恋してる男の子、ということ。T・JがメグについてT知っていたのは、(a)成績がよい、(b)彼女の親友が自分に熱をあげてるかもしれないし、あげてないかもしれない、ということ。堅苦しい、ぎくしゃくしたミーティングだった。

それから、T・Jがくだらないジョークを言って、それに対してメグが鋭いツッコミを入れたのだった。T・Jは一瞬黙って、まじまじと彼女の顔を見た。メグの顔をちゃんと見たのは、そのときが初めてだったのかもしれない。やがて彼がにっこり笑った。あの完璧な、えくぼのある笑顔だった。

メグは身も心もとろけそうになった。

そのことを自分から認めたわけじゃない。毎日、何よりも自分自身を納得させるために、ふたりは〝ただの友だち〟だと日記に書きつづけた。彼を好きになってしまったと自分でもわかっていて、なんてひどい親友だとうしろめたく感じていた。ミニーはずいぶん長いあいだT・Jに夢中になっていて、メグにだけそのことを打ち明けてくれていたのに。メグとT・Jの仲に何らかの進展があったとしても、そんなことをミニーに言えるだろうか？　それこそ究極の裏切りになるだろう。

それでも、メグはあえてT・Jと会いつづけた。研究課題に一緒に取り組むためという名目以上にずいぶん長い時間をふたりで過ごした。メグにはどうしようもなかったのだ。T・Jはただのスポーツ選手じゃない——頭がよくて、機知に富み、ユーモアがある。彼は中身のある人物だ。彼の仲間たちよりもっと深みがあって本物だと感じられた。チームでワイドレシーバーを務める花形選手というだけではなくて、彼にはそれ以上の魅力があった——自分たちふたりがお似合いだと彼が気づいてくれたら、とメグは切に願っていた。

そう、彼が気づいてくれるまでは。

合唱部のことはきょう最高の出来事だった。みんなでオーディションを受けることになったけど、指揮者の人がわたしの歌にすごく感心してたみたい。ソプラノにはわたしほど上手な子はほかにいなかったと思う。ひとりだけ上手な子がいたけど、その子はほんとに親切な女の子だったの。フォルダーを探すのを手伝ってくれたし、自分の隣の席にすわらせてくれた。友だちが見つかってすごくうれしい。だけど、わたしが彼女を破って次のコンサートでのソロパートを射止めたら、なんだか申し訳ない気もするだろうな。

ふふっ。そんなことを書くなんて信じられる？　ほら、わたしは以前とは違うでしょ！　トムも以前とは別人になれるって言ってくれたもの。わたし、いまならなんでもやれそうな気がする！！！！

メグの頬がついほころんだ。誰だか知らないが、この女の子に親近感を覚えずにいられない。その声は希望や喜びに満ちあふれている。彼女がベッドにすわって、満面に笑みを浮かべながら日記を書いている姿が目に見えるようだ。

同時に、罪悪感で胸が痛んだ。本当はこの日記を読むべきじゃない。二十年前や百年前の古い日記ではないことがはっきりした。わりあい最近のものだ。メグは自分が偽善者のように思える。自分の日記が――冒頭に恐ろしげな警告文すら記していないのだし――誰かに見つかってほんの一ページでも読まれたら、恥ずかしくてたまらないだろう。それでも、メグはこの日記をどんどん先へと読み進んでいる。スペイン語のクラスの男の子とどうなったのか、どうしても知りたい。自分自身とT・Jとの出会いを嫌でも思いだしてしまう……この女の子の恋にはハッピーエンドが待っていたのか、どうしても気になる。

メグは次の日付のところを読んだ。

日記をつけるのが一週間ぶりだなんてびっくり。でも、しょうがないわ。このところ完全にイカレてたんだもの！！！　だってわたし……驚かないでよ……ディベート部に入ったの！

わかってるわ。だから、イカレてるって言ったでしょ。だけど、ドクター・レバインがね、グループ活動に参加するのもいいかもしれないって。そうすればもっとたくさんの人と会うことになるから。

ほら、わたし、やってみたいのよ。だから、合唱部に申しこんだ。それから金曜日に歴史のクラスで隣にすわった女の子がみんなにしゃべっていたんだけど、ディベート部であちこち遠征していて、州内のどの学校にも知り合いがいるんだとか。そのときぴんときたの。〝これこそドクター・レバインが話してたことだわ〟って。

それで決めたわ。ディベート部に入ったの。明日の放課後に初めて参加するのよ！

ここの生徒はほんとにいい人たちだけど、ひとりだけ、体育のクラスのとき、ブロンドの男の子がちょっと嫌な感じだった。昨日、その男の子は運動場のトラックで仲間たちと冗談を言いあっていたんだけど、わたしを指さしてたみたいだった。でも、トムの言うとおり無視するつもりよ。きっとなんでもないはず。

春のコンサートのソリストを選ぶオーディションで、昨日、課題曲が発表されたわ。それはもう、すごくきれいな曲なの。歌っていると、体の奥底まで染み入ってくるような気がする。友だちもその曲を気に入っていて、彼女もソリストのオーディションに参加するのよ。きょう、ランチのときにおしゃべりしてて（ほらね？　ランチ友だちがもうできたんだから――！）、彼女の話では、うちの合唱部の指揮者は、型にはまらず自由に歌うタイプのソリストが好みなんですって。ちょっと即興っぽくアレンジするようなね。そこに歌い手の音楽性が表れるという考えらしいの。だから、わたしもしっかり練習して、音楽に自由に身を任せてみるつもり。それで指揮者をあっと言わせられたら、うれしいな。オーディションは二週間後よ。きっとソリストに選ばれるわ。わたしの歌声を聞いたら、あの人はわたしにすっかり心を奪われるはず。

メグはがっかりした。男の子のために努力していたってこと？　それならハッピーエンドは望めないような気がする。

あの人はたまにわたしのほうを見るけれど、もっともっとこっちを見てほしいの。こっちを見てほほ笑んでくれたらいいのにと願いながら、わたしはクラスでずっと彼を見つめているわ。彼はほほ笑むとすごくすてきなの。言葉ではとても表現しきれないほどよ。でも、わたしを見てくれさえすれば——ちゃんと見てくれたら、きっと……。

だからこそ、合唱部のソリストになりたいのよ。

絶対にならなきゃ。

メグは困惑してしまった。この女の子は合唱部のソリストに選出されることに望みをかけてしまっている。経験上、そんなにひたすら望み、思いつめていると——たとえば、好きな男の子にホームカミングのダンス・パーティーにどうしても誘ってもらいたいとか——物事はひどく悪い方向に転がっていってしまうものだ。メグはまるで列車事故をスローモーションで眺めているような気がする。目をそらしたくても、そらすことができない。

案の定、次の日付の内容は予想どおりだった。

なんで彼女がソリストに選ばれたの?

きょうの放課後、ソリストに決まった部員たちのリストが部室のドアに貼ってあった。指揮者に選ばれたのは、わたしの友だちだった。彼女は譜面どおりきっちり歌った。一字一句正確に。まじめすぎてつまらなかった。彼女は音楽というものをちっとも理解してないようだった。わたしは音楽をきちんと解釈していたのに。さながら作曲家と共同作業を行うようにして、新たにすばらしい作品を生みだしたというのに。

これで何もかもだいなしだわ！　あの人は絶対にわたしに振り向いてくれない。どうしたらいいの？

トムは、明日のリハーサルのときに指揮者のところに行って、どこが悪かったのか教えてもらえばいい、そうすれば次のオーディションで挽回できるかもしれない、と言うけれど、わたしはもう終わりだという気がするの。

もう全部終わりにするべきよ。

21

〝もう全部終わりにするべきよ〟

これはローリの遺書にあった一節では？　一字一句、すべて同じなのでは？

メグは手からパタリと日記を落とした。不意にそれが危険なものに感じられる。何かがおかしい。この屋敷内の何もかもがそうであるように。

いや、ひょっとするとただの偶然かもしれない。〝終わらせる〟というのは自殺者の遺書によくしたためられる心情のはず。それに日記の主は限界ぎりぎりの状況にあるようには思えないとしても、いくぶん悩みを抱えているのは明らかだ。だから、やはりたんなる偶然なのでは？

メグはやれやれとかぶりを振った。この週末は偶然が重なりすぎている。どういうわけでこの日記が自分の部屋で見つかることになったのか？　それも偶然なのか？　あのＤＶＤの歌がローリの遺書の楽譜と一致したように？　それにあの手すりの傷は？

いいえ。偶然なんかじゃない。T・Jもこれがただの一連の事故ではないと思っているはず。さもなければ手すりの件をメグに口止めしなかっただろう。T・Jはみんなが何か変だと勘ぐって、パニックを起こすことを恐れているのだ。メグはいますぐT・Jにこの日記を見せたくなったが、彼の居場所がまったくわからない。ああもう。自分に見えてきたことをT・Jにもわかってもらいたい。メグの頭の奥深くで何かがかすかにひらめいたのだった。こうした出来事はすべてつながっている。絶対にそうだ。そして、その理由が知りたかった。

メグは日記を手に取り、次の日付を見た。

やっぱりまた同じね。

今回は違う、そうはならないって、まわりのみんなは言ってくれた。一からやり直せるんだって。今回は違うよって、トムはわたしに約束してくれた。

メグの口のなかはからからに乾いている。守れるはずのない約束。あらためて、この日記がやけになじみのあるものに感じられる。

ひと月のあいだ、日記を書いてなかったわね。でも、ああ、大変だったのよ。

合唱部をやめるはめになった。トムのアドバイスどおり、指揮者のところに話をしに行ったの。そうしたら、きみの歌声はなかなかよいが、ソリストには譜面に忠実に歌ってほしいんだ、ですって。わたしは歌の解釈が自由奔放すぎるって。

みぞおちを蹴られたようなショックを受けたわ。わたしの〝友だち〟。譜面どおりじゃなくて、アドリブをきかせたほうがいい、と彼女がわたしに言ったのよ。わたしにソロを歌わせまいと、わざと嘘をついたんだわ。友だちだと思っていたのに。ええ、たいした友だちだわね。

何もかも誤解だと説明しようとしたら、指揮者は最後まで話を聞かずに怒りだした。激昂したのよ。部員全員の前でね。自分の決定に不満があるなら、辞めてもらってもかまわない、とまで言われた。

みんながこっちをじろじろ見ていた。わたしは床を突き抜け、落下してしまいたかった。そんなことがあっても合唱部に残っていられると思う？　もう人前で歌うチャンスがないわ。あの人に愛してもらえない。全部、彼女のせいよ。

直談判しようと思って、ランチのときに彼女のところへ行ったわ。なのに、向こうはわたしを見ようともしなかった。そこに立っていることすら認めようとしない。無視をきめこんでいた。その時点でもうこらえきれなかった。カフェテリア内だというのに、わたしは泣きだしてしまった。体育のクラスのときに見かけた嫌な奴がすぐうしろのテーブルにすわっていたらしくて、わたしの泣きまねをし始めたの。「えーん、えーん、えーん。おやおや、かわいそうに」わたしが振り返ったら、彼は叫んだわ。「バーン！　うわ、キツっ！」それから、そいつとその仲間たち全員がげらげら笑った。まるで悪夢だった。

それでも、なるべく忘れようとしたわ。まだディベート部があるもの。だからそっちに集中することにしたの。

そうすれば、あの人がわたしに気づいてくれるかもしれないから。

初めに合唱部、次にディベート部。他人から認められたい、仲間に加わりたい、という執着が彼女にはあるらしい。メグにもその気持ちは身に染みてよくわかる。この町に越してきたばかりの中学一年生のころ、メグの発言はなぜかいつも場違いで的はずれなものになってしまった。誰にも冗談が通じなかった。ニューヨークの学校ではみんな笑ってくれたのにマカティオでは全然だめで、いきなり変人扱いされた。服装も歩き方もおかしいとみんなから思われた。体育のクラスでミニーと出会って、それから彼女がジェシカ・ローレンスのグループの一員だったので、なんとなくそのグループについていくようになった。ところが、ある日ジェシカが地面に一本の線を引いた。メグはつまらない女の子だから、ミニーに彼女たちのグループか、メグのどちらかを選べと迫った。

あのときの驚きはいまだに忘れられない。ミニーはメグを選んでくれたのだった。

メグはぎゅっと目を閉じて、つらい思い出を心の奥底に再び押しやった。この恩は到底返し切れない。友だちがどうしても必要だったあのころ、ミニーだけがメグの友だちになってくれた。だからこそ、メグはT・Jに冷たくするほかなかったのだ。

メグはすべてが嫌になった。ロサンゼルス。一からやり直すためにロサンゼルスへ行くのだ。自分にはそれがせめてもの救いだ。だが、この日記の主は、そこには友だちも味方もいないのに、それでも学校という世界にとらわれている。

メグはページをめくった。


彼はわたしのことが好きなんだわ！　信じられない。

きょうお昼を食べていたら、あの人の親友がやって来たの。放課後に何も予定がないかどうか、わたしにたずねたわ。というのも、あの人がコーヒーでも一緒にどうって誘ってくれているんですって。

嘘でしょ？　わたしはぶるぶる震えだした。不安と興奮でどきどきしていたの。

あの人がわたしのことを知っている。わたしの存在に気づいていたのよ！

ふたりで会ってコーヒーを飲みに行った。彼ったら、すごく優しくて、すごくチャーミングだった。スペイン語のクラスのときにわたしに気づいていたけれど、恥ずかしくて声をかけられなかったらしいわ。ふたりで学校やクラスのことをおしゃべりするうちに、代数が苦手だと彼が打ち明けてくれた。だから、よかったら教えてあげるってこちらから申し出たの。彼はとても驚いていたけれど、うれしそうだった！　それで、これから毎日放課後に会うことになった……。

＊幸せなため息＊　彼はわたしを愛しているんだわ。きっとそうよ。わたしなら彼を幸せにできる。よりよい人間にできる。いつも彼にまとわりついてる女子たち――あの子たちは彼のことをちゃんとわかってないのよ。でも、わたしはわかってる。彼にとってあの女子たちはなんの意味もない。でも、彼とわたしはほかの誰にもわからない、強い絆で結ばれているのよ。

メグは思わず頬が赤らむのを感じた。自分自身がつづった日記のことが思いだされる。忘れたくてたまらないあの夏の夜のこと。どこかのホームパーティーでミニーがT・Jに積極的に言い寄っていた。夜が更けるにつれて、みんなどんどん酔いが回ってきて、ミニーのアプローチも功を奏してきたようだった。メグが気づいたときには、T・Jとミニーのふたりが連れ立って二階へ上がったとみんながひそひそと話していた。

あのときのパニック状態がよみがえってくる。自分が恋している男の子が二階で自分の親友を抱いているだなんて。T・Jはミニーと一夜をともにしたりしないと思いこんでいた。彼のことならよくわかっているつもりだった。

どうやらそれは間違いだったらしい。

その夜のことは一度もミニーにたずねなかった。ミニーのほうも洗いざらい話そうとはしなかった。それとなくほのめかすだけだった。でも、メグは思いのたけを日記に吐露したときの、あの夜の胸の痛みを忘れたことはない。そんな痛みから自分を守りたかった。そうすればもう二度とつらい思いをせずにすむだろう。だからこそ、何度も繰り返しT・Jを避け、彼から遠ざかろうとしたのかもしれない……。

T・Jがあんなにすぐそばにいながら、メグをそういう対象として見なかったことが腹立たしかった。この日記の主と同じ思いだ。しかし、彼女の場合、少なくとも〝あの人〟との仲はうまくいっているらしい。

いったい何が起こったんだろう。

うまくいっていたのよ。何もかも順調だった。ほとんど毎日、あの人に勉強を教えていたわ。ディベート部の練習にも真面目に取り組んでいた。合唱部での一件以来、やっとまた気分がよくなりかけていた。自信を取り戻しつつあった。ところが、突然すべてが崩壊してしまったの。月曜日、ディベート部の部長がわたしのところに来て、今学期最大の大会が開かれる前日だというのに、多数決の結果、わたしに退部勧告する、と告げたのよ。退部勧告？　そんなのひどいと訴えたけれど、ディベート部全体のためだ、わたしがいないほうがチームははるかに強くなれる、というのが部長の言い分だった。

退部したくない、学校でやりがいを感じているのは部活動だけなんだって、わたしは部長に嘆願したの。そうしたら、部長は陰湿な感じになった。退部しないなら〝後悔〟させてやる、学校生活をとことん惨めなものにしてやる、と脅された。

放課後に勉強を教えているときに、あの人に相談してみたわ。心配いらないと彼は言ってくれた。おれがいるじゃないか、ディベート部なんてどうでもいいだろって。そうよね。わたしはいまのままで幸せなんだもの。でも、あんなふうにいきなり背中からナイフを突き立てられるようなひどい裏切りにあったから、たまらなくつらくて……ああ。でも、もういいのよ。乗り越えようとしてるから。

けれど、ほかにも気になることがあるわ。あの人からあることを頼まれたのよ。おれのことを本気で愛しているなら助けてくれ、願いを聞いてくれないなら、それはおれの心臓を矢で射抜くようなものだぞ、と。

助けてあげたいけど……どうしようか。なんだか間違っているような気がする。

だってそんなことは

メグはページをめくった。あの人が何を頼んだのか、とにかく知りたい。しかし、ページが抜け落ちていて、数枚ほどごっそり引きちぎられたようだった。次のページの冒頭は文の途中から始まっている。

……が今週末に来てくれる。彼は約束してくれた。彼なら、どうしたらいいかわかっているわ。わたしの面倒をみてくれる。彼がここにいれば、わたしはいつも安心できる。

すぐ下に一枚の写真があった。それはカラー写真で、質のあまりよくないインクジェット・プリンターでごく普通のコンピューター用紙に印刷されたものらしい。日記のページに直接はりつけてある。写っているのは長い黒髪の少女だ。顔にかからないように花の形のクリップで髪をとめている。笑みを浮かべているが、元気いっぱいのうれしそうな笑顔ではない。どちらかといえば、こわばった笑みだ。それでも幸せそうな笑顔であることは確かで、青い目の目尻にしわを寄せている。冬の厚手のコートを着ている彼女の肩には、誰かが隣に立っているらしく、手袋をした手がかけられていた。だが、その人物の顔の部分は、写真をはりつけたページの端ごと切り取られていた。

一部の欠けた写真の下には、すべて大文字の、ほかとは筆跡の異なる小さな手書き文字がある。何かの引用だろうか。

それは彼らの足がやがて滑るときのため。

おかしい。まったく脈絡がない。ちっとも意味をなさない。

それとも意味があるのか？　何もかもどこか覚えがあるような気がする——日記のエピソード、明らかに恣意的な引用、それにこの少女。とりわけこの子には見覚えがあるようだが、どうも思いだせない。でも、たぶんメグが知っている子なのでは？　それとも知り合いに似ているだけ？　どこかがメグの記憶と大きく違っているようだ。笑顔？　目？　髪？

髪だ。メグは大きく目を見張った。汚れた、くしゃっとした髪が同じ顔にかかっているのを想像してみると、その人物が誰かぴんときた。クレア・ヒックス。

メグは日記を勢いよく閉じた。なんてことだろう。
クレア・ヒックスの日記を読んでいたなんて。

22

胸がむかむかして気分が悪くなった。メグは亡くなった同級生の日記を読んでいたのだ。この日記には、どこがどうとはっきり言えないけれど、なんとなくなじみがあるような気がしていた。それでもまさか知り合いの日記だとは思いもよらなかった。しかも、ほかならぬあのクレア・ヒックスのものだったとは。

クレアの日記。クレアの写真が自分の部屋に。どうして？　どんなつながりがあるのだろう？

太陽はすでに地平線の低い位置にあり、わずかばかりの日の光もどんどん遠ざかっていく。一体メグはどれくらいのあいだ日記を読んでいたのだろうか？　二分、それとも二時間なのか、見当もつかない。まるで時間が止まったかのようだ。日記のなかに引きこまれ、そとの世界から切り離されてしまっていた。

メグは黒い合成皮革のカバーをまじまじと見た。最初のページだけでやめておくべきだった。なんだか罰当たりな気がする。なぜかクレアを裏切ったような気がしてしまう。クレアにはそばに誰もいなかったことが残念だった。本当に気の毒でならない。日記につづられているのは、カミアック校に転校する前に通っていた高校のことにちがいない。そもそもこういう騒動があったからこそ、メグの高校に転校してきたのかもしれない。

クレアのことを思うと、メグは身につまされた。彼女自身、かつては転校生だったのだ。誰からも好かれない転校生。ただひとりミニーだけを除いて。メグは友だちをつくるのにすごく苦労した――何か言うたびに相手の気分を害してしまった。だから黙っておくことにした。

それでもメグには少なくともミニーがいてくれた。クレアには誰もいなかったのだ。

クレア・ヒックス。彼女の写真と日記が両方ともメグの部屋で見つかった。ただの偶然ではない。いまホワイトロック屋敷で起こっていることに、彼女はなんらかの関係があるのだろうか？

メグは立ちあがった。T・Jを見つけなければ。いますぐに。日記のことを詳しく話して、一体どういうことか、T・Jの考えを聞いてみなければ。廊下のほうへ一歩踏みだしたところで、ふと足を止めた。

メグの目の端に何かがちらっと映った。

雨に濡れた窓ガラスの向こうで、何やら黒い影が動いている。そのすぐあとで、テラスにつながる屋外の階段を誰かがのぼってくる、くぐもった足音が聞こえてきた。さらにギイッと音を立ててドアが開いたかと思うと、再び閉じられた。

ああっ。ネイサンとケニーがテイラーズ家の別荘から戻ってきたにちがいない。別荘で誰かを見つけて、警察を呼んだのだろう。ついにやったのだ！

メグはキッチンへ走っていった。どちらかひとりが足音を立てて、そとの嵐のせいでずぶ濡れになりながらパティオから入ってくるものと思いこんでいた。だが、そこには誰もいない。

「ネイサン？」メグは呼んでみた。

一瞬のなんともじれったい静寂ののち、誰かが屋敷の壁沿いに駆けていく足音が聞こえてきた。

「ケニー？」メグはテラスに飛びだした。右手には、裏庭に出るドアがある。左手には、キッチンからダイニング・ルームの外側を囲むようにテラスがずっと伸びていて、そこから屋敷の向こう側で鋭く折れ曲がっている。遠くで足音が大きく響いており、木製のデッキを通して振動が伝わってくるのが感じられた。

「ねえ？」メグがテラスを走り抜け、角を曲がったとき、ちょうど一番奥のドアが閉まって、誰かがさっとなかに入るのが見えた。

どういうこと？　そんなところから家のなかに入るの？　どうしてすぐにキッチン

に入ってこなかったのだろう？　屋敷の側面に沿って、メグは小走りでテラスを抜け、ドアのほうへ向かった。途中、黒っぽい色のレインコートを床に見つけた。雨でぐっしょり濡れていて、あちこち泥で汚れている。移動しながら脱いで、その場に置き去りにしていったらしい。レインコートの向こうには一足の長靴。最初に右足のほう、次に左足のほうが、やはり誰かここを通りすぎた人物によって脱ぎ捨てられている。

メグはいきなり立ち止まった。

何が起こっているのだろう？　どう考えても、誰かがこの屋敷内でこそこそと動き回っている。でも、なんのために？　壁の真っ赤なスラッシュマークや明らかに細工された手すりのことをメグは思い浮かべた。もし自分の勘が正しかったら？　どちらも意図的なものだとしたら？

もしそうだとすれば、この屋敷内の誰かが正体を隠して、別人になりすましていることになる。でも、一体誰が？

その疑問に自ら答える暇はなかった。午後の静寂を破って、くぐもった悲鳴が響き渡ったのだ。

メグはテラスを駆け抜けた。悲鳴はいまも続いており、室内から聞こえてくる。ドアを引いて開けたものの、その先がどこにつながっているのか、そこに何があるのか、見当もつかない。

そこは書斎だった。屋敷全体を囲むようにテラスが設けられ、主階段からやや離れた場所に位置する書斎に通じていたらしい。机の裏にある大きな包みはローリの遺体だ。繭のようにシーツにくるまれていまもそこに置かれているが、メグはほとんど気にもとめない。書斎を一気に走り抜けた。悲鳴は玄関ホールから聞こえてくる。ドアからつんのめるように廊下に出たところで、ミニーが玄関ホールの中央に立ち、壁を指さしているのが目に入った。

三つ目のスラッシュマーク。

メグはミニーの両肩をつかんで、壁に背を向けさせた。「何があったの?」

「わ——わたし、寝つけなくて」ミニーが答えた。その目は赤く、腫れぼったくなっている。「だから階段を下りてきて……ええと、なんだっけ。そとを見ようとしたんだわ。ふたりが戻ってこないかと思って。そうしたらこれが……見えて……」

「誰か見なかった?」メグはたずねた。「誰かここを通っていかなかった?」

ミニーは混乱した様子でこちらを見た。「いいえ、誰もいなかったわよ」彼女はメグの肩越しに書斎のほうに目をやった。「あなた、どこから——」

「でも、誰かが廊下からこっちに来たはず」メグは言った。玄関ホールをぐるりと見まわしてみる。隠れられそうな場所はひとつもない。クローゼットのドアも、床下にもぐれる箇所も、戸棚もない。何もなかった。

「くそっ」ガンナーの声だ。彼とクミコが廊下に立っている。

「最初のふたつと同じ意味があるとしたら」クミコが口を開いた。「これって……」

T・Jが階段を駆けおりてきた。「誰がいない？」

ミニーがはっと息をのむのをメグは感じた。ああ、なんてことだろう。ベンがいない。

「いやああ！」ミニーが叫んだ。T・Jを押しのけ、階段を猛スピードでのぼっていく。

T・Jがミニーのすぐあとを追いかけ、クミコとガンナーもそのあとに続いた。メグは一歩遅れてついていく。ほかのみんなのように切迫感に突き動かされて走ろうとはしなかった。本音を吐けば、これから目にするものが恐ろしい。もうひとつ、新たな死体。しかも、今回はミニーがいま夢中になっている相手なのだ。

ベンの部屋のすぐそとにある踊り場で、メグは足を止めた。みんなはすでに部屋に入っているが、メグはこの先のことが怖くてその場でじっとしていた。ミニーの精神状態はすでに不安定になっており、これからこの部屋で起こる事態に自分が対処できるかどうか、メグには自信がなかった。ミニーがじきにパニック状態におちいったとしてもT・Jとガンナーにどうにかしてほしい、と心のどこかで願っている。メグはくるりと踵を返してこの屋敷から出ていき、二度と戻ってきたくなかった。

「いやあああああ！」ミニーが泣き叫んだ。

ああもう。

ミニーの号泣が部屋じゅうに満ちるなか、メグはのろのろとドアからなかに入った。ついに最期のときが近づいた死刑囚のような気分だ。クミコがガンナーにしがみつき、彼のたくましい腕に顔をうずめている。T・Jはベッドの端に立ち、指関節が白くなるほど強く支柱を握りしめていた。

「誰がやったの？」ミニーがわめいた。「誰がやったのよ？」

ベッドの向こう側でミニーが床にひざまずき、ベンの頭を抱きかかえている。ベンはうつぶせに横たわっているらしく、メグには彼のもつれたブロンドの髪しか見えない。左腕は、自分の荷物を取ろうとしたのか、窓辺の床近くのリュックのほうに伸ばされている。

ミニーは前後に体を揺すっていた。「ひどい。ひどいわ」

メグはミニーのそばにひざをついて、彼女の肩に手をかけた。ミニーがびくっとする。

「これは事故なんかじゃないのよ」ミニーが言う。誰かを責めるような口ぶりだ。

パニックが喉にこみあげてきたが、メグは懸命に冷静さを保とうとした。「事故じゃないとは言ってないから」

「誰かがやったんだわ。誰かがわざとやったのよ」

T・Jが咳払いをした。「何があったんだ？　これは……」

「彼は死んだわ」ミニーが金切り声をあげる。目をぎろりと光らせた。「殺されたのよ」

その言葉が部屋じゅうに響き渡り、メグは思わず身震いした。「ミニー、もしかしたら……わからないけど」

「何かの間違い？　事故？」ミニーがさっと身を離した。「これでもう三人目でしょ？　事故で済ませられると思う？」

いいえ。まさか、そんなわけない。でも、すでに精神的に完全にまいってしまう寸前のミニーに、その事実を認めるわけにもいかなかった。ミニーはがっくりと頭を落とすと、ベンのブロンドの髪に額をうずめた。彼女が嗚咽を漏らすのがメグにはわかった。

「メグ」T・Jがほとんどささやくような声で呼んだ。ベッドの反対側に来るように彼女に手招きする。「これを見てくれ」

T・Jがナイトテーブルのそばにしゃがみこんだ。彼の隣には、水のボトルが一本転がっていて、堅木張りの床に中身がこぼれだしている。T・Jは床にかがみこみ、その液体を調べた。

「きみもこれがなんだかわかるか？」T・Jがたずねた。

メグはひざまずいて、床にたまった液体をじっくりと見た。窓からはぼんやりとした光しかさしてこないが、何やら小さな粒状のものが浮いているように見える。メグはにおいを嗅いだ。

「ああ、大変よ」メグは顔をのけぞらせて、T・Jに言った。「このにおいは――」

「ピーカンパイだ」T・Jが続けた。

メグは腰を落とし、そのままずわりこんだ。砕いたピーカンナッツを誰かがわざとベンの水に混入させたのだ。あのときも誰かがわざとサラダにアーモンドを混ぜたにちがいない。それと同じだ。この島で起きている死亡事件がたんなる事故ではないと信じるには、メグにはまだためらいがあったが、それもこの瞬間に消えてしまった。

メグは一日じゅうずっと否定しようとしていた。おそらくこの島に来た当初から感じていたのだ。何かがおかしかった。どこかが変だった。自分を信じるべきだった。自分の心の声を聞くべきだった。もはやこう考えるしか筋が通らない。

殺人。

メグの喉にパニックがこみあげてくる。メグたちは両親に嘘をついてここにやって来た。ああ、どうしよう。ここにいることを誰も知らない。この島で死んだら、誰にも発見されないだろう。

メグはT・Jを見た。眉根が低く、鼻の上でぎゅっと寄せられ、まるで痛みに耐えているかのように見える。彼はリーダー的存在としてみんなをまとめ、落ち着かせようとしてきた。だからこそ、手すりの傷について口外しないようにメグに頼み、すべて偶然だということにしておいたのだ。T・J自身は偶然だと考えていたのだろうか？ メグには判断がつかない。いまはっきりとわかるのは、彼が怯えているということだけだ。全員がそうであるように。

T・Jがいきなり立ちあがった。メグの両肩をつかんで、彼女も立ちあがらせる。「ぼくらはきっと大丈夫だ、メグ。約束するよ。何もかもすべて、納得のいく説明がつくはずだ」

またしても約束。またしても偶然。もうこれ以上は無理だ。現実を直視しなければ。「いいえ、そんなことはない」声は震えていたが、メグは本気で訴えていた。T・Jの手をつかんで、部屋のそとへ連れていった。「みんなで話しあうべきよ」

23

ガンナーは階段にすわり、クミコをひざにのせている。「ぼくらはやってない」とやにわに言った。

「やってない?」T・Jが聞き返す。

「彼を殺してない。クミコとぼくは犯人じゃないぞ」

T・Jが両手を目の前に上げて制した。「待てよ。誰もそんなことは言ってない――」

「あれは殺人よ」メグは言った。自分の声の落ち着きに驚いた。

T・Jが横目でちらりとメグを見る。「本気で言っているのか?」

メグはうなずいた。

「ほらね?」クミコが言った。「本気よ」

完全には納得がいかないようなまなざしで、T・Jはメグを見つめつづけている。

「どうして本気でそう思えるんだ?」

「どうしてそう思えないの？」クミコがきいた。

T・Jは黙りこみ、ややあってからうなずいた。この島で起きた三人の死が意図的なものだったという事実をついに認めたらしい。

「そのとおりよ」クミコが口を開いた。「この家のなかに殺人者がいるってことね。さっさとここから逃げださないと」

ガンナーが彼女の腕をさすった。「あのふたりがきっと電話を見つけてくれるさ」

クミコが彼のほうを向いた。「ほんとに？　どっちかが犯人だったらどうする？もしふたりともが犯人だったら？」

「待ってくれ」T・Jが言った。「犯人の見当はつくはずだ。考えてみればいい」

T・Jの言うとおりだ。三人の死。いずれも他殺だとすれば、犯人の目星はつくはず。

「ローリの場合、全員に殺害するチャンスがあったでしょうね」メグは言った。自分でも自分の言葉が信じられない。

T・Jがうなずいた。「確かにそうだ」

ガンナーが首を振った。「クミコはぼくと一緒だった」

「そうね」メグは応じた。「あくまで理論上の話だから」誰かを名指しで非難するつもりはまだなかった。ガンナーは高校一年生のときからの知り合いであって、冷血な人殺しかもしれないとはとても思えない。

「こんなことしてなんの役に立つわけ？」クミコが発言する。「ビビアンだって、誰でも殺せたんでしょ」

T・Jが手を伸ばしてメグの腕に触れた。「メグとぼくは一緒にいたんだ。お互いが証人になれる」

メグがクミコとガンナーに手すりの傷のことを打ち明けようとしたとき、クミコが頭をのけぞらせ、おかしそうに笑った。

「どうした？」T・Jがたずねる。

「そんなの、ほんとに信じられると思う？」

メグはいらだちを覚えた。人生で初めて、まるで極刑に値する大罪だと糾弾されたような気がする。あまりよい気分ではなかった。

「それが事実なんだよ」T・Jが反論した。

「まあね」クミコが続ける。「あなたたちがお互いにアリバイを証明するんじゃなければ、そうでしょうけど。ガンナーとわたしも同じだわ。わたしたち、グルかもしれないでしょ」

「おい！」ガンナーが口をはさんだ。「よせよ」

「何もわたしたちが犯人だとは言ってないわよ」クミコが返した。「わたしが言いたいことはわかるでしょ」

T・Jが唇をきっと結んだ。「それは?」

「そうだよ」ガンナーがおうむ返しに言う。「それは?」

「つまり?」クミコが応じる。「いいかげんにしてよ!」彼女は首をかしげ、〝ほんとに? このことがわからないの?〟という顔つきでガンナーをまじまじと見た。「わたしたちは誰ひとりとして信用できないってことよ」

「わたしたちの誰かじゃないとしたら?」メグは言った。

T・Jがこちらを向いた。「どういう意味だ?」

「もうひとつの可能性があるかもしれないということよ」

「つまり、この屋敷のなかに誰かが潜んでいるかもしれないと?」T・Jがきいた。

クミコがふんと鼻を鳴らした。「それはちょっと都合がよすぎない?」

「わたし、見かけたのよ」メグは思わず口走った。「ミニーが壁の三つ目のマークを見つける直前、誰かが裏のテラスから家のなかに入ってきたの」

「マジか?」ガンナーが言った。「そいつは誰なんだ?」

メグはかぶりを振った。「わからなかった。その人たちを追いかけて屋敷の横側にある通用口に回り、そこから書斎に入って、それで――」

「あら、おあつらえむきじゃないの」クミコが口を開いた。

「やめてよ！」メグは反発した。こんなふうに公然と非難されるのはもううんざりだ。

「ちゃんと見たんだから」

　クミコがすうっと目をせばめた。「確かに見たんでしょうよ。それから、ちょうどミニーが叫んだ瞬間にあなたはたまたま玄関ホールにいたということ？」

「やめるんだ」Ｔ・Ｊが言った。「お互いにいがみあってもしょうがない」

「『蝿の王』を読んだぞ」ガンナーが横から口をはさんだ。メグは彼がその本を読破したことに感心した。「ハッピーエンドじゃなかったよ」

　クミコがガンナーのひざの上からおりた。「ニュース速報よ。みんな、わたしたちすでにわれわれ版『蝿の王』の半ばまで来てるわね。死体の山ができてるし。あなたたちはどうか知らないけど、わたしは次の犠牲者になる気はないから」

「これからどうすればいいと思う？」Ｔ・Ｊが切りだした。その声がとげを含んでいることにメグは気づいた。かろうじていらだちを抑えているのだろう。「鍵のかかった部屋にすわりこんで、助けが来るのを待つか？」

　メグはベンの部屋のほうをあごで示した。「そうね。だってそのやり方ならつねにうまくいくものね」

「ふざけないでよ！」ミニーがわめいた。ベンの寝室の戸口に立ち、体を支えるかのようにドア枠にしっかりと片手をついている。もう片方の手はうしろのドアの取っ手をつかんでいた。ミニーは手首をさっと返してドアを閉めると、メグのほうに向かって突進してきた。

「どれも笑い事じゃないんですからね」

「もちろん、そうよ」メグは応じた。「誰もそんなふうに思ってない」

ミニーの視線がそわそわと階段の吹き抜けを見まわしている――メグからT・J、ガンナーとクミコ、そしてローリの遺体が発見された塔のてっぺんへと移り、最後にメグに戻ってきた。ミニーは正気を失いつつある。彼女が新たに熱をあげていた男の子が死んだ。彼女の昔の彼氏は新しい恋人の手を握っている。それに以前夢中だった相手は自分の親友に気があると、ミニー自身が信じて疑っていない。チェルノブイリ級の大惨事がすでに始まっている。

「犯人が誰か、突き止めなきゃいけないわね」ミニーが言った。「あなたたちの誰がこれをやったのか」

「ちょっと！」容疑者のリストに含まれてばかりなので、メグはいいかげん腹にすえかねていた。クミコのように、メグのことをまるで知らない、彼女とチャールズ・マンソン（無差別殺人を引き起こした米国のカルト集団指導者）の区別もつかないような相手ならいざ知らず、せめてミニーなら彼女の無実を信じてくれてもいいのでは？

ミニーが顔をしかめた。「全員が容疑者でしょ」

どうやら、メグを信じてくれないらしい。

「いいか」T・Jが言った。「ほかの説も考えられるはずだ」

「たとえば?」クミコがたずねた。ガンナーが自分のひざの上に戻ってくれと無言で訴えていたが、彼女は取りあわなかった。彼の手を振り払い、クミコは壁に寄りかかった。

「それは……」T・Jがちらりとメグに目をやった。彼は頭が混乱しているようだ。何も思いつかず、メグがパズルの欠落した部分を埋めてくれることを願っているのだろう。ミニーはその様子を見逃さなかった。うめき声ともため息ともつかない声を漏らすと、ふたりに背を向けてしまった。

「そうね……」メグは口を開いた。とたんに脳がぱっと高速回転し始める。「そうね、第一に、もしローリかビビアンがベンを殺したんだとしたら?」

ミニーは頭だけを回して振り返ったが、体の向きを変えようとはしなかった。

「どうやって?」クミコが問いかける。

「彼の水のボトルにナッツが混入されていたの」メグは肩をすくめた。「それなら、誰でも、いつでも可能だったはずよ。昨夜、夕食のときに、わたしたち全員が例の事件を目撃していたし」

「だが、犯人は同一人物だとは思えないか?」T・Jがたずねた。「まずはサラダにナッツを混入させておき、それからいよいよ水のボトルのほうに取りかかったんじゃ？」

「そうかもしれない」メグは答えた。自分の主張に説得力があるかどうかわからないが、動機という点からいくと、どちらの説もあり得るはずだ。「どちらの可能性もあると思う」

クミコはやはりまだ納得がいかないらしい。「ほかには？」

「ええと……」ようし、メグ。考えるのよ。「もしローリがベンを殺そうとしたなら、その場合、彼女は良心の呵責に耐えかねて自殺したんじゃないかな？」

T・Jが胸の前で腕を組んだ。「それでビビアンは？」

「本当に事故だったのかもしれない」メグは嘘をついた。T・Jは彼女のほうにさっと頭を向けたが、訂正しようとはしなかった。

「ふむ」ガンナーがうなずいた。「つじつまは合うな」

「かろうじてね」クミコが言った。

「あるいはネイサンかケニーが犯人だったか」メグは続けた。

「くそっ」ガンナーはがっくりしたらしい。「どっちかが人殺しなら、警察を呼ぶつもりなんかないだろうな」

T・Jが驚いた。「ガンナー、そのとおりだ」

「そうなのか？」メッシュを入れた髪を顔から払いのけ、ガンナーはやや困惑した笑顔をあらわにした。

「そうとも」T・Jは自分の腕時計を見た。「ふたりが出かけてからそろそろ三時間になる。もう戻ってきてもいいはずだ」

それを聞いて、ミニーがくるりと振り向いた。「ふたりに何かあったということなの？」目を見開き、たずねる。

メグに目配せしてから、T・Jは返事をした。「たぶん、そんなことはないさ」無理に笑顔をつくる。「おおかた温かい食事にでもありついて、ぼくらのことをころっと忘れているだけだよ」

今朝、ローリの遺体を発見したときのケニーの顔つきをメグは思いだした。この週末に関わることで彼が何かを楽しめるとはとても思えないのだが。「確かめる方法はたったひとつ」

ええっ。いまの言葉は本当に自分の口から発せられたのだろうか？　この悪天候のなか、本気で地峡の向こうまで調べに行くつもりなの？

「とんでもない」クミコが言った。ほんと、彼女はいつだって楽天家だ。「わたしたちには無理よ」

「いや、きっと大丈夫だ」T・Jが確信を持って答える。「嵐は弱まっている。うまくいくはずだよ」

ミニーがみんなから遠ざかった。「わたしはここに残るわよ。あなたたちの誰も信用してないから」

「ミニー！」メグは思わず傷ついた声を漏らした。「何を言ってるの？」

「みんな嘘ばっかりよ。あなたたち全員ね」

メグは彼女の腕をつかんだ。「ミニー、なんてことを言うのよ」

「やめて」びくっとして、ミニーはメグの腕を払いのけた。決然たる顔つきをしている。「わたしたちの誰よりもずっとたくさんの嘘を隠してるくせに」

「わぉ」クミコがぼそっとつぶやく。彼女はガンナーのかたわらに戻っている。ガンナーが彼女の腿の裏側をなでた。「彼女とはどれくらいつきあってたのよ？」

ミニーが鋭く息を吸いこんだ。「なんですって？」

T・Jが話を戻して、みんなの意識をそちらに集中させようとする。「全員で行くべきだ。みんなで一緒に。大勢のほうが安全だ」

「絶対にごめんだわ」ミニーが拒んだ。ベンの寝室のドア近くまですでに戻っている。

「わたしはどこにも行かないわよ」

「ねえ、お願いだから！」メグは言った。こんな茶番にはもう耐えられない。普段のミニーの基準からしてもこれはひどすぎる。

「ごめんだって言ったじゃないの！」ミニーが金切り声を出した。ぱっとこちらに背を向けると、ベンの寝室に入ってうしろ手にドアを勢いよく閉めた。

一瞬黙ったまま、クミコは当惑した顔つきでベンの寝室のドアをじっと見すえていた。「認めるのもしゃくにさわるけど」ゆっくりと話しだす。「わたしも同感かな。ここにいるほうがいいと思う」

「そうだな」ガンナーが慌てて同意する。正直なところ、本気でクミコに賛同したのか、していないのか、メグにはわからなかった。たぶん、どちらでもないのだろう。

「本気なのか、なあ？」T・Jが念押しする。

ガンナーはクミコのほうを向いた。彼女が軽くうなずく。「ああ」ガンナーは答えた。「本気だよ」

T・Jは肩をすくめた。「どうやらきみとぼくだけらしいな、メグ」

24

母なる自然は、ようやく彼らに情けをかけたらしい。

メグとT・Jがホワイトロック屋敷の石段を下りはじめたころには、雨脚はかなり弱まっていた。激しい嵐の名残はいまや、降りしきるごく軽い霧雨くらいだ。メグのポニーテールはほんの数分でぐしょ濡れになってしまったが、それでも、これまで二度そとに出たときのような、情け容赦なく打ちつけてくる土砂降りの雨よりははるかにましだった。メグにはこの嵐の中休みがありがたかった。

雲の切れ間ができて神秘的に陽光がさしてくるようなことは起こらない。そんな幸運には恵まれずじまいだ。いまだに島全体が厚い雲に覆われており、夕暮れは足が速いとあって、あたりがかろうじて見えるくらいの明るさしかない。

風の勢いも弱まっている。藤田スケールで表される竜巻並みの突風の代わりに、いたずらな風が、濡れた髪がかかったメグの顔に吹きつけてきた。地峡に激しく打ち寄せ、歩道デッキを押し流してしまった波も、いまは西側の海岸をひたひたと洗っているだけだ。砂浜はぐっしょり濡れており、あちこちにデッキの破片が散乱しているが、メグとT・Jは少なくとも沖へ流される心配なしに向こうまで渡ることができる。

シギやチドリなど水鳥たちが砂浜をちょんちょん跳ね回り、夕食をついばんでいる。カモメといった大きな鳥たちも、嵐に襲われ、避難していた場所から再び姿を見せて、上空を旋回している。この島にも命が息づいている。そう思うと、メグは思わずほほ笑んでいた。周囲の水浸しで灰色の世界にも、一種の美しさが感じられるようだ。すがすがしい空気がメグの肺を満たし、エネルギーを与えてくれた。足を踏むたびに砂や小石がキュッと鳴るのが心地よい。テイラーズ家やローレンス家のような人たちが、どちらかといえばこんな辺ぴな荒れ地にあえて好んで別荘を建てる理由が、メグにも理解できるような気がした。嵐が過ぎ去ってみれば、自然の荒々しさのなかにも静けさが感じられる。ここでは自然こそが人間を支配しており、その気になればいつでも人間を懲らしめてやれるんだぞ、とわたしたちに思い知らせたようだった。

状況が違っていたら、メグはここでの滞在をもっと楽しめたかもしれない。

T・Jと話がしたかった。クレアの日記のことを打ち明けたかった。彼女はホワイトロック屋敷となんらかのつながりがあるかもしれないと。だが、T・Jはどことなくよそよそしく、自分のなかに閉じこもっているように感じられた。ふたりは嵐で岸に流されてきたベイマツの巨大な幹をいくつも越えてゆっくりと進んでいたが、そのあいだ、T・Jはこちらを見ようともしない。メグは仕方なく待つことにした。テイラーズ家の別荘に到着すれば、そこではネイサンとケニーが警察の到着をいまかいまかと待っているかもしれない。メグも日記を当局に引き渡してしまえば、それで終わりにできる。

ふたりは地峡のちょうど中央のやや高くなった部分を歩きつづけていた。のろのろとした歩みだったが、それでも何かが起こるのをただ座して待つよりは何かしているほうがよかった。メグにとってそれは珍しいことだったが、ホワイトロック屋敷に残っていくつもの死体や、振り子のように気分が揺れがちなミニー、ことあるごとに人を指さし非難するクミコと一緒にいるかと思うと……どんなことでもそれよりはまだましだった。

T・Jはメグを助けて、ぬるぬるした海草がべったりとはりついた丸太をいくつも越えていたが、途中で咳払いをした。「彼女はいつもあんなふうなのか？」

「誰のこと？」

「ミニーだ」

メグの心ははるか遠くにあったので、T・Jが母なる自然に言及しているわけではないことに一瞬気づかなかった。「ああ、そう」

「というのも、ガンナーから、彼女はちょっと……気分にむらがあるとは聞いていたんだ。だが、さっきの彼女はまるで頭がおかしいみたいだった」

メグはいらだちを隠せなかった。確かにその発言は間違ってはいないが、自分の親友を〝頭がおかしい〟などと形容してほしくない。だいいち、ミニーが心を病んでいるとしてもそれは彼女のせいではない。自ら選んでそうなったわけではないのだ。ミニーの母親が娘の様子がどこかおかしいことに気づきながら、その事実から目をそらそうとした一方で、ミニーの父親は娘がセラピストに診《み》てもらい、適切な薬が処方されるように取り計らった。さらにその件についてメグに内々に相談してきて、ミニーの面倒をみてほしい、きちんと薬を服用するように注意してやってくれ、とまで頼んだのだった。

そのことはほかの誰も知らない。メグだけが知っている。そして彼女はミニーの秘密を絶対に守り抜こうと心に決めていた。

「彼女のせいじゃないわよ」メグはきっぱりと告げた。

T・Jが足を止めて、振り向いた。「きみをゴミみたいに扱っても、それも彼女のせいじゃないというのか？　きみを忠実な子分みたいに扱っても？」

メグは顔をしかめた。さすがにぐさりと胸にこたえた。

彼女の気持ちを知ってか知らずか、T・Jは容赦なく続けた。「きみに敬意を払う気持ちがまったくないとしても、それも彼女のせいじゃないのか？　彼女が自分のことしか考えていないとしても?」

メグはため息を漏らした。「彼女だって、いつもそんなんじゃないから」

「それは言い訳にならない。きみにとっても、彼女にとっても」

「あなたにはわからないわよ」

「これだけはぼくにもわかる。彼女は当然のようにきみがいつもそばにいてくれると思っているが、その一方できみの好意に報いることはないし、そんな気はさらさらないんだ。ぼくがわからないのは、どうしてきみがそんな関係に耐えているのかってことだ」

「ねえ、わたしには……」メグの顔がかっと熱くなる。わたしには言えない。何にもましてばつの悪い思いがする。ミニーの近ごろのメグに対するひどい扱いに、自分自身を除けば誰も気づいていないと思いこんでいた。どうやらそうではなかったらしい。

「きみにはなんだって?」T・Jが問い詰める。

メグは反論しようと口を開いたが、そこで思いとどまった。彼は正しい。少なくともある程度は。ミニーが悪い友だちだというわけではない。ただ、ミニーはほとんどいつも彼女自身の苦しみや欲求しか見えていないだけだ。その一部はメグのせいだった。こういういびつな関係をミニーに対してずっと許してきたので、ほかにどんな類いの友人になればいいのか、メグ自身わからないのだった。

「きみはもっと」――T・Jがこちらに一歩近づいてくる――「大切に扱われるべきだ」

メグは顔を上げて、T・Jの目をひたと見つめた。そこには悲しみしか浮かんでいない。

T・Jに同情されている。そう思うと、メグは胸がむかむかしてきた。なんてみじめなのだろう。自分はなんともみじめな人間なのだ。

「あなたにはわからないわよ」メグは繰り返した。それはいろんな意味で本当のことだ。

「それなら、わかるように説明してくれ」

メグは両手のひらで目を覆った。手の感触が心地よい。ストレスによる頭痛でこめかみがうずきだしていたが、痛みが少しやわらいだ。メグは説明したかった。ミニーの病のこと、彼女の投薬や治療の苦しさ、そのせいでここ一、二年のうちにミニーが変わってしまったこと。すべて、T・Jに打ち明けたかった。ミニーの世話役という立場に自分がいやおうなく追いこまれていたこと、ミニーの両親からは娘からつねに目を離さないようにと頼まれていたこと、そんなサイクルから抜けだそうと地元以外の大学へ進学すること。

「なんだ？」T・Jが言った。鋭い声だ。「なあ、頼むよ。ぼくがわかってないことがあるなら、説明してくれよ」

メグは視線を落とした。他人の秘密を明かすことはできない。「それは無理よ」

「ちくしょう！」Ｔ・Ｊが叫んだ。彼女から離れたかと思うと、野球ボール大の石を足で蹴った。石はぬかるんだ砂の上を飛んでいき、転がっている丸太に当たって跳ね返った。「どうしていつも彼女を守ろうとするんだ？」

メグは思わず肩を怒らせた。「余計なお世話でしょう」Ｔ・Ｊに説明する義理はない。彼に対してなんの義理もないのだ。

「きみのことが大切なんだ。だから放っておけないんだよ」

今度はメグのほうが怒りをむきだしにする番だった。このときばかりは、言葉は彼女の頭のなかに押しとどめられなかった。「わたしのことが大切？　本気なの？　それならどうして連絡ひとつくれず、何カ月も放っておいたの？　ミニーがわたしをどんなふうに扱っているか、どうしていまのいままで気づかなかったの？　あなたのことで耳に入ってくるのは、地元はもちろん、果てはカナダ国境まで全校のチアリーダーをとっかえひっかえしてるっていう噂ばかりだったのはどうして？」言葉が堰を切って一気にあふれでて、メグ自身びっくりした。不安や疲労のせいでこらえきれなくなったのだろう。

Ｔ・Ｊは彼女に背を向けた。「ぼくは腹を立てていた」

「ええ、わかってる。そうよね、悪かったわ。あの夜、約束をすっぽかしてごめんなさい」

「本当に？」

「もちろん！」

T・Jが急に振り向いたかと思うと、つかつかと歩み寄ってきた。「それなら、どうしてあんなまねをした？　どうしてぼくとダンスに行ってくれなかった？」

「それはミニーが――」メグはそこまで言いかけて、口をつぐんだ。

T・Jの下あごの筋肉がこわばった。「ミニー。そうなのか？　またしても彼女なのか？　一体全体、彼女がこの話にどうつながるというんだ？」

「彼女はあなたに夢中なのよ」メグはうっかり口走った。うっ。これじゃあ、いっこうに状況はよくならない。

T・Jがショックを受けるか、びっくりするとばかりメグは思っていた。ところが、T・Jは声を立てて笑った。

「何がおかしいの？」

「ミニーが唯一夢中になっているのは」少しは気が静まったのか、T・Jが言った。「彼女自身にほかならないよ」

ミニーを弁護するのに慣れきっていたメグは、自分を抑えきれなかった。「彼女の

「愛がどんなものかさえ、ミニーはわかっていないさ、メグ。彼女にとってはただのゲームにすぎない。注目を浴びるための手段にすぎないんだ」

「じゃあ、あなたは愛についてよくわかっているの？　あなた自身とあなたの四十人の元彼女はそうなの？」

Ｔ・Ｊの顔から悲しみや同情の色がすっかり消えてしまい、こわばった怒りの表情に取って代わられた。メグはまたやってしまった。ああもう、自分のどこが悪いのだろう？　思ったことを口にするたびに、誰かの気分を害してしまうなんて。

「急いだほうがいい」Ｔ・Ｊがにべもなく言った。「暗くなってきた」

「そうだね」メグは返した。Ｔ・Ｊから目をそむける。「確かに」

ふたりとも黙りこくって歩きつづけた。

テイラーズ家の別荘は、地峡の反対側にある開けた土地に木製デッキを設け、その上に建てられていた。ホワイトロック屋敷とは、建築学的に可能な限り大きく異なっている。壁一面のガラス窓が海に面したモダンな建物で、昨夜、メグが海岸からここの前を通りすぎたときには煌々とした光を放っていたのだった。二十四時間足らず前には、そこは活気にあふれていた。窓という窓には明かりが灯っていた。大音量で音楽が流れていた。笑い声やグラスの鳴る音が風にのって聞こえてきた。ところが、いまはどこもかもまったく……。

「人けがない」玄関ドアへと続く木製階段の下で、T・Jが足を止めた。「ここは死んだように静まり返っている」

「なかなかいい言葉の選択ね」

ふたりのあいだはぎくしゃくしていたが、T・Jが短く、乾いた笑い声を漏らした。

「失礼」

「ふたりは裏手にいるのかも」メグは努めて明るい声を出した。別荘のなかには誰か人がいるはずだ。そうでなければ、ネイサンとケニーが戻ってきていただろう。

T・Jが無理に笑みを浮かべた。「調べてみよう」彼は足早に階段を上り、玄関ベルを鳴らした。

よい知らせ。この別荘の電力状況がどうであれ、とにかく設備はなんとか機能しているようだ。

悪い知らせ。ふたりがいつまで待っても返事はなく、沈黙しか返ってこなかった。

つねに希望を失わず、T・Jが再度ベルを鳴らした。閉じられたドア越しに、電子音が室内にこだまするのがメグには聞こえる。

メグは胃がひっくり返るような気がした。何も聞こえない。人の声がしない。泣き声ひとつ聞こえない。床を歩いてくる足音すらしない。メグの耳に届くのは、自分の心臓の鼓動だけだった。これはよくない兆候だ。

T・Jがドアの取っ手をつかんで、ラッチがはずれるかどうか押してみる。ラッチがかちっと音を立てた。T・Jはドアを押し開けた。しばらく待ってから、声をかけてみる。「こんにちは？」

反応がない。

互いに顔を見あわせるまでもなく、メグとT・Jはとっさに手を伸ばして握りあった。つい先ほどまでメグが彼に対して覚えていた怒りや憤りといった感情もたちまち消えてしまう。この家はどこかひどくおかしい。これから何を発見するにせよ、ふたりで一緒にやるのだ。深呼吸をしてから、ふたりはなかに足を踏み入れた。

別荘のなかは死んだように静まり返っている。それに暗かった。刻々と沈みゆく太陽の自然の光を除けば、人工的なものにせよ、そうでないにせよ、光を放つものはまったく何ひとつなかった。さらに、まるで打ち捨てられた古い倉庫みたいにじめじめしてかび臭いにおいがする。メグはぶるっと身震いした。ここはホワイトロック屋敷よりもさらにしんしんと冷えている。昨夜あれほど盛りあがっていたパーティーを主催した場所とはとても思えない。どちらかといえば、ここはまるで霊廟を思わせた。

足音を忍ばせて、ふたりはゆっくりと入り口からリビング・ルームへ入った。なぜ別荘内がこれほど寒いのか、メグはすぐさま理解した。窓がそろって開け放たれている。薄い紗のカーテンはぐしょぐしょに濡れていて、風を受けてずしりと重たげにふくらんでいた。足もとでは、水を含んだカーペットが踏むたびにぐちゃぐちゃと音を立てた。開いた窓からおよそ三メートル以内にある家具はどれもずぶ濡れになっている。

「どうなっているの?」メグはささやくように言った。どうしてそうしたのかわからない。どう見ても、声の届く範囲に誰かがいるわけがないというのに。

T・Jが彼女の手をいっそう強く握り、同じくささやいた。「わからないな。みんなはどこにいるんだ?」

そのとき、ぱっと光がさした。あちこちで何かが動き、音がする。突然、部屋全体が息を吹き返したようだ。リビング・ルームの照明――天井、スタンド、壁付きの燭台――がひとつ残らず点灯した。暖炉の両側の〝ろうそく〟にも、本物そっくりの炎がちらちら揺れている。ほの温かい黄色の光に包まれ、部屋が躍っている。天井ファンがいっせいにすさまじいスピードで回転しはじめた。いまにもとめ具がはずれてビュンと飛んでいってしまいそうなほどの勢いだ。

ドンという音とともにスピーカーが大音量で鳴りだして、メグは息が止まりそうなほど驚いた。悲鳴をあげたが、その声は騒音にかき消されてほとんど聞こえない。ボリュームが最大限引きあげられ、ベース音がずしんと響いた。メグの体のなかで音楽のビートが反響する。どうやら二種類の曲が同時に流れているらしい。ひとつは一九四〇年代風のビッグバンドの曲だ。脈動するコンガの音や、耳から血が噴きだしそうなほど炸裂するブラス・セクション。もうひとつはパーティー音楽で、何やらおしゃべりする声やクリスタルのグラスがチャリンと鳴る音まであわせて録音されている。女性の甲高い笑い声が聞こえた。陽気な音のつもりなのだろうが、人けのない室内で響くと、骨の髄までぞっとする思いがした。

メグは逃げだしたくなったが、びしょ濡れのカーペットに足が釘づけにされて動かない。

T・Jは彼女の手を離すと、手で耳を覆いながら室内を見まわした。しばらくして、リビング・ルームの一番奥にある、テレビやオーディオの収納ユニットのところへ走っていき、ボリュームを下げた。

たちまち音楽もパーティーのおしゃべりや効果音も聞こえなくなった。

「いまのは一体なんだったんだ?」T・Jがあえぎながら言った。まるで一キロほどマラソンしてきたように息を切らしている。

メグの体は頭のてっぺんから足の先までぶるぶる震えていた。「わか……わからない……」考えもまともに整理できないのだから、ましてやそれを言葉にできるはずもない。

　T・Jが腕時計をのぞきこんだ。「ちょうど五時きっかりだ」

「きっかり？」

「ああ、きっかりだ」

　頭がしゃんとして、これがどういうことなのか、メグははたと思い当たった。照明、音楽、パーティー。どれも偽物だったのだ。何もかもすべて。

「ああ、どうしよう」全身から温もりが失せていくのが感じられる。「タイマーだったなんて」

「それはつまり……」T・Jが口ごもり、メグの目を真っすぐにのぞきこんだ。こみあげる恐怖がその表情にあらわれている。「つまり、ここには人っ子ひとりいないってことだ」

25

部屋がぐるぐる回りはじめた。メグは壁にもたれかかり、恐ろしい事実がどっと押し寄せてくるのを感じた。

この別荘は無人だったのだ。

地峡をはさんでホワイトロック屋敷の真向かいには、どんなに遠かろうともう一軒家があって、そこでホームパーティーが開かれている。そう思うだけで安心感があった。万一の場合に頼りになる、いわば遠くの守り役のような存在と言えばよいのだろうか。だが、どうやら何もかも嘘っぱちだったらしい。パーティー、大勢の人たち、温もり、安心感。一瞬にしてすべて消えてしまった。すべて錯覚にすぎなかった。

「ケニーとネイサンはどうなっているの？」メグはきいた。こわばった声だ。言葉が喉につかえてうまく出てこない。息をするのも苦しく、全身がわなわなと震えている。

「ふたりは――」

「待ってくれ」T・Jが制した。その声には冷静さが感じられ、たちまちメグの気持ちは落ち着いた。「先に確かめよう」

彼は身をかがめると、テレビの収納ユニットを引っ張って壁から離した。薄型テレビが倒れて床にぶつかったが、メグもT・Jもたじろいだりしなかった。そんなことはどうでもいい。

「タイマー装置には電源タップが二個ついている」室内の電気機器はどれもそこに接続されているようだ」T・Jは頭を片手でさすった。「ひょっとすると一種の警報装置みたいなものかも？」

「えっ、ヘンリー島で泥棒がうろついていて、家に忍びこまれるおそれがあるとでも？」メグは反論した。「それに窓は開けっ放しで、ドアにも鍵がかかっていないのよ。あり得ないでしょう」

「そうだな」T・Jが言った。「そうすると、これには何かほかに意図があるわけだ」ぞっとするような事実だった。「わたしたちを惑わせるためね。安心感を抱かせるため」

「つまり、誰か知らないが、こんな細工をした人物が――」

「ローリやビビアン、ベンを殺害した」

T・Jがうなずいた。「そしてたぶん――」

「やめて」メグにはその続きがわかっていた。〝そしてたぶんネイサンとケニーも〟

「聞きたくないから」

「わかった」T・Jが冷静な声で応じた。「でも、別の可能性もある」

メグの声はつい震えてしまう。「どちらかひとり、あるいはふたりともが犯人だと」

「そうだ」T・Jはリビング・ルームの奥に目を走らせた。「キッチンのそばに階段がある」と言った。メグが壊れ物か何かであるかのようにそっと彼女の手を取る。

「一緒に行こう」

行きたくない。逃げだしたかった。どこまでも走って逃げていきたい。しかし、T・Jの言うとおりだとメグにはわかっている。別荘内を捜索して、ネイサンとケニーがまだここにいるかどうか調べなければいけない。どうしてもそうしなければ。

メグとT・Jは、ふたり並んでゆっくりとリビング・ルームを歩いていった。カーテンがこちらに向かって風船のようにふくらんでくる。メグは身を縮めてT・Jの腕にしがみついた。まるでカーテンがメグをすっぽり包みこみ、永遠にここに閉じこめておこうとしているかのようだ。どこもかしこも汚染されているように思えて、メグは何ひとつ触りたくなかった。世界じゅうの抗菌せっけんで手を洗っても、この別荘の不快な感触をきれいに落とすことはできないだろう。

リビング・ルームは大きなキッチンに通じており、部屋を区切るようにしてその手前に階段が配置されている。階段の下の壁に電話機が取りつけてある。メグが固唾をのむなか、T・Jが受話器を取りあげ、〝通話〟ボタンを押した。別荘には電気が通っている。もしや、ひょっとすると……。

受話器の〝オン〟のライトが輝かしい緑色に点灯する。メグは息もつけずに待った。ツーという単調な発信音が聞こえてくるのをひたすら待ち焦がれた。

沈黙。

T・Jは何度か電源ボタンを押してみたが、やはりだめだった。「バッテリーはあるが、電話回線が切れている」

「いいえ、そんなはずない。きっと動くはず」メグは彼の手からひったくるようにして受話器を取ると、ボタンすべてをむちゃくちゃに押してみた。「電気がきているんだから、電話できるはずよ」

「メグ」T・Jが自分の手をメグの手に重ねてくる。「メグ、発信音がしないだろ」

メグは彼の顔を見ることができない。涙がどっとあふれてきて、視界がぼやけた。受話器をただじっと見つめているうちに、T・Jが彼女の腕に手を滑らせ、肩を抱いてくれるのがわかった。あと少しで安全になるところだったのに。このいまいましいコードレス電話が彼らを救ってくれる、外界との接点になってくれると当然のように信じていたのに。電話にはバッテリーが残っており、電源も入っている。いまもそのディスプレイがぎろりとこちらをにらみ返すように最後の発信履歴を点滅させ……。

ローレンス、ジョン＆ジーン　三六〇－五五五－二九二〇

メグは体を起こした。「ジェシカの両親の名前は？」

「えっ？」

「彼女の両親よ。彼らの名前は？」

「ええと……」T・Jはかぶりを振り、メグの質問の意味を理解しようとした。「父親はジョンだ。それから母親は……」

「ジーン？」

「ああ、確かそうだ」T・Jが彼女の肩から腕を離した。「なんで知っている？」

メグは受話器を彼の手に押しこんだ。「見て」

一瞬、T・Jは受話器を見つめてから、通話記録をスクロールした。「これはホワイトロック屋敷の番号だと思う」と言う。「ここから電話をかけたのは――」T・Jが凍りついた。すっかり困惑した様子で、眉根をぐっと寄せている。

「何？」

T・Jは彼女と目を合わせた。「どうやら昨日の午後にここからホワイトロック屋敷に電話をかけたらしい」

メグの胸のなかで心臓が激しく打っている。「ここに誰かがいたってことね」思わず大きな声をあげた。「この家に誰かいるはず。誰か生きた人間が！」

よく考えもせず、メグはくるりと振り向いた。そこのキッチンでテイラーズ夫妻が夕食の準備でもしているような気がしたのだろうか。

T・Jが首を振った。「メグ、たぶんそうじゃなくて――」

「いいえ！」メグはぴしゃりと言った。「誰かここにいるのよ。その人たちを見つければいいだけ」メグの視線がふと階段のほうに向いた。ああ、そうだ！　彼らは二階で眠っているか何かしているのだろう。つゆほども疑わず、メグは階段を駆けのぼった。

「メグ、待つんだ！」

だが、その声はメグの耳には入らない。一刻も早く階段のてっぺんに着きたくて、一段飛ばしでのぼっていった。二階に誰かいるにきまっている。その人が助けになってくれるだろう。誰かいる。誰かがいるはずだ。絶対に——。

何かに蹴つまずいたが、まったく目に入っていなかった。二階の踊り場まで階段を駆けのぼったところで、床の、何やら大きくて重いものに足先がぶつかった。バランスを崩して、メグはその物体の上に半分覆いかぶさるような格好でばったり顔から倒れこみ、薄いカーペットに額をしたたかぶつけてしまった。

「メグ、大丈夫か？」T・Jがすぐうしろにいた。「どうしたんだ？」

メグは体を横にして、額をさすった。「平気よ。ちょっとつまずいただけ……」何の上に倒れこんだのか確かめようと、メグはうしろを見た。

それは誰かの体だった。大きな体。

ケニー。

彼女の顔からほんの数センチ先にケニーの顔があった。あまりにも近すぎる。彼の目は閉じられ、顔つきは穏やかだ。ローリのように硬くこわばっておらず、冷たくなってもいない。まだそれほど時間が経っていない証拠だ。床の上でうたた寝しているだけだと信じたかったが、ケニーはまったく身じろぎせず、息もしていない。じっとしたまま動かなかった。それに、頭から血が流れ、額や頬に何本も真っ赤な筋が走っている。

まるでその体に毒蛇がうじゃうじゃ群がっているかのように、メグは慌てて死体から離れようとした。死んでいる。ケニーが死んだ。メグは自分の体から死をぬぐいとろうとして服をかきむしった。もう耐えられない。何もかももう耐えられない。

「メグ！」T・Jが彼女を抱きかかえるようにして立ちあがらせた。

「もう無理よ」メグは思わずすすり泣いた。「もうこれ以上耐えられない」

T・Jが彼女の髪をなでる。「わかっているとも、ベイビー。いいんだよ」

メグは彼の肩に顔をうずめた。「発信履歴を見たとき、てっきり……思ったのよ……」

「わかっているさ」彼が静かな声で応じる。「でも、メグ、あれはぼくが受けた電話だったんだよ。ミスター・ローレンスからの電話のはずだった」

メグは顔を上げた。「えっ？」

「そうとも。あの電話の発信時刻は、ジェシカのお父さんから連絡が入った時間とぴったり一致するんだ。ジェシカのお父さんのふりをした人物と言うべきだろうが。電話の接続がかなり悪かったんだ」

メグは頬から涙をぬぐった。「犯人が電話をかけてきたのね」

「そうだ」

ふたりはケニーの体にじっと目を凝らした。ふたりともその場にしゃがみこんで脈の有無を確かめようとしない。ふたりともその体に触れようともしなかった。

ケニーの後頭部の髪がべったりと血で濡れている。遺体のそばには黒いハンマーがあった。金属のヘッド部にケニーの黒い巻き毛の塊がはりついているのが、メグにはわかった。誰かが背後からハンマーで殴打したのだ。ケニーはおおかた襲ってきた人物の顔も見なかっただろう。そのほうがいいのかもしれない。死が近づいたこともわからずじまいだったろうから。それで楽に逝《い》けたのだろうか？　少なくとも苦痛はましだったはずだ。

突然、物音がしたとたん、メグの切れ切れになった意識はこの恐ろしい現在に引き戻された。彼女もT・Jもぎょっとして凍りついた。何やらさらさらという——まるで衣擦れのような——音が、ふたりの左手にある半開きのドアの向こうから聞こえてくる。

メグは息をのんだ。ネイサン。ネイサンだったにちがいない。彼ならローリやビビアンを殺すチャンスがあった。砕いたピーカンをベンの水のボトルにやすやすと混入させられたはず。そしていま、ケニーをも手にかけた。全員がマリナー校の生徒だ——ネイサンはひとりまたひとりと殺害していった。

メグはT・Jのジャケットをつかんだ。〝ネイサン〟と口の動きだけで伝える。声を出すわけにはいかない。彼を引っ張って階段を下りようとした。〝ネイサンが犯人よ〟。

だが、T・Jには別の考えがあった。彼はシッと指を唇に当て、そして廊下のエンド・テーブルから大きな鉄製の枝付き燭台をそっと持ちあげた。それを頭上にかざしながら、忍び足でドアに近づいていく。

メグもすぐあとからついていった。理由ははっきりしないが、そこにいなければならない、万一ネイサンが彼を襲ってきたら、自分も加勢しなければならない、という気がしていた。ふたりで力を合わせたら、ネイサンがまた殺人を犯すのを食い止められるだろう。

T・Jがちらっと彼女を見た。彼の唇が声に出さずに数えるのをメグは見守った。

一……。

二……。

三。

26

T・Jがドアに体当たりするとともに、ふたりとも勢いよくなかに飛びこんだ。目をむいたネイサンが斧をふるい、襲いかかってくるのではないか、とメグは半ば恐れていた。しかし、誰もこちらに向かって突進してこなかった。いやむしろ、室内では何ひとつぴくりとも動かない。ただ、ダマスク織りの豪華な絹のカーテンが、階下のやや質素なカーテンがそうだったように、開けっ放しの窓の前で風に吹かれてふくらみ、波打っているばかりだ。

ネイサンの姿はない。

だが、ふたりが目にしたものに比べたら、頭のおかしい殺人犯に襲われるほうがましだったかもしれない。

メグはぼんやりと視線をカーテンから移し、主寝室らしい部屋の中央にあるベッドを眺めた。一組の男女が抱きあうようにして横たわっている。男性はかなり年配だった――なでつけた髪の薄くなった生え際には白いものが見えており、おそらく六十代前半だろうか。片腕を隣の女性の肩に回していて、その女性のほうも男性と同年齢らしいが、ハイライトカラーを入れた茶色の髪をしている。

ケニーと同様に、この男女もまさに眠っているように見えた。そのとおりであってほしいとメグは心から願った。ところが、ふたりの顔は不自然に落ちくぼみ、肌は血の気がなく白っぽい灰色をしている。何やら異臭がした。吐き気を催すような腐った臭いだ。メグはトレーナーの袖で手を隠すと、その手で鼻と口を覆った。

死んでいる。ケニーと同じだ。

T・Jも鼻と口を覆いながら、ベッドの向こう側へじわじわと進んでいった。燭台を使って窓のカーテンを引き、そこに誰もいないことを念のために確かめる。それから、クローゼットのなかも調べた。

メグは顔をそむけた。わかっている――そんなことはわかっている――この家のなかには生きている人間はひとりもいない。死ばかりで、もううんざりだった。死の重みがのしかかってくるのはもうごめんだ。この家から、この島から逃げだしたくてたまらない。何もかもから逃げたかった。

その場から去ろうとしたとき、何かがメグの目にとまった。主寝室の隣にあるバスルームのドアが大きく開いている。なかは暗かったが、鏡に何かが見えた。どうやら文字が書いてあるらしい。

なんの気なしに、メグはバスルームのなかに手を伸ばして、照明のスイッチを入れた。

「何をしているんだ?」T・Jがたずねた。

メグはなかに入った。「ほら、何か――」

そこで凍りついてしまった。鏡のなかから、ネイサンがこちらを見つめ返している。気のふれた殺人犯が飛びかかってくるかと思いきや、ネイサンの顔はすでに生気がなく、ただ恐怖と苦痛の形相を浮かべている。声にならない叫びを発するかのように口をだらんと開け、一本の矢に心臓を射抜かれてバスルームのドアにはりつけにされていた。

もう耐えられない。メグはよろよろとあとずさった。胆汁がどっと喉にこみあげ、口を押さえた。それから、くるりと向きを変え、駆けだした。

メグは両肘をひざについて身をかがめ、息を整えようとした。肺が言うことを聞かない。激しく嗚咽しながら、その合間に空気を求めてあえいだ。頭がひどくくらくらして、いまにも気絶してしまいそうだ。テイラーズ家の別荘の前に広がるぬかるんだ地面が、心臓がどくんと打つたびにはっきり見えたりぼやけたりする。

誰かが背後から近づいてくる足音は聞こえなかった。

「おい」

メグは悲鳴をあげた。逃げようとしたが、体に腕が回され身動きがとれない。メグはパニックを起こした。殺人犯が野放しになっている。次は自分の番かもしれない。この島を出なければいけない。ミニーを連れて、こんなおぞましい島とはおさらばするのだ。脚をばたばたさせ、腰に回された力強い腕を振りほどこうとした。だが、それも叶わない。

「大丈夫だ」聞き覚えのある声だった。「きみは安全だ、安全なんだ。ぼくだよ」

T・J。

メグはぐったりと彼の腕に寄りかかった。「こんなのひどい。ひどすぎる」メグは繰り返した。熱い涙が彼女の頬にこぼれた。

「わかっているよ、ベイビー」T・Jが言った。そして彼女をぐいと引き寄せた。メグは気づけば彼の胸に顔をうずめて、その腕に抱かれながら泣きじゃくっていた。

「どうしてこんなことが？ わたしたちが何をしたっていうの？ どうしてわたしたちが？」

T・Jが両手で彼女の頬を包みこんだ。親指で優しくメグの頬から涙をぬぐいとる。彼のまなざしが彼女の顔の、髪の生え際からあごへと移っていき、また戻ってきた。そしてなんの前触れもなく、顔を近づけてきて彼女にキスをした。

　メグはT・Jとのキスを夢見て、幾度となく、数え切れないほど空想にふけってきたものだ。その瞬間はいつもいきなり訪れる。放課後にバスを待っているとき、英語の優等クラスで彼の向かいにすわっているとき、頬にえくぼを浮かべた彼の笑顔をカフェテリアの奥のほうに見かけたとき。もっともつらくて胸にこたえるのは、そろそろ目覚まし時計のアラームが鳴って生者の世界に連れ戻されるのを待ちながら、ベッドに横たわり、まどろんでいるときの空想だ。それは最高に甘美な瞬間だった。メグの夢想のなかで、彼の唇が自分の唇にそっと押し当てられる。彼の片方の手は腰に添えられ、もう片方の手が髪どめをはずしてポニーテールをほどき、彼女の茶色の巻き毛に指を絡ませるのだ。

　それらはうっとりするほどすてきな瞬間だったが、本物にはまるきり敵わなかった。

　しかし、いわゆるロマンチックなキスではなかった。ミスター・ダーシーとエリザベス（『高慢と偏見』の登場人物）が結婚式後に馬車のなかで交わすようなキスではない。これは貪欲で情熱的な、狂おしいほどのキスだ。T・Jの胸にきつく抱き寄せられ、レインコート越しであってもメグは彼を全身で感じていた。彼の手がレインコートの下に潜りこんできて、まるでメグが消えてしまうのを恐れているかのようにしっかりと抱きしめた。

　メグも彼の情熱に応えようとしており、彼女自身そんな自分に驚いていた。まるで長年慣れ親しんだ行為のようにT・Jにキスをしている。強く、激しく。無意識のうちに彼のレインコートのボタンをはずして、セーターの下に手を滑りこませていた。彼の肌は熱くなめらかで、ここで、いまこの瞬間に、すみずみまでその感触を味わいたかった。ふたりのまわりでどんなことが起きていようとかまわない。いや、だからこそ、こうしているのだろうか？　メグにはわからない。いまはT・Jのことしか頭になく、彼が心底ほしかった。ほかのことなんてどうでもいい——殺人も、この島で孤立していることも、バスルームの鏡に書かれていた奇妙な文字も。あれは何やら見覚えがあったけれど……。

「待って」メグの声だった。T・Jの声ではない。だが、ふたりの体が絡みあっていることを考えると、メグにはどうも確信が持てなかった。

T・Jがやっとの思いで唇を引き離し、片手で彼女の頰を包みこんだ。「んっ？」

「待って」

「どうして？」

「ふたりでなかに戻るのよ」メグは自分の言葉が信じられなかった。

一瞬、間があってから、T・Jは彼女の手を取ると、ホワイトロック屋敷に戻るために地峡を渡ろうとした。「そうだ。そのとおりだよ。あそこならぼくらは安全だ」

「そうじゃない」メグは彼を引っ張り戻しながら訴えた。「テイラーズ家の別荘のほ

う へ戻るのよ」

T・Jの目が大きく見開かれた。「冗談じゃないぞ」

「そうよね」メグは言った。なかにある四人の遺体を思い浮かべるだけでたちまち気分が悪くなったが、ぜひとも確かめたいことがある。鏡に書かれた文字。ネイサンの殺害方法。どれもなんとなく心当たりがある。「あなたに見てもらいたいものがあるの」

「ごめんだね。あの家のなかで見るべきものはもう全部見たんだから」

「ねえ、無理なお願いかもしれないけど……」

T・Jが彼女を引き寄せ、抱きしめた。彼はとても強くて、安心できた。メグはずっとこうしていたかった。「だけど、なんだい？」

メグはふうっとため息をついた。自分でも自分の言葉が信じられない。「何かがおかしいのよ」

「何かがおかしい？ ケニーが撲殺され、テイラーズ夫妻は眠ったまま死んでいて、ネイサンは心臓に矢が刺さっていたんだぞ。十分おかしいだろう？ これ以上におかしなことなんてあるのか？」

「あとで説明するわ。いますぐにあそこに戻って——」

目にかかったほつれ毛をT・Jが優しく払ってくれた。「きみはひとりで戻りたくはないんだね」

メグはうなずいた。彼なしでこの家に再びつかつかと入っていける強さが自分にあるかどうかわからない。「ほかに信頼できる人はいないし、それに早く真相を確かめないと――」

またしてもT・Jがあとを引き継いだ。「次の犠牲者が出ないうちに」

「ええ」メグはテイラーズ家の別荘をちらっと振り返った。二十四時間前に浜辺を横切ったときと同じように窓という窓には明かりが灯され、そとから見ると別荘はやはり魅力的で心地よさそうに思える。だが、何やら不気味なものがいまや漂っており、それがメグたちにつきまとって離れないようだ。メグは逃げ切れるだろうか？　島の反対側まで逃げたとしたら、つきまとってくるものを振り切って本当に自由になれるだろうか？

いいえ、なかに戻らなければいけない。もしも生きてここから脱出するチャンスがあるのなら、そのためには謎を解くよりほかない。レインコートのポケットに入れた日記の重みを感じた。これが謎を解く鍵だ。きっとそのはず。メグは真相の解明にかなり近づいていた。あきらめずにこのまま進めていかなければ。そのためにはT・Jの助けが必要だった。

T・Jがこちらに身をかがめて、額と額をくっつけた。彼が深々と息を吸いこみ、ゆっくりと肺から息を吐き切るのがわかる。「わかった。行こう」

テイラーズ家の別荘に入ってみると、メグはまるで自分が夢遊病者のように感じられた。視界はクリアかつ正確で、倒れたテレビや波打つカーテン、壁付きの燭台から放たれる明るい光がちゃんと目に入ってくる。ただし、自分自身がその場にまったく存在せず、まるでビデオ画面を見ているような感覚があった。二階で何が待ち受けているか知っているのだが、そのことが逆にパニックがこみあげるのを食い止めてくれた。なかに戻ると決意してからは、メグは不思議なほど冷静だった。T・Jもどうやら同じような心境らしい。彼女のかたわらを自信に満ちた様子で歩いている。あたりの恐怖の光景とはほとんど無縁の超然とした雰囲気があった。

ひょっとすると殺人犯もそんな心境なのだろうか？　一、二回目の殺人ののち、その行為は楽になっていった。ケニーを撲殺し、ネイサンを射殺するころには、すっかり冷静に、超然として事を進めていたのだ。

自分自身やT・Jと殺人犯を重ねあわせるなんてどうかしている、とメグは思った。一体自分はどうなっているのだろう？

ケニーの遺体をまたいで、主寝室へ真っすぐに向かった。必要以上にここに長居したくないので、ぐずぐずしていられない。

バスルームの照明はついたままだ。メグはつかつかと鏡に近づくと、そこに書かれた文字のみに集中し、ネイサンの顔に目を向けないようにした。

ネイサンの遺体を見つけて部屋から逃げだす前に、文字がちらっと視界に入っただけだった。しかし、なんとなく見覚えがあったのだ。文字はホワイトロック屋敷のスラッシュマークと同じく真っ赤なペンキで書かれている。

〝彼らの災いの日は近い〟似たようなフレーズがいくつも登場している。あのビデオから、クレアの写真の裏側から、日記から、そしていまここに。

「妙だな」T・Jが口を開いた。メグは鏡に映った彼の顔を見た。だが、T・Jはその文言を見ておらず、ネイサンの遺体に目を凝らしている。

「えっ？」

メグをよけて、T・Jはネイサンの遺体の向こう側へ移動すると、矢傷をじっくり眺めた。メグも体の向きを変えて、初めて遺体をまともに見た。胸を矢で射抜かれ、ネイサンの体はバスルームのドアにはりつけにされていた。体は前のめりになっており、両腕はだらりと垂れさがっている。頭部は横に傾き、口が開かれ、ぞっとするような声なき絶叫をあげている。

T・Jがドアを引いて壁側から離すと、遺体がメグのほうに振り動かされた。思わず、彼女はうしろの洗面台のほうによろめいた。胃が締めつけられる。手で口を覆いながら、必死に取り乱すまいとした。

「すまない」T・Jが謝った。

メグはごくりと唾をのんだ。「何をしているの？」

T・Jはネイサンの片方の肩をつかんで、遺体をドアから数センチほど引き離した。それからうしろに下がり、かぶりを振った。「見てくれ」ネイサンの胸を指さす。そこから金属の細い矢がいまも突きでている。あんな小さなものが人間の命を奪えるとは、とても信じられない。「矢の刺さった場所がわかるよな？　そして血が……」T・Jが指さしたのは、ネイサンのシャツにうっすらと見える赤い円で、それは矢が刺さった地点から放射状に広がっていた。「あの傷から流れでている。そうだろ？だけど、それならこっちはなんだろう？」

T・Jが指を下げて、ネイサンの腹部を示した。何が言いたいのか、メグにはすぐに察しがついた。ネイサンの腹部のあたりにもうひとつ血の輪ができている。

好奇心に勝てなかった。メグはほとんど鼻を突きあわせるほど遺体に近づき、T・Jが示した箇所をよく調べてみた。ふたつ目の血の輪があるのみならず、トレーナーの生地が傷んでいる。これはまるで……。

遺体への嫌悪感があったが、メグはそれでもネイサンが着ているアバクロンビー&フィッチ（米国のカジュアル系ファッションブランド）のフード付きトレーナーのファスナーを手早く下ろした。

「何をしている?」T・Jが息をのんだ。

メグは気にもとめなかった。自分の推論が正しいかどうか確かめたかった。胸元を開いてみると、ネイサンの腹部のちょうど上あたり、ふたつ目の血の輪の中心には、彼の保温シャツに穴があいていた。ふたつ目の矢傷だ。

「二回、矢が当たったのよ」メグは息せききって言った。

「おっと」T・Jはぺたんと床にしゃがみこんでしまった。

「シャツやトレーナーの生地が体から引っ張られたようになっているから」もはや疑う余地がないと感じながら、メグは言った。「最初に背中から射抜かれたんだと思う」

T・Jは寝室のドアのほうをちらっと振り返った。「犯人はふたりの背後にいたんだ。階段に。ケニーの頭を打ち砕き、それからネイサンのあとをつけて寝室に入り、背中に矢を射った」

メグはうなずいた。「ええ。ええ、それならつじつまが合う」

「それに見てくれ」T・Jはドアを動かして、メグに側面が見えるようにした。ドアのてっぺんには金属製のタオル用フックが二個取りつけられている。T・Jがドアの動きを止めた瞬間、ネイサンの遺体がわずかに揺れ動いた。メグはT・Jの意図をはっきりと理解した。ネイサンはそこに吊るされていたのだ。彼のトレーナーの生地にフックが食いこんでいる。

「一本目の矢で息の根を止められたにちがいない」T・Jが言った。「それから遺体はここに吊るされ、再び矢で射抜かれた。おそらく同じ矢で今度は至近距離から心臓を射抜かれたんだろう」

心臓。何かがメグの頭に引っかかっていた。〝おれのことを本気で愛しているなら助けてくれ、願いを聞いてくれないなら、それはおれの心臓を矢で射抜くようなものだぞ、と〟

「どうした？」「まさかそんな」

書き残された文字。死。楽譜の裏に書かれた遺書。ディベートで使用される小槌らしきものの映像。画面にスクロールされていく数学の問題。〝復讐はわたしのもの〟。合唱部。ディベート部。彼女が代数を個人指導していた男の子とその間抜けな友人。

メグは震える手をポケットに入れて、なかの日記に触れた。ああ、まさか、そんなことが？　ローリ、ビビアン、ネイサン、ケニー――犠牲者全員がクレアの日記に登場していたのなら？

ばかげているかもしれないが、もしそうならすべて理屈に合う。ローリ、ビビアン、そしてネイサンは全員クレアとつながりがあったのだ。ただの偶然ではないだろう。これだけ明白な証拠がそろっているのだから。ネイサンはその決定的な証拠だった。

メグはつい笑ってしまった。恐怖や混乱から突然解放された思いがする。

T・Jが彼女の両肩をつかんだ。「メグ?」

答えが見つかった。殺人の謎を解く鍵があった。メグはくるりと振り向いて、部屋の四方をじっと見つめた。

「どうしたんだ?」

「わからないのね」ヒステリックな笑いを漏らしそうになるのをこらえて、メグは言った。

「そのとおり、ぼくにはわからない」

メグは大きく息を吸った。「あの詩の意味がわかったの」

T・Jが小首をかしげる。「詩って?」

メグは鏡を指さした。「あの台詞。あれは詩の一節よ。ばらばらに小出しにされたから、すぐに見抜けなかった」

「ばらばらに?」


〝復讐はわたしのもの。わたしが報復する。

それは彼らの足がやがて滑るときのため。

彼らの災いの日は近い。

彼らの破滅はすみやかに訪れるだろう〟

鏡を見てから、T・Jは視線をメグに戻した。「一体何の話なんだ?」

メグはT・Jの目をじっとのぞきこんだ。ポケットから日記を取りだして彼の眼前にさしだす。「殺人犯の正体がわかったの」

27

T・Jは日記のことを、いますぐメグに説明してもらいたがった。いまこの場で……死体だらけの家の、部屋のなかで。助かったことに、メグの頭は再び働きだしており、危ういところで正気を取り戻すことができた。おかしなことだが――メグははっと気づけば冷静になっていて、頭がものすごいスピードで回転していた。三十分前には、ともすれば胎児のように丸くなって横たわっていただろう。ぎゅっと目をつぶっていま起きている現実から逃避し、恐ろしい悪夢から目覚めるように祈っていたはずだ。

そんなわけで、死人だらけの家のキッチンテーブルにどっかりと腰を落ち着け、殺人犯の日記を詳しく分析するなんて、メグは絶対にごめんだった。ここは犯人の手にかかった犠牲者たちに囲まれているというのに。冗談ではない。

T・Jは初めこそメグの話を一刻も早く聞きたがったが、この死の家から、人間の力で可能な限りなるべく早く脱出したいというメグの願いももっともだとわかってくれた。途中でキッチンにさっと寄ってランタン一個と電池をいくつか見つけてから、メグとT・Jは悪天候とやや暗くなったなかをできるだけ急いでテイラーズ家の別荘から離れた。

危険な地峡を渡り終えると、T・Jはホワイトロック屋敷への階段をのぼりかけた。だが、メグは彼を引き止めた。

「どうした?」T・Jがたずねた。それから、電池式のランタンを彼女の顔のほうに掲げる。光に照らされ小雨が降っているのがメグにも見えた。

「あそこには戻れない」光がまぶしくて目を細めながら、メグは言った。「まだだめよ」

T・Jが大きなため息をついた。「どうして?」

「それは」メグは答えながら、深刻な目つきで屋敷のほうを見あげた。「殺人犯が……あそこにいる可能性があるからよ」〝あそこにいる〟と断言しそうになったが、そんな発言は特に自分自身にパニックを誘発するだけだと思い、踏みとどまったのだ。自分が見つけた真相が何を意味するのか、メグ自身まだ恐ろしかった。結論に飛びつく前にT・Jの意見を聞いておきたかった。

T・Jは理解してくれたらしい。「わかった」と冷静な声で言った。「ボートハウスに行こう」

ふたりは近道をとって海岸沿いに進み、木立のなかをのぼってボートハウスにたどり着いた。太陽が地平線の向こうに完全に沈み、骨まで凍りつくような寒さが戻っている。ボートハウスは容赦なく降り続く霧雨からの一時的な避難場所にはなったが、ランタンを囲んでT・Jと肩を寄せあっていても、メグは震えがおさまらなかった。

「さあ、話してくれ」T・Jが単刀直入に言った。

その声にいらだちが混じっていることにメグは気づいた。「少し前にこれを見つけたの」震える手をポケットに入れて、日記を取りだす。

「どこで？」

「わたしの部屋よ。自分の日記かと思ったけど……違っていた」メグは最初のページを開いて、ランタンの光の前にさしだした。

「〝これはあなたの日記なの？〟」T・Jが声に出して読んだ。「〝そうじゃない？　それなら読むのをやめなさい。いますぐ〟」疲労と緊張にもかかわらず、T・Jがかすかにほほ笑んだ。「当然ながら、きみは読み進んだわけだ」

「笑えるわね」T・Jがこんな状況にもユーモアを見いだせることにメグは勇気づけられた。「だけど、なんだか変になってくるのよ」二ページめくって、中央に引用文があるページを見せた。

「〝彼らの破滅はすみやかに訪れるだろう〟」T・Jが彼女を見あげた。「別荘できみが読んだ詩か？　それがどう関わってくるんだ？」

「これはそもそも聖書からの引用で〝復讐はわたしのもの〟という一節から始まるの」

けっこう暗いなかでも、T・Jの目がかっと見開かれるのがわかった。「あのビデオだな」

「ええ」

「なんてことだ」

「そうね」

「つまり、ぼくらをつけ回している奴が、それを書いたってことか？」

メグは唇を噛んだ。

「なんだ？」

それは絶対にあり得ない。そんな突拍子もないことはとても信じられない。クレアは三カ月前にすでに亡くなっているのだから、犯人であるはずがない。しかし、これまでの証拠はすべてその方向を示している。ああ。メグは自分を信用できなかった。T・Jの先入観のない意見を聞きたかった。「読んでみて」

「わかった」T・Jが彼女の手から日記を取りあげた。ランタンの光に近づけ、日記の表紙と裏表紙をしげしげと眺める。それから最初の日付のところを開いた。メグはかたわらに黙ってすわって、彼が最初の数ページを読むのを待った。ページが破られたところまでくると、片手でクレアの写真を隠して、彼の手から日記を取り返した。まだ写真を見せたくない。まだ早い。

「オーケー」T・Jが口を開いた。「この少女はいくつか問題を抱えていて、なんとかしようとしていた。それがぼくらとどう関係するんだ？」

「わからない？」メグはきいた。「まるで殺害予定者のリストよ。歌い手、偽善的で二枚舌の嫌な女。罪つくりな男の子」

「いいかい」T・Jが応じる。「理論上は殺人の可能性もあると屋敷では話したが、ビビアンの死は事故だったはずだ。きみだって同じ地点で崖から転落するところだったじゃないか」

「ティージ！」堪忍袋の緒が切れそうになって、メグは声をあげた。「わたしたちふたりとも手すりに細工されているのを見たじゃないの。あれは事故なんかじゃなかった」

T・Jは納得しなかった。「事故の可能性もあるだろう」

「でも事故じゃなかった」メグは反論した。口のなかが乾いてくる。「ほら、ローリは合唱部のソリストだったでしょう」

「そうだね」

メグは暗闇のなかに目を凝らした。「ビビアンが嫌な女だったのは間違いない。トップの成績をとるためや大会に勝つためなら、たぶん自分自身の母親だって殺しかねないとまでローリが言ってたじゃない。それにネイサンが夕食のときにしゃべったことを覚えてない？　学校でかわいそうな女の子を甘い言葉で釣って、まんまと代数の試験に受かるようにカンニングの手伝いをさせたんだって？」

「だから？」どうやらT・Jはメグと同じ結論には至らなかったらしい。

「わからないの？」メグは言い募った。どうしてT・Jはこうも鈍いのだろう？「ローリは合唱部のソリストだった。日記には合唱部のひとりが日記の主をだしぬいてソリストに選ばれたとあったでしょう」

「まあね」T・Jはしぶしぶ認めた。

「それでローリは絞殺された。輪縄を首に巻かれてね。声帯をつぶされたのよ」

「それはただの偶然じゃないか」

「そう？　じゃあ、彼女の遺書が、前回のコンサートで彼女が歌ったソロパートの楽譜に書かれていたのも偶然ということ？」

「わかったよ」T・Jがうなずいた。「ほかには？」

「それからビビアン」メグは続けた。途中で言うことを忘れるのが怖いみたいに、つい早口になってしまう。「二枚舌の偽善者で、自分勝手きわまりない、うんざりするほど嫌な女」

「へえっ」T・Jがにやにや笑う。「それがきみの本音かな」

メグは眉をひそめた。「言いたいことはそれだけ？」

「まあ、そうかな」

「皮肉を言うにはほんとぴったりのタイミングよね」

「怒ってるきみは最高にかわいいよ」

メグはあきれたように目をぐるりと回した。「ちょっと。大事なことなのよ」

T・Jは床にすわって脚を組んだ。「わかった、わかった。続けてくれ」

「日記の主をディベート部から追いだして、いわば背中からナイフを突き立てるようなまねをした裏切り者の話が日記に出てくるでしょう。ビビアンが背中から流木が突き刺さって死んだのは、たまたまだったのかな？」メグはT・Jの答えを待たなかった。「それからネイサン」と続ける。「罪つくりな男の子。日記の主は、彼女に胸が張り裂けるような思いをさせた相手が自分と同じ目にあえばいいのにと願っていたのよ。そしてネイサンは胸を射抜かれていた」

T・Jはかぶりを振った。「だが、日記のなかではその主とあの人はこのうえなく幸せそうだったじゃないか。その相手が罪つくりだとは何も書いてなかったぞ」

確かにそうだ。メグも否定できない。しかし、もし〝あの人〟とネイサンが同一人物であれば、ネイサンが夕食時に打ち明けた話とまったく同じことが日記にも書きとめてあるはずだ。かわいそうな女の子を愛してるからと言ってだまして、中間試験でまんまと代数の試験でカンニングの手伝いをさせた、とネイサンは話していた。確かめる手立てはひとつだけだ。メグは日記のページをめくって、次の書きこみを読みあげた。

こんなことあり得ない。あの女のせいよ。あいつがやったんだわ。あの裏切者のクソ女があの人に何か告げ口したにちがいない。

昨日は大事な試験があった。そのためにふたりで一生懸命がんばってきた。わたしはやってはいけないことをしてしまった。でも、それはただ彼に受かってほしかったから。そうでしょ？ うまくいったかどうか、昨日の夜にメールでたずねた。返信がないから電話してみたけど、出てくれなかった。それから、きょう、彼の姿をどこにも見かけなかった。でも、彼の親友を見つけて、きいてみたわ。彼に会いたいんだけど、放課後いつものところで会ってもらえるかなって。親友はうなずいたように見えたけど、わたしの目を見ようとしなかった。それで放課後……あの人は来てくれなかった。

ごくりと唾をのみ、メグは声が乱れないように感情を抑えた。ページ全体から書き手の痛みが伝わってくる。かなり取り乱した文面だ。手書きの文字は文章が進むにつれてますます乱れていき、最後の行では文字が重なりあい、ほとんど判読が不可能になっている。混じりけなしの絶望感にさいなまれ、発作的にその文章を書いたように見受けられる。

胸が張り裂けそうだわ。何もかも、すべて奪われてしまったような気がする――!!!!　彼の親友は、わたしが待ってるってあの人にきっと伝えなかったのよ。なんて間抜けなの。あんな奴、間抜けな頭を殴ってやればいいんだわ。きっとそうよ。わたしがあの人に捨てられたなんて、そんなはずないもの。わたしがどんなに傷つくかわかってたら、彼はこんなひどい仕打ちをしたりしない。あの人はわたしの気持ちをわかってるの？　心臓を引きちぎられるような痛みを知ってるの？　どんなにつらくて苦しいか、誰か彼に教えてやってくれたらいいのに。

28

メグが読み終えると、T・Jがぱっと顔を上げた。「頭を殴る？　心臓を引きちぎられる？」

「そうよ」

T・Jの口があんぐりとなる。「犠牲者はそれぞれ特定のやり方で殺害されたと言いたいのか？」

やっと通じたらしい。「だからそう言ってるじゃないの」

「うーん」T・Jはジーンズの上から脚をぽりぽりとかいてから、かぶりを振った。「納得がいかないな。というのも、犯人がどうやってローリが首を吊るように説得したのか？　それから、たまたま運よくビビアンが流木の上に落下して、背中から串刺しにされたなんてことがあるのか？」

この人はあえて鈍いふりをしているのだろうか？　「T・J、ネイサンがいったん腹部に矢を射られ、それからあらためて心臓を射抜かれたみたいだって、あなたが言ったのよ」

「ああ、確実に息の根を止めるためにね」

「あるいは特定のパターンを守るためによ。それにビビアンの死も同じだったのかもしれない。わたしたちは警察じゃない。彼女がどうやって死んだのかわからない。ひょっとしたら、彼女が転落して首の骨が折れ、死亡したあとで、犯人がその死を演出したのかも」

確かに、あり得ない話ではない。たんにメグが『デクスター』（アメリカのドラマシリーズ）を見まくっていたせいだけじゃない。メグが見たところ、T・Jは頭のなかで状況をじっくり考え、メグの主張が正しいと認めるべきか、迷っているらしい。

「マリナー校の生徒全員が亡くなった。だが、残ったぼくらはそこにどう関係してくるんだ？　それにベンは？」

メグは日記をさしだした。「もしかすると……わたしたちみんなここに出てくるのかもしれない」

T・Jが正面からメグを見つめた。ストレスのせいか、あるいは光の当たり具合がよくないからか、彼は一気に二十歳は年を取ったように見える。額に深いしわが寄っており、唇や鼻を太い線が囲んでいる。いつもはふっくらした唇も、いまはきゅっと真一文字に結ばれている。

「殺人犯の正体がわかった、ときみは言ったな。あの別荘で」

「たぶん……」メグはまたもや唇を噛んだ。T・Jに自分の考えを伝えたら、まるで気がふれた人間みたいに聞こえるだろう。「犯人はこの日記のことを知っていたんだと思う」

「それで復讐か何かのために利用していると？」

「ええ」

「でも誰のために？」

やはり、メグはその名前を口にするのがためらわれた。あまりにも現実離れしている。クレア・ヒックスが犯人であるわけがない。とはいえ、それなら一体誰が彼らを狙っているのだろう？

「一緒に日記に目を通したほうがいいのかも」メグは言った。

「わかった」T・Jが答えた。「だけど、もっと読むスピードを上げたほうがいい。みんな、ぼくらの帰りを待ってるはずだ」

「そうね」読むスピードを上げる。楽勝だと言いたいけど。

メグは日記の次のページを開いた。頭を下げて、ふたりでのぞきこむようにして日記を読みはじめる。

転校初日。

イェイ。

転校。カミアック校のことにちがいない。クレアはその年の秋に転校してきた。当時、彼女がすでに五、六校を転々としているという噂をメグは耳にしていた。どうやら実は二校にすぎなかったらしい。カミアック校に転校してくる前にはマリナー校に通っていたのだ。でも、それ以前はどうだろう？　それはいまだ謎だった。

この二年で三校目よ。フリーク・ショーのギネスブックに認定されそうな記録じゃないの。ママとボブはいつも今度こそ違う、大丈夫だって請けあってくれる。わたしもそう信じていた。だけど、いまはそうじゃない。もうわかったのよ。努力なんかしてもむだだって。

それにわたしは過去にしつこくつきまとわれているんだわ。そうとしか思えない。昨日、二年生のときの同級生に会った。ふたつ前の高校だけど、はるか昔のことみたい。その女の子はわたしに気づきもしなかった。知らんぷりしてただけかもしれないけど。

どうしてそんなふりをするわけ？　わたしなんてどうでもいい存在だったはず

よ。物理のクラスで立派にAの成績を取るために、あっさりとわたしを悪者にしたくせに。わたしがマリナー校に転校したらもう二度と会うことはないって思いこんでいたんでしょうね。

わたしにつきまとっている過去は、彼女だけじゃない。きょう、マリナー校で体育のクラスが一緒だった、あの嫌なブロンドの奴に会った。わたしはママと一緒に食料品店にいたんだけど、あいつもそこにいたの。どうしていつもあいつに笑いものにされなきゃいけなかったんだろう。なんて言ってばかにされたか、一言一句すべて思いだせる。頭に刻みこまれて、一生消えないだろう。

〝よお、フリーク・ショー、サーカス団はどうだい？　バーン！　うわ、キッっ！〟

〝病棟のランチはどんなメニューがあるんだい？　バーン！〟

〝おまえが動物園に行ったら、動物たちのほうがビビッちまうんだろ？　バーン！〟

こういうセリフの数々をあいつの喉に詰まらせて、窒息させてやりたい。あいつと日に焼けたふざけたそのブロンドの髪。ほんとにそうなの？　わたしは化け《フリ》物《ーク》だったの？

メグははっと息をのんだ。セリフの数々を喉に詰まらせて……。

「どうした？」T・Jがたずねた。

「ブロンドの男の子」

「ベンか？」

「ええ」

T・Jがやれやれと首を振った。「ぼくも同じことを考えていたよ」

二日間でふたりともに会うなんて、そんな確率はほとんどないわよね？　あのふたりとはもう一緒の高校にも通ってないのに！　まるで悪い冗談みたい。あの女の子はこんなところまで何しに来たんだろう？　つかつかと近づいていって、ぴしゃりと平手打ちを食らわせてやればよかった。だって、物理の実験でペアを組むことになったのはわたしのせいじゃないんだから。選べるものなら、あんな子を選ばなかった。絶対に。だけど、どうしようもなかった。一緒に実験することになってしまった。チームとしてよ。どちらかがなんでも決めて、もうひとりがそのとおりにするんじゃなくて。だけど、実は、あの子はそうしたかったのね。

実験は全部めちゃくちゃになってしまった。だから、その回路の接続方法じゃうまくいかないって彼女に伝えたわ。でも、あの子がわたしの言うことに耳を貸すと思う？　いいえ。電球が点灯せずにびっくりしたのは、明らかに彼女だけだった。それで、わたしたちは落第点しかもらえなかった。あの子は教師のところに直談判に行き、失敗したのは全部わたしのせいだと訴えた。実験をやり直すチャンスをもらった。そして合格した。わたしは落第点のままだった。

どうして彼女の言い分を信じたんだろう？　どういう事情があったのか、先生はわたしにたずねすらしなかった。そんなの不公平じゃない？　トムはみんなグルだ、陰謀だって言うけど、どっちにせよ、最悪だわ。

「まいったな」T・Jがつぶやき、次のページをめくった。「高校の物理のクラスで陰謀だって？」

「陰謀って言うなら、それは物理が必須科目にされていることよね」

「きみは最高だよ」T・Jがかすかにほほ笑んだ。「彼女が誰の話をしているか、心当たりは？」

メグは首を振った。「続きを読みましょう」

彼こそ運命の人よ。きっとそうだわ。

ここの生徒はみんなわたしを見ようとしないけど、彼だけは違うの。ときどきわたしにほほ笑みかけてくれる。わたしに気づいているのよ。わたしに話しかけたいのかもしれないけど、彼の仲間たちが邪魔してるんだわ。彼がひとりになるようにしなきゃ——まわりに友だちがいないように——そうしたらふたりでおしゃべりできるかも。

メグはまたもや気の毒になってしまった。汚れた髪の悲しげでつらそうな、すっかり頭が混乱したあの女の子のことを思い描いた。学校の男子生徒の誰かが彼女に興味を示していたとは考えにくいが、本人は心からそう信じているらしい。たぶん、ネイサンのときと同じパターンなのだろう。カミアック校では誰に思いを寄せていたのだろうか?

T・Jがページをめくった。

やっぱりいつもと同じ。何も変わらない。

彼はほかの誰かをホームカミングに誘った。何日もずっと彼がひとりになるチャンスを狙っていたのに。練習が終わったあとで男子のロッカールームのそとで待ったわ。試合のあとには彼の車のそばにすわって待ってた。だけど、いつだってまわりに友だちがいてだめだった。

きょう、コピー室に隠れて待っていたの。木曜日の三限目が始まるころに、彼はいつもそこに来るからよ。だけどやっぱり誰かが一緒だった。あの間抜けな友だちだ。わたしはふたりから見えないところにいたけど、彼の声が聞こえてきた。

〝ホームカミングに一緒に行く相手ができたよ〟

彼の友だちが笑った。〝おまえをずっとつけ回してる、あのくしゃくしゃの髪の化け物《フリーク》とかい？　なあ、あの子はどっかおかしいよ〟

〝まさか、違うって〟

〝そいつはよかった。あの子と一緒にホームカミングに行くはめになったら、ぼくなら頭を撃ち抜いて自殺するだろうな〟

くしゃくしゃの髪のフリーク？　わたしのことなんだわ。彼の友だちはわたしのことを話してたのよ！　わたしの邪魔をしてたのね。そんなふうに言われたら、彼はもう自分をつけ回してる頭のおかしな女としてしかわたしを見ようとしない。そんなのフェアじゃないわ！！！！！！

彼と相手の女の子に直接会って、問い詰めなきゃ。ダンスが終わったら浜辺でのたき火に行くはずだわ。そこでふたりを見つけて、きちんと話をつけてやる。

T・Jがはっと息をのんだ。「なんてことだ」

「どうしたの?」

彼はメグの手をしっかりと握った。「きみは犯人の正体がわかったと話したよな。あの別荘で」

「ええ」

「この日記を書いた人物だと思うのか?」

メグはびくっとした。「あるいはこの内容を知っていた人物か」

「メグ」T・Jが彼女の手を自分の胸に引き寄せた。「メグ、この日記を書いたのが誰か、わかったよ」

メグにとっては予想外だった。T・Jにはまだ写真のことを話していない。「どうしてわかるの?」

「コピー室だよ。ぼくのことだったんだ。木曜日の三限目が始まるころ、リーダーシップ養成クラス用に週末のスケジュールをつくるんだ。ホームカミング・デーの週にはガンナーがついてきた。きみにダンスを申しこんだってガンナーに打ち明けたんだ」

「まさかそんな」

「彼女はあそこにいたのか。ぼくの車のまわりとかをうろついているのは知っていたんだ。でも、ボビーやティファニーがあんな目にあってからは、ほら、彼女に近寄らないほうが無難だろうって」

「ああ、どうしよう」メグは恐ろしい事実に気づいた。もしT・Jがクレアの意中の人だったとしたら、彼女が会って話をつけようとしていた女の子は、報いを受けさせようとしていた子は……メグ自身だったのだ。

「だけど、それはあり得ない」帽子を脱いだ頭をさすりながら、T・Jがそう言った。

「彼女であるはずがない……」

「彼女はすでに亡くなっているから」メグが引き取って言った。

T・Jがぱっと顔を上げた。「誰なのか、知っているのか?」

メグはうなずいた。日記をぱらぱらとめくって、二、三ページ前の写真のところまで戻る。「クレア・ヒックス」

29

T・Jがはっと背筋を伸ばした。「クレアがこの島にいるなら、屋敷に戻ってみんなに警告しないと」

「いいから、落ち着きましょう」恐怖をこらえながら、メグは言った。「クレアであるはずがないのよ」

「どうして？」

「冗談言わないで！　墓場から舞い戻ってきた彼女の幽霊が犯人だとでも思うわけ？」

「まさか、違うさ」T・Jが反論する。「だけど、彼女が本当に亡くなったとどうしてわかる？」

「死亡記事。葬儀。お決まりの手続き」

「でも、それは状況証拠的なものにすぎない。きみ自身、葬儀に参列したのか？　その目で遺体を見たのか？」

メグは彼をじっと見た。「死を偽装したと思ってるの？」

「可能性のひとつとして話しているだけだよ」

メグは目を細めて闇のなかをのぞきこみ、T・Jの考えを読みとろうとした。この人は自分をからかっているのだろうか？　クレア・ヒックスが自殺したと見せかけ、自分を不当に扱った人間たちにいまこうして復讐しているなんて、そんなことは作家志望の人間にとってすら荒唐無稽すぎるように思える。しかし、T・Jが人さし指で額をさわりながら、床に投げだされた日記に目を凝らしている様子からすると、今回の事件すべての裏にクレアがいると本気で信じているのだとわかった。

メグ自身はどうか？　その線はあまり信じられないのだが。

「オーケー」メグは口を開いた。「とりあえず、犯人はクレアだということにしてみましょう」

「いいだろう」

「ローリ、ビビアン、ベン、ネイサン、そしてケニーはマリナー校に通っていて、彼女とは関係があった。五人ともね。彼女はあなたが好きだったみたいだから、わたしに恨みを抱いたとしてもおかしくはないけど……どうかな。どうしてあなたに復讐したいんだろう？　それにミニーやガンナーは？」

T・Jは手で口をこすったが、何も言おうとしなかった。

「彼女は日記に書いてあったとおりにあなたを問い詰めたの？　ホームカミング・デーのときに姿を見せた？」

T・Jが彼女から視線をそらした。「まあ、そうかな」

「そうかなって？」ホームカミング・デーの夜のこと。誰もがずっとその話題を避けたがっている。メグはその夜のことを思いだすだけで体の調子が悪くなるので、あえて追及はしなかった。しかし、突然、何よりもその夜のことが知りたくなった。日記にはもうひとつだけ書きこみが残っている。そこに答えがあるかもしれない。メグは日記を持ちあげ、ページをめくって最後の日付のところを開いた。

「何をしているんだ？」T・Jがたずねる。警戒するような声だ。

「もうひとつ書きこみがあるのよ」メグは答えて、ランタンの光のそばに日記を下ろした。「何があったのか、知りたいから」

「メグ……」T・Jが言いかけた。

「えっ？」

一瞬、彼と目が合った。T・Jはまるで痛みに苦しんでいるかのように、引きつった顔をしている。

「どうしたの？」

「なんでもない」T・Jは答えた。それから、手の甲で眉のあたりをぬぐった。「読みあげてくれ」

これでおしまい。

もう準備はできてるわ。

連中に笑いものにされてもいいのよ。連中がいくら特権意識を抱き、徒党を組んでいようがかまわない。連中からのけ者にされてもどうってことない。あんな奴らと友だちになる気はそもそもなかったんだから。海岸のたき火のところに行ったのは、T・Jはわたしのものだってはっきりさせるためだけだった。メグ・プリチャードにそのことを思い知らせたいの。

彼女に会うことすらできなかった。きっとどこかに隠れていたんでしょうよ。だって、代わりにあのピットブルみたいに凶暴なブロンド女をわたしにけしかけてきたんだから。彼の目の前で恥をかかされたわ。それで彼は

メグはページをくったが、そこには何もなかった。続きはなかった。背表紙のあたりにページのぎざぎざの端っこが残っているだけだ。

クレアの日記の最後の一ページは破かれていた。

「もう!」メグは思わずつぶやいた。

T・Jが両手で頭を抱えこんだ。「必要ないさ。何があったのか、ぼくの口からきっちり説明してやれるからな」

メグは震える両手で一ページ前をめくって、最後の一行をもう一度読んだ。〝ピットブルみたいに凶暴なブロンド女〟思い当たるのはひとりだけだ。

「ミニーだったのね？」

T・Jはうなずいた。「実を言えば、彼女はその時点ですでにビールを六本飲み干していたんだ。彼女が酔っぱらったらどうなるか、知ってるだろ」

「話してちょうだい」

「だけど……」T・Jがだしぬけに立ちあがった。ガソリン缶が並んだ壁の前を行ったり来たりする。「いいかい、ミニーは悪くないんだ。ぼくらは全員したたかに酔っていた。ミニー、ガンナー、それにぼく自身も間違いなくね。ぼくはきみのことを吹っ切ろうとしていて、かなりむしゃくしゃしていたんだよ。ミニーは三本目か四本目のビールを飲み終えたころから、またぼくにしつこく言い寄ってきていた。ガンナーの目の前で」

メグは顔をしかめた。ミニーか、ガンナーか、どちらのほうが気の毒だと思ったのか、自分でもよくわからない。

「それで、やめろって彼女に言ったんだ。みんなに声が聞こえない場所へ力ずくで引っ張っていって、きみとデートするつもりは毛頭ない、ぼくらのあいだに何かあったと思っているなら、それはすべてきみの妄想にすぎないときっぱり告げたんだ」

「そんなことを彼女に言ったの？」

「ああ」T・Jは行きつ戻りつするのをやめた。「だけど事態を悪化させただけだったな、たぶん」

T・Jからふたりがカップルになることは絶対にないと告げられたとき、ミニーがどんな顔をしたか、メグには目に見えるようだ。あぜんとしたような、同時にかちんときて不服そうな表情。

「そのときクレアが現れたんだ。ぼくのほうに向かって浜辺を突っ切ってきた。周囲が静まり返ったよ。風に吹かれ、長い黒髪を乱しながら、彼女はまるで亡霊みたいに見えた。ぼくのかたわらにいるミニーの姿も目に入らないようだった。つかつかとぼくに歩み寄って、言ったんだ。〝あなたを愛してるの。わかってちょうだい。あなただってわたしと同じ気持ちなんだわ〟」

メグはうめき声を漏らした。次にどうなるか予測がつく。ミニーは傷ついたとき、誰でもいいから手近な相手に八つ当たりして暴言を吐きまくる。「そしてミニーが彼女に襲いかかったのね」

「動物園での餌の時間のライオンさながらだった。あれはひどかった。ミニーはげらげら笑って、あんたみたいな化け物、誰かから愛されるわけがないでしょ、ってクレアを罵倒した。ガンナーと一緒にミニーを無理やり引き離したんだが、もう手遅れだった。みんなが遠巻きにこっちを見ていた。全校生徒の半分くらいが集まっていたと思う。クレアの顔が真っ赤になった。ぼくは何か声をかけて、彼女を落ち着かせようとしたんだが、彼女はくるりと背を向けて走り去ってしまった」T・Jはごくりと唾をのんだ。「翌朝、彼女は自殺した」

「ああ、そんな」

「だけど、メグ」T・Jが彼女の隣にひざまずいた。「ぼくが悪いんだよ。彼女を止めるべきだった。追いかけていって。でも、そうしなかった。ほかのみんなと同じくそこに突っ立って、ただ見ていただけだ」T・Jはうなだれた。「だから、これはすべてぼくのせいなんだ」

「あなたのせいじゃない」メグは手を伸ばして、彼の頰をそっとなでた。「あなたのせいじゃない」と繰り返す。「クレアはひどく落ちこんでいたのよ。それはあなたに出会うずいぶん前からすでに始まっていたことだった。この日記がそのことを証明している。たまたま相手があなただっただけで、ほかの誰でもおかしくなかった」

「そう思うのか?」

「だって彼女は最初にネイサンを好きになったのよ。そのことだけでも正気を疑いたくなるもの」

T・Jがほほ笑んで、彼女の手をしっかりと握った。「いや、その、彼女の相手はほかの誰かだったかもしれないって？」

「ええ。あなたが彼女に優しくしたからなのよ。彼女に気づいてあげたから。それはたんに……」メグは口ごもり、言葉を探した。「人間らしい思いやりなの。彼女があなたを白馬の王子さまだと思いこむなんて、とても想像できなかったはず」

「そうだな」T・Jはつかの間黙りこみ、やがて鋭く息をのんだ。「ぼくらのうちの誰かだなんて、とても信じられないな」

「そうね」メグは頭のなかで生存者をリストアップしていた。五人。そのうち自分を除く三人はメグの長年の友人だ。犯人だなんてあり得ない。

「そうとも」T・Jが続ける。「ネイサンが犯人だったとしても驚かなかっただろうよ。亡くなった人の悪口を言いたくはないが、あいつはクズ野郎だったからな」

不本意ながら、メグは笑ってしまった。

「ケニーには怒りっぽい面もあった」

メグはうなずいた。「そしてビビアンは薄情で冷淡な女だった」

「だが、連中はみんな……」

「死んだ」

「そうだ」T・Jがメグの目をひたと見つめた。「つまり、わかっているのはぼくらふたりは犯人じゃないってことだ。ほとんどずっと一緒にいたわけだしね」

メグはにっこり笑ったが、彼女のなかで何かがびくっと震えるような気がした。ずっと一緒にいたわけじゃない。ネイサンとケニーが出かけてから、ミニーが悲鳴をあげるまでは、T・Jの姿はどこにも見当たらなかった。

T・Jが彼女の手をぎゅっと握り、ほほ笑み返してきた。この島で誰か信用できるとしたら、それはT・Jしかいない。

ふたりは手をつないで、ランタンの薄れゆく光のなかで日記を見つめながら、ボートハウスの床にじっとすわっていた。メグは何か慰めや希望の言葉を口にしたかったが、そのどちらも思いつかなかった。だから、ただT・Jの体に身を預けた。彼の腕が腰に回され、胸に抱き寄せられる。そうしていると、彼の心臓の揺るぎなく力強い鼓動が聞こえてくる。いつもどおり、命が躍動する音だ。T・Jが彼女の頭に頭をもたせかけてくる。ふたりは抱きあったまま、そこにじっとしていた。

目を閉じて、メグはふたりがどこかよその場所にいると思いこもうとした。浜辺。自分の寝室。カミアック高校のフットボール競技場の五十ヤードライン上。どこでもいい。ホワイトロック屋敷を下ったところの、このボートハウスでさえなければ。メグはすべてが遠くなっていくような気がした。しかし、やはり無理だった。

「みんなが待っているでしょうね」彼女は言った。

T・Jは大きく息をついた。「そうだな」

「みんなに話すの？」

「そうするしかない」

「それからどうする？」

T・Jが身を離した。「わからない。正直なところ、わからないよ。でも、何が起ころうと、ぼくはきみのそばから離れない。いいね？　明日フェリーが到着するまでずっと一緒にいるつもりだ」

「約束してくれる？」ミニーの口癖のひとつをまねて、メグはたずねた。

T・Jがほほ笑む。「嫌ならぼくを銃で撃って追い払うしかないぞ」

「わたしが銃を持ってなくてよかったわね」メグはふふっと笑った。

「だよな」

メグは日記を手に取って、光が弱くなってきたランタンをT・Jに渡した。「オーケー、白馬の王子さま。お先にどうぞ」

30

「ぼくが思うに」T・Jが言った。ごくりと唾をのみ、テーブルの下でぎゅっとメグの手を握る。「ぼくらが思うに、この日記を書いた人物が一連の事件すべての裏にいるんだ」

屋敷に戻ってくるとき、ふたりはこの日記がおそらく自殺した少女のものだったということを伏せておくことにした。本当のことを話せば、ミニーが正気を失うおそれがあるとメグは危惧したのだが、結局のところ、それよりも大事なことがあった。いまみんなですべきことは、明日の朝までどうやって生き延びるか、その方法を考えることだ。

誰ひとり反応せず、テーブルの真ん中に置かれた日記をただぼうぜんと眺めるばかりだ。立て続けに起きた友人たちの死にショックを受け、感覚が麻痺して、反応が鈍くなっているのだろう。メグ自身もそう感じていた。T・Jとともにようやく屋敷に戻ってきたとき、新たにふたつの真っ赤なスラッシュマークが壁に加わっているのを目にしても、その日それまでに味わったほどの恐怖はもはやなかった。メグはそれらを眺めた瞬間のことをありありと思いだせる。五番目のスラッシュマークを驚嘆して眺め、まるでそれが解読を試みるべきピカソの絵画作品かのようにそのなかに没入していた。五番目のスラッシュはほかの四つの対角線上中央に位置しており、その対称性を損なうようなペンキのしたたりは一切なかった。入念で、正確な仕事ぶりだ。誰であれ、あのスラッシュを入れた張本人は誰かに見つかることなど恐れていない。じっくり時間をかけて仕上げたのだ。

T・Jに呼ばれてガンナーとミニー、クミコが玄関ホールまで下りてきたが、三人ともいずれも反応は同じだった。ヒステリーもパニックもなかった。メグが見たところ、ホールに入ってきた三人は一様に生気のないぼんやりとしたまなざしをしていた。受容した証しだった。

死が当たり前のことになったのだ。

クミコが最初に沈黙を破った。「ほんとに?」腕組みをして、眉をひそめる。「わたしたちの誰かが殺人犯だと考えるのが、一番理屈に合うんじゃない?」

メグはぎくりとした。もちろん、そう考えると理屈には合う。みんなの頭にまず浮かぶのはその説だろう。しかし、いま、電池式のランタンと六本のろうそくの明かりのみを頼りにダイニング・テーブルのまわりに集まっているこの五人のことを考えると、そんな説はばかげているように思える。

T・Jは落ち着きを保っている。「その話はもう決着がついたはずだ」

「本当じゃないと決まったわけでもないでしょ」

「それなら誰が犯人なんだ?」T・Jはたずねた。「ぼくの親友か? メグの親友か? それともきみなのか?」

クミコは答えない。

「ぼくにとってガンナーは十歳のときからの幼なじみだ。メグ、きみがミニーと初めて会ったのは?」

「中学一年生のときよ」メグはミニーに向かってほほ笑んだが、彼女はこちらを見ようとしなかった。

クミコは口をとがらした。T・Jの主張に納得がいかないらしい。「面白半分に言っとくけど、ここにいる全員、誰だって一連の殺人を犯せたはずなんだからね」テーブルを見渡して、ひとりずつ食い入るように見た。「わたしたちの誰もがね」

「だけど、ぼくはきみのそばにいたよ」ガンナーが言った。「ええと、ほとんどずっと」

クミコが目を少しぎょろっとさせるのをメグは見逃さなかった。「まあね。だけど論理的に考えると、ほかの誰もそのことを証明できないから」

「それなら、メグとぼくもビビアンが殺されたときは一緒にいたんだぞ」T・Jが口を開いた。テーブルの下でメグのひざをぎゅっとつかんだ。「きみらが信じてくれないとしても、ぼくらはやってないとはっきり言える」

メグもT・Jに同意しようと口を開きかけ、そこでふと思いとどまった。確かに朝のうちはほとんどいつも一緒にいた。あの世紀の大嵐のなかボートハウスへ向かう危険な道中のあいだもずっとそうだった。だが、ほんのつかの間、空白の時間があった。数分間だけ、T・Jがひとりで屋敷への歩道を駆けのぼり、懐中電灯を取りに戻ったのだ。それだけの時間があれば……。

T・Jがメグの視線に気づいた。彼の柔和な目には疑いの色はまったくない。メグは疑念を振り払った。なんてばかなことを考えていたのだろう。きょう一日のストレスのせいで疑心暗鬼におちいっていたのだ。

「結論として」メグから視線を離さずに、T・Jは言った。「ぼくらはみんな、お互いを信用するということだ」

「勝手に決めないでちょうだい」

一瞬、メグはクミコの発言かと思ったが、そうではなかった。

ミニーが言い放ったのだ。

ガンナーがまず反応した。「はっ?」

「聞こえたでしょ、ガン・ショー」かみそりのように鋭い口調でミニーが言う。「わたしはあんたなんかちっとも信用してないわよ。ほかのみんなだって同じだから」ミニーは椅子をうしろに押して立ちあがった。

「ミニー！」メグは声をあげた。

「何よ？」ミニーがふふんと笑った。その様子は冷たく、まともじゃなかった。「わたしがあなたを信じてると思うの？」

メグは背筋を伸ばした。「ええ、もちろん」

ミニーは納得がいかないらしい。「どうしてそう思うわけ？」

ええっ、そんなのわからない。ひょっとして、わたしだけがあなたの秘密を知っているから？「わたしはあなたの親友だからよ」

「ほんとに？あなたはわたしの親友なの？」

「当たり前じゃないの」

ミニーがテーブル越しに身を乗りだしてくる。「それならどうしてわたしの恋人を盗もうとしているのよ？」

ミニーは正気を失ったのだろうか？

クミコがガンナーの肩に寄りかかった。「彼女もあなたが好きってこと？」とささやいた。

ガンナーが彼女の背中に腕を回した。「ええと……その……待てよ、そうなのか？」

「いいえ」メグは答えた。もはや自分の人生で確かなことは多くないかもしれないが、ガン・ショーに対して関心がないことだけは確かだった。「いいえ、違うわよ」

「そっちじゃないわ」ミニーが言った。相手の顔を見もせずに、T・Jを指さしてみせる。「こっちよ」

メグは自分の顔から血の気が引くのを感じた。ついさっきまでT・Jとふたりでぴたりと身を寄せあっていたことを思い起こすと、罪悪感に胸が痛んだ。ミニーが長年T・Jに恋していることをメグは知っていた。だから、彼を遠ざけようとした。でも、だめだったのだ。

「恋人だって？」T・Jがたずねる。

「そうよ」ミニーは答えた。

「ミニー、ぼくがきみの恋人だったことは一度もない」

ミニーがテーブルを回ってきて、指先で彼の肩をすーっとなでた。「恋人だったじゃないの」

T・Jはびくっとして身を離した。「ミニー、きみの恋人になるなんて、そんなつもりはぼくにはなかったんだ」険しい声だ。「絶対に」

「ほらね？」ミニーが言う。「怒ってるでしょ。それはわたしに気があるからだわ」

彼女は片手をT・Jの胸に当てた。

「ぼくから離れてくれ」T・Jが声をあげる。彼女の腕を押しやった。「きみはイカレてるよ」

「ミニーはイカレてなんかいない」メグは反射的に言葉を発していた。ミニーをかばうことに慣れすぎていて、自分でも気づかないうちにまたやってしまったのだ。

「彼女をかばうことない！」T・Jが怒鳴った。「どうしていつも彼女のことをかばってばかりなんだ？　彼女にゴミみたいに扱われてるだけなのに」

「彼女のせいってわけじゃないでしょう？」メグはまたしてもミニーを擁護している。どうしていつもこのパターンで、その逆にはならないのだろう？

T・Jがだだっと部屋の奥へ行く。「ちくしょう！」壁に背をもたせかけ、胸の前で腕を組んだ。

ミニーはそれをまねて、やはり胸の前で腕を組んだ。「彼女はあなたを盗むためにわたしに優しくしてただけなの。わたしをだまして、裏工作していたのよ」

T・Jが笑った。「そんなばかげた話は聞いたことがないね」

「あらそう？」ミニーが張り詰めた鋭い声で返した。「それなら、あなたにホームカミングのダンスに誘われたなんて、どうして彼女がそんな噂を流したのかしらねえ？」

「ちょっと！」メグは声をあげた。「わたしはそんな噂なんて流さなかった」

T・Jがミニーを正面から見すえた。「もしかして、ぼくが実際に彼女をホームカミングのダンスに誘ったからじゃないのか？」

ミニーが思わず目をむいた。くるりと振り向いて、メグと対峙する。「やっぱりね。やっぱりわたしに嘘をついてたんだわ。彼に誘われてないってわたしに言ったわよね」

血の気がかっと、いっきに顔に戻ってくるのをメグは感じた。T・Jからの誘いを断るのは自分にとって何よりもつらいことだったが、正直に話していたら、ミニーは決して許してくれなかっただろう。

「あなたを傷つけたくなかったの」言い訳がましく、メグは返した。

ミニーがにらみつけてくる。「わたしに本当のことを言うべきだったのよ」

「彼女はその日の朝に自分から断ってきたんだぞ」T・Jが言った。

「ええ。だけど、嫌々断っただけよ」ミニーはメグの顔から目を離そうとしない。「彼女はあなたと一緒に行きたかった。だから目が腫れるほど大泣きしたんだわ」

T・Jがメグのほうに向き直った。「本当なのか？」

「どうしてそんなこと……」メグは凍りついた。ミニーにはそんなことまで話していなかった。誰にも話さなかった。ただいつものように書き記しただけ……。

「まさかそんな」メグはまるでみぞおちにパンチを食らったような衝撃を受けた。やっと事態がのみこめてきて、頭がくらくらする。「ミニー、あなたまさか」

31

ミニーはつんとあごを突きだした。「まさか、なんだというの?」

「彼女が何をした?」T・Jが促した。

メグは怒りを爆発させた。「あなた、わたしの日記を読んだのねっ?」

「あら、やだ」クミコがささやいた。

メグはこれまでずっと、何年もミニーの世話を焼いてきた。親友を守ってきた。親友のために自分を犠牲にしてきた。日記を書くことだけが唯一の慰めだった。自分のための唯一の行為だったのだ。メグにとって日記がどれほど大切なものか、ミニーはちゃんと理解していただろうに。

「どうしてなの、ミニー? どうしてそんなことをしたの?」

羞恥と後悔の表情がミニーの顔をよぎるとともに、一瞬、彼女の目にためらいの色が浮かんだ。それからミニーはメグのすぐうしろに立っているT・Jの姿を目にとめ、表情をこわばらせたように見えた。

「あなたはずっとわたしをやっかんでいたわよね」ミニーが吐き捨てるように早口で言う。「ずっとね。彼氏のこと、ファッションのこと――わたしのものをなんでも手に入れないと気がすまないたちだったわね」

Ｔ・Ｊがお手上げだとばかりに両手を上げた。「ぼくがきみのものだったことは一度もないぞ！」

「そしてわたしを落ちこませ、自信がぐらつくように仕向けた。あなたに会う前、わたしは元気だったのよ。こんなに気が滅入ったりしなかった。薬だってたくさん飲まなくてもよかった」弾みがついて、ミニーはもう止まらない。「あなたのせいだったのよ。何もかもあなたのせいだった。おかげでこの有り様だわ。だけど、わたしはあなたに打ちのめされたりしなかったわよ、メグ・プリチャード。とことん打ちのめされたりするもんですか」

「どうかしてる」メグにはいまの話が信じられなかった。ミニーの主張はほとんど妄想じみており、クレアの日記の一部を彷彿とさせる。あまりにも似通っていて気味が悪いほどだ。

「どうかしてる？」ミニーが金切り声をあげる。「わたしが正気じゃない？　鏡の前でピンク（米国のシンガーソングライター）の歌を歌って気合いを入れなきゃダンスにも行けないのは誰かしら？　古くさい詩の一節を日記に書き写して、話しかける勇気すらない憧れの男の子たちに捧げてるのは誰なの？　みじめったらしいわよね」

メグは顔から火が出る思いだった。誰にも打ち明けたことのない、胸の奥にしまってあった秘密が、思いや不安、望みが、いまこうして暴かれてしまった。あなたなんか大嫌い、とミニーに言ってやりたかったが、その言葉は喉につかえて声にならない。ただ目に涙がじわっとあふれてくるのだけが感じられる。誰にも気づかれませんようにと必死に願った。

少なくともミニーは気づかなかったようだ。「あなたがしてくれることなんて、薬を飲み忘れないように注意するだけじゃないの。〝ミンス、薬は飲んだ？　薬を忘れてない？　ほら、毎日ちゃんと飲まなきゃだめでしょう？〟そうよ。覚えてるわ。あなたに出会う前は幸せだったんだって。わたしはごくまともだった。人気者だったわ。薬のせいで自分がおかしいって思いはじめたのよ。あなたのせいで自分がまともじゃないって思いこまされた。ほんとはそっちがただ……」

「そこまでだ、ミニー」T・Jがふたりのあいだに割って入った。「もうやめろ。落ち着くんだ。いいね？」

メグは彼の背中にうなだれかかると、まるで溺れかかっていたかのように大きく息を吸いこんだ。

「落ち着け？」ミニーが言った。声がかすれている。「落ち着けですって？　落ち着いてるわよ、トーマス・ジェファーソン・フレッチャー。落ち着いてるじゃないの！」

T・Jの体がびくっとするのをメグは感じた。「なあ、ぼくが言いたかったのは——」

「彼女があなたを盗もうとしたときだって、わたしはまったく冷静だったわよ」ミニーは背を向けると、テーブルのまわりで足を踏み鳴らした。「自分の親友に恋人を盗まれそうになっても、わたしは完璧に落ち着いてたんだから」

「ぼくはきみの恋人なんかじゃない！」

T・Jの叫び声が部屋じゅうに響き渡った。ガンナーとクミコがはっと息をのんだことから、その場の全員が不意を突かれてぎょっとしたのだとわかった。メグはT・Jの背中からそろそろとあとずさった。彼はミニーの両肩をつかんで揺さぶった。

それをものともせずにミニーは頭をのけぞらせた。「わたしの恋人じゃないって？」と言い返す。「それならふたりでセックスしたあの夜のことはどうなの？」

「それはきみの妄想だ」T・Jは嫌悪感もあらわにミニーを押しやった。「きみがなんて言いふらしていたか知ってるよ。噂を耳にしたからな。あのパーティーの夜に何かあったと勘違いしてるみたいだが、ぼくはきみとは寝なかった」彼はミニーに背を向けた。「酔っていたのは認めるが、そこまでひどく泥酔していたわけじゃない」

「そんなの……」舌の上で言葉が凍りつき、彼女の顔が真っ赤になる。ミニーはもごもご何か言いかけたが、T・Jはそれを無視した。メグのほうを向くと、彼女の両手を取って握った。

「そのせいでぼくと出かけるのを嫌がったのか？　だからぼくを拒絶しつづけたのか？　ぼくがミニーと寝たと思いこんでいたから？」

メグは思わず目を伏せた。

彼がいっそう強く彼女の手を握りしめる。「信じてくれ、メグ。誓って言うが、彼女とセックスしたことは一度もない。もう何カ月も誰とも寝ていない。きみのことしか頭にないんだ。きみを忘れようとしたけど、やっぱり無理だった。ずっときみだけだった。きみしかいない」

「嘘つき！」ミニーが金切り声をあげる。T・Jの手をつかんで、メグの手から無理やり引き離した。「この人は嘘をついてるのよ。あのパーティーでわたしたちはちゃんとベッドで愛しあったわ」ミニーはくるりとガンナーのほうを向いた。「あのときわたしのうしろ姿を見てたでしょ。そうよね」

T・J、それからクミコをちらっと見てから、ガンナーは肩をすくめてみせた。

「さあ……覚えてないよ」

ミニーはふんと鼻で笑うと、それからメグのほうを向いた。「わかってるでしょ」

と言う。「わたしの話を信じるわよね」

メグは顔の筋肉という筋肉がぎゅっと収縮するのがわかった。眉が寄せられ、頬っぺたはひねられ、唇はこわばった。あのパーティーの記憶はちょっとぼんやりしている。あれほどしたたかに酔ったのは初めてのことだった。階段のところで、ミニーがT・Jにべったりと寄りかかっていたのをメグは覚えている。はっと気づけば、ふたりはメグのそばからいなくなっていた。T・Jが自分の親友とすぐ上の部屋でセックスしているのかと思うと、メグは心が空っぽになった気がして、胸がむかむかしてきたのだった。だが、ふたりが一緒に寝室に入るのを見たわけではなかった。そのあいだにあおっていたタラモアデュー（アイリッシュ・ウイスキーの銘柄）のせいで、その夜のことはぼんやりした記憶以外に何ひとつ思いだせなかった。

メグは視線をミニーからT・Jに移し、再びミニーに戻した。ふたりとも懇願するようなまなざしでこちらを見ている。あの夜に何があったにせよ、ふたりとも自分の主張こそが真実だと信じているのだ。

「わからない」メグは口ごもりながら言った。

「嘘つき！」ミニーは自分の椅子にドスンとすわりなおした。「みんな嘘つきばかりね」

「ぼくは彼女とは寝なかったんだ、メグ」T・Jが小声でささやいた。指が食いこむほど強くメグの腕をつかんでくる。「ぼくは誓って寝なかった」

「あなたを信じるわ」メグはささやいた。あの夜のことは何カ月もずっと自分の頭のなかで想像を巡らせてきたので、T・Jの主張が本当かどうかいまさらわからない。それでも本当だと思いたかった。

「おやおや、最高だわね！」ミニーが芝居がかったため息をついた。「あなたはいつだって自分のことしか考えてないのよ、メグ。わたしのことなんて一度も考えたことがないんだわ」

メグはとうとう堪忍袋の緒が切れた。「本当？　本当にそうなの、ミンス？　わたしたちって、これでも同じ世界に住んでるの？　わたしはあなたの気持ちや気分ばかり気にしてる。いつだってそうよ」

ミニーがふんと鼻で笑った。「でたらめよ」

「違う」

「日記にはそんなふうに書いてなかったけど」

ミニーはどこまで日記を読んだのだろうか、とメグはいぶかしんだ。「人の日記を読むべきじゃなかったのに」

「へえ、そうなの？　それなら、なんでわたしのベッドの上に置いていったのかしらね？」

「えっ？」

「わたしのベッドの上に日記を開いたまま、放っておいたじゃないの。きょうわたしが二階に上がったときのことよ。てっきり読んでほしいんだと思った。あの頭のおかしなクレア・ヒックスの写真も、これ見よがしに置いていったくせに」

その名を聞いたとたん、クミコがぎくりとした。「誰って？」

「わたしたちと同じ高校に通ってた、あのすばらしくイカレた女のことよ」ミニーは顔にかかったホワイトブロンドの髪を払いのけた。「メグがわたしを怖がらせようとして、そいつの写真を部屋に置いていったんだわ」

メグはお手上げだとばかりに両手を上げて、また椅子にぐったりとすわりこんだ。

「わたしは置かなかったわ！」

クミコはまだ興味があるらしい。「その子の名前はクレアだって言ったよね？」

「そうよ」

「クレア・ヒックス？」

ミニーが小首をかしげる。「知ってるの？」

メグとT・Jは顔を見あわせた。クミコがどう関わってくるのだろうか？

「まあね」クミコが声を潜めて言う。「彼女のことなら知ってた。二年生のとき、わたしと同じルーズベルト校に通ってて」彼女の声が震えていることにメグは気づいた。

「待って。じゃあ、彼女はあなたと同じ学校にも行ってたのね？」つながりがわかった。日記に書いてあったとおり、三校。ルーズベルト、マリナー、カミアック。この島にいる招待客たちの高校がこれですべて出そろった。

クミコがうなずいた。「二年生のときに物理のクラスで一緒だったのよ。中間試験で彼女と組んで電気の実験をすることになってね。彼女が実験をめちゃめちゃにしたせいで、わたしもあやうく落第点を取るとこだった。仕方ないから、ひとりで再受験させてくれって先生に直談判に行ったけど」

T・Jがメグの腕をつかんだ。「電気の実験だと？」

「そうだけど。何？」

メグはテーブルに手を伸ばして、日記を自分のほうに引き寄せた。正直なところ、クミコに対して日記を読みあげたくはない――まるで犯罪者に死刑判決を言い渡すようなものだからだ。助けを求める視線をT・Jに向けると、こわばった笑みが返ってきた。

うっ。メグは唾をのみこみ、最後から二番目の記述を読みあげた。

再び顔を上げてみると、クミコがわなわなと震えていた。「だけど……だけど、そんなのあり得ない。ほかの誰も知らないはず……」

「そのとおりだ」T・Jが言った。「どれもそうなんだよ」

「ちょっと待って」ミニーが口を開いた。「クレアがその日記を書いたと思ってるの？」

「でも彼女は死んでる！」ガンナーが返した。そう言えば、ほかの可能性を一切合切否定してしまえるかのように。

「そう言い切れるのか？」T・Jが問いかけた。

ガンナーが片眉をひそめた。「けど……葬儀もあっただろ」

「あのキモい女がほんとは死んでないっていうの？」ミニーがきいた。

「その可能性はある」T・Jがメグの隣に腰かける。「あるいは日記を読んだ誰かが、それをうまく利用してぼくらを追い詰めているのかもしれない」

ミニーが両手を広げてみせる。「でも、どうしてなの？　わたしは彼女に何もしてないんだけど」

ガンナーとT・Jが互いに顔を見あわせ、それからミニーのほうを見た。「覚えてないのかい？」ガンナーがたずねた。

「覚えてないって何を？」

「いいか」T・Jがきっぱりと言う。「そのことは大事じゃないんだ。大事なのは、ぼくらにはふたつの選択肢があるということだ」

「そんなにたくさん？」クミコが口をはさんだ。

T・Jは取りあわない。「ぼくらのうちの誰かひとりが殺人犯か、あるいは屋敷のなかに誰かほかの人間が潜んでいるか」

ミニーが息をのんだ。「ほかの人間って?」

クミコがため息をつく。「わかるでしょ」

「そこで、部屋に鍵をかけて閉じこもり、フェリーが戻ってくるはずの明日の朝まで全員生き残れるように祈って待つか……」

「それとも?」

「それとも、屋敷内を捜索して、ぼくらしかいないかどうか確かめてみるか」

再び沈黙。ただし、前回ほどぴりぴりした空気は漂っていない。T・Jの主張に何か感じるところがあったのだろう。とはいえ、T・Jは肝心な部分をはっきり声に出さなかった。屋敷を捜索するのはいいだろう。だが、もし誰も見つからなければ、いやでも真実がわかってしまう。ここにいる誰かが犯人なのだと。

「みんな、いいんだな? 屋敷のなかを捜索するということで?」

誰も答えなかったが、四人の頭がやがてゆっくりとうなずいた。

「よし」T・Jは椅子をうしろに押して、テーブルから立ちあがった。「手分けしてやろう。そのほうが早く済むはずだ」

「そうね。たいていそれでうまくいくよね」クミコが同意した。

「離れ離れにならないほうがいいんじゃないかな」メグは言った。

T・Jが振り向いて、メグを見た。「そうなのか？」

メグは肩をすくめた。「人数が多いほうが安心でしょう」それにお互いに目を光らせておきやすい。

「いいだろう」T・Jが応じた。「一番下からスタートして、上にあがっていくとしよう」

32

メグは怖かった。自分でもどうしようもないほどおびえきっていた。これまでの人生で慣れ親しんできたものすべてが、自分という人間を特徴づけるはずの人間関係そのものが、ひとつずつ崩れてきているのだ。

重苦しい雰囲気のなか、五人は一階部分を見てまわった。T・Jとガンナーがランタンを手にして屋根つきのテラスを歩き、ざっと調べてみる。ダイニング・ルームの窓からランタンの青い光が揺れているのが見えて、ふたりがテラスの両側を重い足取りで歩きまわっている様子がうかがえる。そとの冷蔵庫の密閉ドアが開けられ、またバタンと閉じられる音がする。それからランタンの光がドアからなかへ戻ってきた。

「異常なし」ガンナーが言った。

全員、無言だった。

みんなでキッチンのなかをのろのろと歩いて、パントリーや掃除用具入れを一応調べた。それからリビング・ルームに移った。メグとクミコはダイニング・テーブルの上にあった燭台を持ってきていた。消えずにまだ燃えているろうそくは二本だけで、ちらちらと揺れる頼りない光には、とても部屋を隅から隅まで照らすだけの明るさはない。せいぜい半径二、三メートルが限界だろう。みんなでひと塊になってなんだかめちゃくちゃな二人三脚みたいな具合で、書棚やテレビの収納ユニットを少しずつ調べていった。そうやって隅々まで確かめた。L字形のリビング・ルームには身を隠せそうな場所はなかったが、各テーブルの下やソファの裏側まで調べる者もいた……念には念を入れて。

T・Jとガンナーが書斎をひと巡りするあいだ、女子たちは廊下でじっと待っていた。二本のろうそくのみに照らされ、大きな白い家のなかに立っていると、とてつもなく不気味な感じがする。壁や床は見えるが、高い天井は闇に隠れて見えない。誰かが潜んでいたとしてもメグにはわからないだろう。突然、あるイメージが目の前にぱっと浮かんだ。クレア・ヒックス。顔にかかったくしゃくしゃの黒髪に、こちらをひたと見つめ、近づけるものなら近づいてごらんと挑むような黒い双眸《そうぼう》。

ひょっとすると、視界がきかないのは好都合かもしれない。死んだ女の子が玄関ホールの隅にうずくまっているのが見えたら、メグはおそらく恐怖のあまり死んでしまうだろう。それでなくとも、すぐそこにシーツにくるまれた遺体が横たえられており、玄関ホールのかつて真っ白だった壁は、五つの真っ赤なスラッシュマークによって汚されているのだ。メグにはそのどれも最前列でぜひ鑑賞したいものではなかった。

「すべて異常なし」ガンナーがT・Jといっしょに書斎から姿を見せ、報告した。ランタンの光によって廊下の大半が照らされたが、それでもメグはやはり玄関ホールのほうに目を向けようとはしなかった。

「残りは上の階だな」T・Jが言った。階段の上がり口まで移動して、塔へと続く真っ黒な闇を見あげる。

五人でその静まり返った闇のなかに目を凝らすうちに、メグは屋敷内を捜索することにした自分の決断を悔やみそうになった。どこかの部屋に鍵をかけて閉じこもり、明日の朝までずっとそこにいたい。こんな得体の知れない孤立した家の薄闇のなかではなく、せめて日の光のなかなら、何かが襲ってくるとしてもそれが目に見えるだろう。

二階の踊り場まで来たところで、T・Jがみんなのほうに向き直った。「塔の部屋を先に調べてしまおうか？　すぐに済むだろうから、そのあとで二階をじっくり見てまわればいい」

クミコが口をとがらした。「だけど、二階に誰かが潜んでたら、そのあいだにこっそり逃げちゃうんじゃないの」

「それなら階段のところに誰かが残ればいい」T・Jが提案する。「そこで見張っておくんだ」

「じゃあ、いいけど」

「わたしが残るわ」ミニーはT・Jの手からランタンをひったくった。「上に行くなんてわたしはごめんだから」

メグとT・Jは互いに目を見あわせた。ミニーは見張り役として最適なのだろうか？「ガンス」T・Jが声をかけ、肘で親友をそっと突いた。「彼女と一緒にここに残ってくれ。いいな？」

ガンナーはクミコのほうを見て同意を求めた。彼女がかすかにうなずく。「いいとも」とガンナーは答えた。

おかしなことに、ほんの二十四時間のあいだに、メグのなかで塔の部屋に対する印象が大きく変わってしまった。T・Jに案内され、ミニーと一緒に初めてその部屋へ上がったとき、メグは期待でわくわくしていたものだ。まるでおとぎ話の王女さまの塔の部屋のようで、薄い紗のカーテンといい、何もかもロマンチックだった。ところが、いま階段をのぼっていると、メグは胸がむかむかしてきた。一本のらせん階段のみが入り口となる塔の部屋は、隠れ家というよりも牢獄のように感じられる。

室内はほとんどメグの記憶のままだった。ミニーが本当にここで少しでも〝眠った〟のだとしても、どちらのベッドもマットレスをわざわざフレームの上に戻したりしなかったということらしい。ふたりの服や私物はやはりいたるところに放りだされたままで、さながら部屋じゅうが特大の紙吹雪に覆われているかのように見える。だが、メグの視線はこの場にそぐわない二点のものにたちまち引きつけられた。隅の椅子の上には彼女の日記がある。前回この部屋にいたときにそこになかったのは間違いない。そしてドレッサーの上には、メグがそこに伏せておいたはずのクレアの額入りの写真がきちんと立ててあった。

「ここで一体何があったわけ?」クミコがきいた。彼女は階段のところから最後に顔を突きだした。

メグは声を落とした。「ミニーが探し物をしていたのよ」

「人格でも紛失したってこと?」

メグはいらっときた。「やめて。わたしの友だちなのよ」

ろうそくの明かりのなかでも、クミコがあきれたように目をぐるりと回すのがわかった。「そんなの信じられないってば」

嫌みばかり言うクミコに、メグはもう我慢できなくなった。「別にミニーの肩を持つわけじゃないけど、彼女はいつもあんなふうじゃないのよ。わかった? あなたの新しい彼氏にきいてみればいい。もう忘れてるかもしれないけど、彼はミニーに夢中だったんだから」

「なんでもいいけど。とにかくあの子はイカレてるよ」

「服用中の薬を盗まれたら、あなただってちょっとおかしくなるかもしれないでしょう」

T・Jがクローゼットを開けてみる。それから姿見の裏も調べた。「なあ、ぼくらは全員ひどいストレスにさらされているだろ？　いまは誰だって絶好調ってわけにはいかないさ」片方のベッドに近づき、はずれたマットレスの下側も確認した。「さっさとここを終わらせよう」

T・Jがもうひとつのベッドの下をのぞくあいだ、メグとクミコは黙りこんでその場に立っていた。結局、何も見つからず、彼らは重い足取りで階段を下りていった。

「すべて異常なし？」ガンナーがたずねた。踊り場で精いっぱいミニーから離れて立っている。

「ああ」T・Jは階段を下りはじめ、ミニーのわきを通るときに彼女が手にしたランタンを持ちあげた。「これであとは二階だけだ」

さながらゲームブックの『きみならどうする？』のようだった。踊り場から六つのドアが見える。五つの寝室とバスルームだ。左側には主寝室があり、そこが二階の一角すべてを占めている。それから三つのドアが踊り場にじかに面している――南向きの寝室二室のうち一室にはベンの遺体があり、隣接するバスルームをあいだにはさんで、もうひとつはネイサンとケニーが同室だった部屋だ。廊下の突き当たりにはさらに二室あり、それぞれ屋敷の西側と北側に位置している。

「ここはどうすればいい？」メグはたずねた。

「上の階と同じだよ」T・Jが答える。「階段に見張り役を残して、ほかのみんなで部屋を調べてまわる。それでどうだい？」

みな口々に同意の声を漏らした。

「よし」そう言うと、T・Jは主寝室のほうへ行きかけた。「ぼくは、まずはそこから――」

「わたしはベンの部屋を調べるわ」ミニーがさえぎった。メグの目を見もせずに彼女の手にランタンを押しつけ、すたすたと部屋へ入ってしまった。

「じゃあ、わたしたちはこっちからスタートするってことね」クミコが言った。

一瞬、メグはショックを受けた。あの部屋にはミニーが新たに熱をあげていた人の遺体があるというのに、彼女は自分からそこに戻ったのだ。ランタンをT・Jに渡してから、メグは急いでミニーを追いかけた。「ミニー、待って」

ミニーはベッドの向こう側の、ベンの遺体がある場所に立っている。メグの視線はつい床のほうに向けられてしまう。何時間か前と変わらず、ベンの両脚がそこに横たえられている。そこに横たわっているのがもしT・Jだったらと想像するだけで、メグはぞくりと身震いした。

「ここには誰もいないわよ」こちらが何も言わないうちから、ミニーが先に言い放った。

メグは身をかがめて、ベッドの下をのぞきこんだ。「でも、ちゃんと調べないと――」

「調べたわ！」ミニーがぴしゃりと言う。

「ごめん、ただ……」

「わたしだって考えられる頭を持ってるんですからね。いつだって自分のほうが頭がいいなんて思わないでちょうだい」

「わかった。わかったから」メグは体を起こした。「クローゼットは？」

「気のすむようにどうぞ」

ミニーはじっと立ったまま動かない。メグはクローゼットのほうを向いた。何が目に飛びこんでくるかわからず、ゆっくりと扉を開けてみる。しかし、そこには、床の上にベンのダッフルバッグが置いてあっただけだ。ほかには何もなかった。

ドアを閉めようとしたところで、ミニーに腕をつかまれた。「ここから出ましょう」

クミコとガンナーが隣接するバスルームから姿を見せた。

「すべて異常なし？」ガンナーがたずねる。

「ええ」メグは答えた。もちろん、床には遺体があるのだが。

彼らはぞろぞろと廊下に戻った。

「オーケー」T・Jはそう言ってから、自分のランタンとガンナーが手に持っているろうそくを交換した。「メグとぼくは主寝室を調べる。クミコとミニーのふたりは残りの二部屋を頼む。ガンス、きみは階段を見張っておいてくれ」今回は同意を待たずに、T・Jはメグの空いているほうの手を取って主寝室へ連れていった。

「ここは誰の部屋なの？」メグはきいた。

T・Jは部屋を突っ切って、ドレッサーのほうへ向かった。「ビビアンの部屋だ」

「あきれたわね」ビビアンはこの屋敷で一番広くて立派な部屋を独り占めしたうえに、おそらくそれくらい当然だと思いこんでいるのだろう。知ったかぶりの鼻持ちならない人。

メグははっと息をのんだ。ビビアンはもう死んだ。昨夜はこのベッドで寝ていたが、いまは岩だらけの海岸で胸に枝が突き刺さったまま、ブルーシートに包まれて横たわっている。次はメグ自身かもしれない。それともミニーか。あるいはT・Jか。再びパニックに襲われそうになる。ここから脱出しなければ。なんとしても。

「大丈夫か？」T・Jがたずねた。

メグはぶるっと身を震わせた。「ええ。大丈夫。なんともない」

「本当に？　ぼくの話、聞いてた？」

「あっ……ごめん」

T・Jがドレッサーのほうを向いた。すると部屋がいきなりオレンジ色の光に満たされた。「ろうそくが見つかったんだ」と説明する。彼は三本枝の小さな燭台を持ち上げ、メグに渡した。ほほ笑むと、頬にえくぼが浮かんだ。「少なくともこれでよく見えるだろう」

ホワイトロック屋敷がこれほどぞっとするような場所でなければ、メグはこの主寝室を心から気に入っていたかもしれない。どこか温もりを感じさせる、心地よい小ホテルの一室のような雰囲気がある。二面の壁の大きな窓にはダマスク織りの厚いカーテンがかけられ、組みひものタッセルで束ねられている。見たこともないほど大きなキングサイズのベッドは、薄布に覆われた天蓋つきで、ヘッドボードにはキルティング加工が施されている。

北側の壁のほとんどを占めるのは大型の暖炉で、その前には張りぐるみの、背もたれのふっくらした肘かけ椅子が二脚配置されている。メグは、そとの嵐が窓を震わせるなか、勢いよく燃える暖炉の火の前で本を手に丸くなっている自分の姿をつい想像してしまう。なんてすてきな光景だろう。だが、階下の壁に死体の数に呼応するように描かれた五つの真っ赤なスラッシュマークの記憶がよみがえり、現実に引き戻された。

T・Jが部屋の向こう側の壁一面のクローゼットから調べはじめたので、メグはバスルームへ行ってみることにした。そこは大きな観音開きのドアで寝室からつながっている。バスルームは間違いなくメグの自宅の寝室よりも広々としていた。とてつもなく大きなジェットバスがタイル張りの床の中央に鎮座しており、その周囲には数段のステップまでついている。シャワールームはまるで巨大なガラスのかごのようで、家族全員が一度にシャワーを使えそうなほどの広さがある。入り口の両側には洗面ボウルがふたつ横並びになった洗面台がそれぞれ設置されている。ああ、なんてリッチな人たち。

「何か見つかったか?」別の部屋からT・Jが声をかけてきた。

メグは燭台を左右に動かしてみた。「何もないわね」広々としたタイル張りの空間には隠れる場所などどこにもない。踵を返して戻りかけたとき、何かきらりと光るものが目にとまった。

普段なら、バスルームで何かきらきらした金属製のものが見つかっても特に気にしなかっただろう。だが、それがゴミ入れのなかであれば話は別だ。なんの変哲もないプラスチック製の小さなごみ入れには丸めた紙が押しこんであったが、メグがそばを通りすぎるとき、ろうそくの光を浴びて何かがきらりと光ったのだ。カウンターの上に燭台を置くと、メグはその場にしゃがみこんで、くしゃくしゃに丸められた紙を引っ張りだした。

その下に一組のキーがあった。

引っ張りだした紙を片手に持ち、メグはゴミのなかから注意深く金属製のキーホルダーをつまみあげた。キーに描かれたエンブレムを見てすぐにぴんときた。操舵輪にあったマークにそっくりだ。グランド・アラスカン・トローラーのキー。

何時間ぶりかで初めて、メグは希望の光を見いだした。この島から脱出する手立てができたのだ。

犯人は誰にも見つからない場所にキーを隠したつもりだったにちがいない――つまり、すでに亡くなったメンバーの部屋のゴミ入れに。キーはゴミ入れのなかにまぎれもなく隠されていた。メグが手にした何本ものろうそくのちらちら揺れる明かりがなければ、丸めた紙の下に押しこまれたキーに気づかなかったかもしれない。

丸めた紙。トイレットペーパーではなく、罫線入りの厚めの高級紙だ。

なんの紙か、すぐにはわからなかった。丁寧にしわを伸ばしてみると、すぐさま見慣れた手書き文字が目に入った。

クレアの日記から破られたページだ。

「T・J!」メグは叫んだ。「T・J、ほら、これ――」

しかし、廊下から銃声が鳴り響き、その声はかき消されてしまった。

33

メグはキーと日記のページをポケットに押しこむと、慌てて寝室に戻った。T・Jがドアの前に立ちふさがるように立っている。

「なんてことだ」彼が声を漏らした。

「どうしたの？」T・Jの腕をのけて、それから彼のセーターを押しやったところで、誰かが床にぐったりと倒れこんでいるのが見えた。ガンナーだ。目が大きく見開かれ、額にひとつだけ銃創があいている。ねっとりとした血がにじみでて、鼻のあたりでわずかに弧を描きながら滴り落ちていた。

「ああ、そんな」メグの口からはかろうじて聞きとれるくらいの小さな声しか出ない。彼女の手の下でT・Jが震えているのがわかる。

「ガンナー！」クミコが廊下を駆けてきて、ガンナーのそばにがっくりとすわりこんだ。脈を確かめるだけの冷静さが残っていたらしい。だが、彼女が嗚咽を漏らしたので、手遅れだったとわかった。

「ちくしょう」T・Jがささやくような小さな声で言う。メグが顔を上げてみると、T・Jが悲しみの波に襲われるのがその表情からわかった。なにしろ親友を失ったのだから。

メグはT・Jから目をそらして、懸命にミニーの姿を捜した。この屋敷のなかに殺人鬼がいて、わたしたちを狙っている。なんとしてもミニーを守らなければ。

ミニーは廊下の突き当たりに立ちつくしていた。あごの下でろうそくを持っているため、顔の表情がはっきりと見てとれる。悲しみも恐怖もない。まったく無表情だった。

まさか彼女がやったの？　ガンナーを殺した？

メグはぶるっと身震いした。ミニーとは十三歳のときからのつきあいだ。薬を服用していなくても、ミニーが殺人犯であるわけがない。そんなことは想像すらできない。

T・Jのほうを振り返ってみると、彼は真っ暗な床に視線を向け、何かそこにあるのか、じっと目を凝らしている。その視線をたどってみたところ、T・Jが見ているものが目に入った。黒い影。どこか見覚えのある形。

メグは息をのんだ。「拳銃」

クミコがぱっと顔を上げた。真っすぐにメグの目を見すえる。「よくもやったわね」

「わたしが？」

クミコの視線がメグからT・Jへと飛び、それからミニーのほうに移った。「あんたたちの誰かがやったんだ」

「まさか」メグは声をあげた。「このなかの誰かが犯人だとは到底信じられない。「この家にほかの誰かが潜んでいるのよ。絶対にそうよ」

「誰もいるもんか」クミコが反論する。「わからない？　このなかの誰かが犯人なんだ」

メグは思わずあとずさった。「違う。まさか、そんなの信じない」

クミコの視線はきょろきょろと三人のあいだで行ったり来たりしている。「あんたたちの誰かが彼を撃って、それから拳銃を廊下に転がしたのよ」

T・Jが彼女に一歩近づいた。「ぼくら全員の誰かってことだろう」

すすり泣きながら、クミコはガンナーの顔に手をやり、その目をそっと閉じた。「そう」ゆっくりと言う。「わたしたちの誰か」

だしぬけに、クミコが床の拳銃に飛びついた。T・Jが制止しようとしたが、クミコはすでに立ちあがって彼に銃の狙いを定めていた。「わたしたちの誰かが犯人ってことだよね。だけど、犯人はわたしじゃない」ミニーに銃口を向け、それからまたT・Jのほうに戻しながら、そろそろと階段のほうへあとずさっていく。「この階にはほかに誰もいない。だからやっぱりあんたたちの誰かがやったにちがいないよね」

メグはT・Jのややうしろに立っていた。片手をポケットに入れ、船のキーを握りしめている。

「きみの言うことが信じられるとでも?」T・Jが言った。

クミコがふふんと笑う。「信じてくれなくて結構よ。だけど、わたしは自分が犯人じゃないって知ってる。だから、次の壁のスラッシュにされる前にここから脱出してやる」

「そとは危険だぞ」T・Jが言った。彼がじりじりと階段のほうに近づいていく一方で、クミコはあとずさって階段を下りていく。

「ここにいるほうが危険よ」

T・Jはさらに二、三歩足を進めた。「もう暗いし、いつなんどき、また嵐がひどくなるかわからない」

「あんたたちよりも母なる自然に運をまかせて、いちかばちかやってみるほうがいいにきまってるでしょ」

ミニーは階段のずっと上に立っていた。「きっと見つかるわよ。ほら、警察にね。こんなまねをして逃げ切れるはずがないんだから」

「逃げ切れる?」クミコが踊り場までたどり着いた。玄関ホールをちらっと見てから、階段のところで彼女にじりじりと迫っているT・Jとメグのほうに視線を戻した。

「わたしがやったっていうの？　あんたたち、頭がどうかしてる。わたしはここから出ていくから」彼女はくるりと向きを変え、玄関ドアのほうへ走りだした。

メグは階段を駆けおりた。「クミコ、待って！」

T・Jが彼女の腕をつかんだ。「行かせてやろう」

ミニーがあとからついてきた。「ああ、せいせいしたわね」

「でも、殺人犯はまだどこかにいる。潜んでいた寝室の窓からそとに出たかもしれない。彼女は安全じゃないのよ」

T・Jが肩をすくめた。「彼女は拳銃を持っているんだ」

「それに彼女が人殺しじゃないってどうしてわかるのよ？」ミニーが横からつけ加えた。

「犯人はまだここにいるかもしれない」メグは食い下がった。人殺しは彼らの誰かではなく屋敷のどこかに隠れている、という説にどこまでも固執しようとする。「ねえ、わたしにはどうしても……」そこで言葉が途切れた。

「どうした？」T・Jがたずねる。

メグは玄関ホールのほうを振り返った。クミコが出ていくときにドアが開き、それからバタンと閉まる音がするものだと思っていた。だが予想に反して、その音はしなかった。「ドアの音が聞こえた？」

T・Jが首をかしげた。「いや、聞こえなかったな」T・Jのろうそくはほとんど燃えつきかけており、彼はランタンを手に取って持ちあげた。彼の早足に遅れずに、メグも廊下を抜けて玄関ホールへ向かった。

最初に音が聞こえてきた。歯がカタカタ鳴る音とも電動歯ブラシの振動音ともつかないような音。それから玄関ホールに足を踏みいれたとたん、異臭が鼻を突いた。髪の毛が焦げる臭い。髪の毛が誤ってヘアドライヤーの内部に入りこみ、焦げてしまったときみたいに。そんな鼻につんとくるきつい臭いのせいで、メグは吐き気を催した。

T・Jのランタンの明かりが空間を満たすと、玄関ドアのそばにいるクミコの姿が目に入ってきた。彼女はドアの取っ手に片手をかけて立ち、拳銃を床に落としていたが、凍りついたようにその場にじっとしている。その体は硬くこわばっていた。

そして小刻みに震えている。

「クミコ?」メグは声をかけ、彼女に駆け寄ろうとした。

T・Jがメグの肩をつかんだ。「やめろ」彼女を引っ張りもどして、それから書斎のほうへ駆けだした。

「どうなってるの?」ミニーがきいた。彼女のろうそくはほぼすっかり燃えつきていた。

「わ――わからない」メグは答えた。

T・Jが何やら木の棒を手に戻ってきて、メグの横を通り越すさいにランタンを彼女の手に押しこんだ。真っすぐにクミコのところへ行く。メグがランタンを掲げて、こわごわ見守っていると、T・Jは木製のほうきを使ってクミコの手をドアの取っ手からはずそうとした。少しのあいだ手こずっていたが、ようやく彼女の手をはずすと、その体はたちまち床に崩れ落ち、焼け焦げた髪のきつい臭いに代わって、はるかにおぞましい焦げた肉の臭いが室内に充満した。

「何があったのよ?」ミニーがきいた。

「感電したんだ」T・Jはあえぐように言った。床にほうきを放りだして、クミコの体の隣にかがみこんだ。「どうやら……手遅れだったらしい」

凍えるほど寒い室内でクミコの体からまさに蒸気が立ちのぼっていたので、メグは驚きはしなかった。

「日記にあったとおりじゃないの」ミニーが言った。声がかすれている。「やっぱりそうよ。わたしたちは狙われてるんだわ。あなたの言ったとおりだった」

「でも、どうして?」メグは問いかけた。「彼女はドアの取っ手をつかんだだけなのに」

T・Jはセーターを頭の上から手で引っ張って脱いだ。それを片手に巻きつけ、その手でドアの取っ手を一、二回、とんとんと触ってみる。それから恐る恐る取っ手を回して、ドアをぐいと引っ張った。ドアがいったん半分ほど開いて、また閉まりかける。まるで向こう側でドアがロープか何かにつながれていて、ロープが限界を越えて引っ張られたところで跳ね返ろうとしたかのようだ。

すでに光の弱くなったランタンを震える手で持ちながら、メグはそろそろとドアに近づいた。玄関ポーチには大きな真っ黒のボックスが置かれていて、移動させやすいように車輪のついた鮮やかなオレンジ色のトレーラーのなかにすっぽりと収められている。エンジンがうなり、回転するような音がする。長いオレンジ色のケーブルがその装置からドアの取っ手までうねうねと伸びており、外側の保護層がはがされてむきだしになった電線が、金属製の取っ手にしっかりとスチール製クランプで固定されていた。

「発電機だな」T・Jが言った。「それがドアに接続してあったんだ。取っ手に触れた瞬間、彼女は感電死したにちがいない」

メグはぶるぶると震えだした。屋敷内に罠が仕掛けられていた？　わかったわよ。次は何なの？　何が待ち受けているの？　みんなで絶対にここから脱出しなければ。

メグはいきなりポケットからキーを取りだした。「上の部屋にこれがあったの」

T・Jの目がきらりと光った。「トローラーのキーか？」

「何それ？」ミニーが言った。たぶん船のことをきいたのだろうが、とにかくいまは説明している余裕はない。ここを出なくては。

「操縦できる？」メグはT・Jにたずねた。「ここから連れだしてもらえる？」

「やってみよう。誰かが次の標的になるのをただじっと待ってるよりはましだ」

「〝彼はためらわなかった〟」ミニーが声を出した。「〝彼女を押しのけ、真っすぐにわたしのほうにやって来た。彼が欲しかったのはメグじゃなかった。ミニーでもなかった。このわたしが欲しかったのよ〟」

メグはゆっくりと振り返った。ミニーが背後に立っている。彼女の手には破かれた日記のページがあった。

「なんて言ったの？」メグはきいた。

「〝家に帰りなさいって彼は言ったわ〟」ミニーが続ける。「〝あとで電話する、今夜行くからって。もうすぐ彼がここに来るわね。トムはわたしを愛してる。ふたりでやつらに仕返ししてやるのよ〟」

「何を読んでいるんだ？」T・Jがぴしゃりと言う。「どこでそれを見つけた？」

「床にあったのよ」ミニーが答えた。「メグのポケットから落ちたんだわ」

クレアの日記から破かれたページ。だが、先にボートハウスでT・Jから聞いた内容とは異なっている。

トム。クレアは彼をトムと呼んでいた。

そのとき、メグは恐ろしい事実に思い当たった。

T・Jが、ミスター・ローレンスと電話で話したのだ。嘘をつくこともできただろう。

T・Jが、ボートハウスに行こうと提案した。ビビアンが殺害されたころ、彼は十分間ほど姿を消していた。

T・Jは、以前この屋敷を訪れたことがあった。誰よりもここをよく知っている。

T・Jは、船に関する知識が十分あり、無線機を盗むのもわけなかっただろう。

T・Jは、ネイサンとケニーが殺害されたであろう時間に行方が知れなかった。ふたりともを殺すだけの体力や腕力があり、誰にも見られずに別荘に行って戻ってくるだけの優れた運動能力もある。

T・Jがあの夜にサラダをテーブルに運び、都合よくソファで寝ていた。屋敷内の捜索を提案し、ガンナーが撃たれたときにはメグと離れ離れになっているようにまんまとはかった。

T・J・フレッチャー。トーマス・ジェファーソン・フレッチャー、とミニーが呼んでいたではないか。

「トム」メグは大きな声で言った。

T・Jがはっとして彼女のほうに顔を向けた。「えっ？」

「トーマス・ジェファーソン」メグはあとずさって彼から離れた。「それがあなたのフルネームよね?」

「そうだよ。だけど、六歳からこっち、誰にもトムと呼ばれていないけどね」

「ああ、そんなばかな」

「なんだい? どうしたんだ?」T・Jの眉根が鼻の上でぎゅっと寄せられた。すっかり混乱しているらしい。「ミニーは何を読んでいるんだ?」

「メグ」ミニーがたずねる。ささやくような声だ。「これはなんなの?」

「クレアの日記から破かれたページよ」メグはいまだにくすぶっているクミコの死体へと二、三歩近づいた。T・Jと向きあいながらも、床に転がった拳銃から目を離さない。「あなただったのね」メグは言った。自分の声が胸のなかで鳴り響いている。

「初めからずっとあなただったんだ」

T・Jが両手を広げた。「メグ、一体なんのことだか、わからないよ」

ごくりと唾をのみ、メグは自分を落ち着かせようとした。この状況から抜けだすには持てる知恵を総動員する必要があるだろう。彼女の手にはキーがある——つまり脱出手段があるわけだ。あとはミニーと一緒にボートハウスまでたどり着き、なんとかして船を動かせばいいだけだ。ロシュ港まで行けばいい。きっと行けるはず。あの拳銃さえ手に入れられれば……。

「メグ?」T・Jは心底困惑しているようだ。

「あの夜のことでわたしに嘘をついたのね」メグは言った。「それはクレアの日記から破かれていたページなのよ。キーと一緒に二階のゴミ入れで見つけた。あなたがそこに入れたんでしょう」

「メグ」T・Jが首を振って言う。「ぼくじゃない。誓って、ぼくじゃないんだ」

「わたしに嘘をついたのね」

「ベイビー、聞いてくれ。ぼくを知ってるだろ。ぼくが犯人じゃないと知ってるはずだ」

メグは取りあわなかった。「あなたは日記の最後のページを破りとった。誰にも真実を知られないようにね。彼女もあなたが殺したのかもしれない」

メグは彼の目から視線をはずさない。一瞬、メグの言わんとすることがわからないのか、T・Jの顔に混乱したような表情が浮かんだ。それから、彼の視線がそれた。ほんの一瞬のことだ。瞳がわずかに揺れて、視線がメグの顔から離れた。しかし、その目が何を見ているのか、たちまちわかった。

拳銃。

メグのほうが近かった。ランタンを床に放りだし、それがタイル張りの床にカチャンと音を立てて転がるに任せる。くるりと向きを変え、床から拳銃をつかみとった。

メグは振り向きざまに腕をさっと伸ばすと、T・Jに向かって真っすぐに銃口を向けた。

　T・Jは二、三歩距離を詰めて彼女に近づいていたが、拳銃を突きつけられるやいなやその場に凍りついた。

「メグ」彼が言う。「やめるんだ。ぼくを信じてくれ」

「ええ」メグは答えた。すり足でミニーのほうへ下がっていく。「いいわよ」

「何してるの？」ミニーが甲高い声で言う。「メグ、何してるのよ？」

　メグは歯を食いしばった。傷ついた、裏切られた思いがする。T・Jにずっともてあそばれていたのだ。「彼なのよ、ミニー。わからないの？」

「T・Jでしょ？」

「そうじゃなくて、事件の黒幕ってことよ」彼女はこんなに間抜けだったろうか？

「そんなことあるわけないじゃない」ミニーが言った。

　T・Jが目で懇願する。「ミニー、彼女に話してくれ。ホームカミング・デーの夜に何があったのか、話してくれ」

「あの――」ミニーが口ごもった。「覚えてないわ」

「くそっ、メグ」T・Jが言う。「あの日記のページはでたらめなんだ。誓って言うが、ぼくの話は本当なんだよ」

メグにはとても信じられなかった。そもそもから、彼にもてあそばれていたのだ。

「わたしがばかだと思っているの？」

「まさか、ちっとも」

メグはミニーにあごをしゃくった。「ミンス、ランタンを取って」

「だけど――」

「取るのよ！」ミニーがぐずぐず言ってばかりなのにうんざりしていた。いまはそんな余裕はない。ミニーがびくっとした。慌てて玄関ホールを横切り、ランタンを回収する。「じゃあ、わたしのうしろに来て」

「メグ」T・Jが言う。「ぼくのことをわかってるだろ。誰よりもぼくをよくわかってるはずだ」こちらに一歩近づいた。

「動かないで！」メグは怒鳴った。それから、拳銃のグリップを両手で包みこむようにして構えた。わなわなと全身が震えている。しっかりするのよ、メグ。ちゃんと集中して、手の震えを抑えなければ。

いくらふたりで力を合わせても、体力やスピードで圧倒的に勝るT・Jに敵うはずもない。だが、こちらには拳銃がある。銃を使えるだろうか？

この人はメグが知っているT・Jではない。知っていたはずのT・Jではなかった。彼は九人を、いやもっと大勢を、殺したのかもしれない。それにメグが食い止めなければ、ミニーと彼女自身も殺すつもりだろう。どんな手段を使っても、自分自身とミニーの身を守らなければいけない。それが何を意味するのか、メグは心のなかでわかっていた。

T・Jが首を振った。「ぼくらは誰かに操られているんだよ。きみの説は正しかった。この家には誰かほかの奴がいるんだ」

「あなたなんか信じない」

「考えてみてくれ」T・Jが言う。「どうしてぼくがみんなを殺すんだ？　ぼくはクレアとなんの関係もなかった。一切なかったんだ」

メグは廊下の奥へあとずさっていこうとする。「ミニー、キッチンへ行くのよ。わたしの背中から離れないで」

「ぼくの名前も日記に出ていただろ？　ぼくがこの事件すべての黒幕だとしたら、どうしてそこに名前が出てくるんだ？」

「あなたがわざとやったのかも。わたしたちを混乱させようとして自分で名前を入れたのよ」

「そんなの、ろくに筋が通らないだろ」

「じゃあ、誰がやったの、T・J、ねえ？」メグの頭はまともに働いていない。いまは自分自身とミニーを救うことしか頭になかった。「クミコの言うとおりだった。この家にはほかに誰もいないのよ」

「メグ」ミニーが言いかけた。彼女はメグの肩のすぐそばに立っている。

「何？」

「メグ、伝えたいことがあるんだけど」

ミニーの声は落ち着いていて真剣そのものだ。めったにないことだった。メグはちらっと彼女を見て、一瞬、T・Jから目を離した。

ほんの一瞬のことだった。だが、T・Jがその隙をついて、銃を奪おうと飛びかかってきた。

ミニーが悲鳴をあげる。

だが、その声はメグの耳にはほとんど届かない。一発の銃声がとどろいた。

34

T・Jがくるりと回転した。ひとりでに体が回転したかのようだ。おそらく、胸に命中した弾丸の衝撃によって、体がくるっと回ったのだろう。彼はこちらに背を向けたまま、足を引きずり、よろめきながらメグから二、三歩遠ざかる。うめき声がメグにも聞こえたかと思うと、がくりとひざを折って、白いタイル張りの床に顔面から倒れこんだ。

メグはその場に立ちすくんでいた。両手で握った拳銃を腕いっぱいに伸ばして構えたままだ。体じゅうの筋肉がことごとく緊張しているらしく、メグの全身が硬くこわばっている。ミニーの金切り声はどこか遠く、くぐもって湿り気を帯びたように聞こえる。メグの耳に届いているのは自分自身の鼓動の音だけだ。

撃ってしまった。ずっとずっと好きだった人をこの手で撃ってしまった。

仕方なかったのよ、と自分に言い聞かせる。彼はみんなを殺した。あなただって殺されるところだったんだから。

メグはそう信じこもうとした。そうするほかなかったのだ。

「あなた……」ミニーがあえぐように言う。「彼を撃ったのね」

「そうよ」

「彼を撃つなんて、どうしてなの？」

「仕方なかったの」そうよね？　メグはミニーを、自分自身を守ろうとした。T・Jを撃たねばならなかった。ほかにどうしようもなかった。そうだよね？

「だけど……」ミニーは持っていたランタンを床に落とした。「だけど……」彼女がT・Jの微動だにしない体のほうへ数歩近づいたので、メグは慌てて制止した。

「ふたりでここから逃げるのよ」

ミニーはT・Jの体から一度も目を離さない。「なんで彼を撃ったの？」

「ミニー！」メグは彼女の両肩をつかんで、無理やりこちらを向かせた。「この島から脱出しなきゃいけない。いますぐに」

ミニーは信じられないというふうに目を丸くしている。「彼を殺したんだわ。あなたがティージを殺したのよ」

メグはT・Jの体にちらりと目をやった。引き金を引いた瞬間、ぎゅっと目をつぶってしまったので、相手の体のどこを撃ったのか見当もつかない。彼が死んだのなら、もう何も心配はいらない。でも、そこに横たわって死んだふりをしているだけなら、ふたりで急いでボートハウスまで下りていくべきだ。ミニーが精神的にダメージを受けているとしても、島を無事に脱出してから対処すればいいだろう。

「ほら」メグは床からランタンを拾いあげ、ミニーの手に押しつけた。「ここから出るのよ。いますぐに」

「だけど……」

メグは反論の隙を与えず、彼女の手をつかんで引きずるようにして玄関ホールから連れだした。急いでリビング・ルームとキッチンを抜けて裏口に向かう。クミコのようにバーベキューにされる危険をおかさず、テレビドラマの刑事ふうに足でドアを何度も蹴りあげているうちに、やがて老朽化したドア枠が裂けて、ドアが勢いよく開いた。

そとに出てみると、夜の闇はいっそう深くなったようだった。ホワイトロック屋敷の裏に広がる真っ黒な森のなかでは、ランタンの弱々しい光を反射するような白い壁はどこにもない。メグは自分が小さく、ひとりぼっちだと感じられた。それに神経過敏になっている。物音がするたびにパニックの波に襲われそうになった。小枝のパキッと折れる音。一陣の風が木々のあいだを吹き抜け、木の葉がさらさら鳴る音。絶対に誰かがあとをつけてきている、とメグは思った。

彼女はパニックをはねのけようとした。T・Jはふたりのあとを追ってこないだろう。この島にはほかに誰もいない。とにかく船までたどり着き、なんとかしてエンジンをかけさえすればいいのだ。操縦方法についてはあとから考えればいい。海峡を漂っているだけでも、この島に足止めされるよりはましだ。

ともあれ、雨はすでにやんでいた。斜面を下り切って木々がまばらになってくると、薄くなった雲の隙間にいくつも星が瞬いているのが見えた。マカティオでフェリーボートに乗りこむ前からもうずっと空に光を見ていなかった。空の光はメグに希望を与えてくれた。

ボートハウスにつながる木製の歩道はやはりまだじっとり湿っていたが、その日早くに表面を覆っていた滑りやすい水の層はすでに蒸発していた。闇のなかであっても、以前と違って足もとに不安はない。メグは片手でミニーの手をつかみ、もう片方の手には一組のキーを握っている。きっとうまく脱出できる。生きて無事にここを出られるだろう。

メグはT・Jの姿を何度も頭から追い払おうとしていた。彼女にほほ笑みかけたときに頰に浮かぶえくぼ。ふたりともこれからLAの大学に進学すると話してくれたときのうれしそうな顔。あの皮の厚い手に手を握られる感触。力強い腕が腰に回され、抱き寄せられ、そして、ふっくらしたやわらかい唇が狂おしいほどに唇に押しつけられる感覚。

「やめるのよ！」メグは声に出してしまった。

ミニーが足を止めた。「なんなの？」

「なんでもない」メグは彼女を肘で軽く押して、先を急がせた。「あと少しよ」

自分がまったくの大ばか者だったことを、メグはいまは考えたくなかった。T・J・フレッチャーが自分に恋している？　まさか、そんなのあり得ない。自分を利用していただけ。心のなかで願っていたとおりの甘い言葉をかけられ、まんまと引っかかるなんて、本当に情けない。いまやメグは彼の共犯者になってしまった。T・Jは彼女の恋心を利用して、自らの殺人の計画を推し進めてきたのだ。

彼の計画。それは一体どんなものだったのだろう？　メグは顔をしかめた。T・Jの言ったとおりだ。そこだけは腑に落ちなかった。なぜだろう？　なぜみんなを殺したのか？　彼とクレアのあいだには誰も知らない秘密の関係があったのか？　それは信じ難いが、それでもなんらかの個人的なつながりがあったはずだ。今回の殺人事件とそのやり口は百パーセント個人的な恨みによるものだったにちがいない。

目にじわっと涙があふれてくるのをメグは感じた。彼を愛していたのに、利用されていただけだった。

いま一度、メグは意識をしっかり集中しようとした。納得のいく理由がきっとあるはずだ。何か見落としているだけだ。でも、それは大事なことじゃない。いま考えるべきなのは、ふたりでこのいまいましい島から逃げることだけ。

ビビアンの遺体を覆うためにブルーシートが持ちだされたことを除けば、ボートハウスの内部はメグが去ったときのままだった。ランタンの明かりに照らされ、木造の船体がぼんやりと見えたので、船がいまもそこに無傷のまま係留されているとわかった。よい兆候だ。なにしろ、T・Jは屋敷のなかでありとあらゆる破壊工作を行っていたのだから。船の乗降口はいまも開いたままだ。メグはひょいと船に飛び乗ると、ミニーの手からランタンを受け取り、彼女が甲板までの隙間を越えて乗りこむのを助けた。

「オーケー」メグは言った。「こっちよ」操舵室にさっと入って、操舵輪の隣にある木製キャビネットの上にランタンと拳銃を置いた。「あとはイグニッションの鍵穴を見つけるだけで、やっと自由の身になって家に帰れるのよ」

ミニーは黙って入り口に立っており、両腕をしっかりと自分の体に巻きつけている――片方の手で肩を抱き、もう片方は腰に回している。寒さのせいか、それともショックを受けているからか、メグにはどちらとも言えなかった。

「心配しないで、ミンス」メグは自信に満ちた声を出そうとした。「あともう少しでここから出られるから」ポケットを探ってキーを取りだす。手のなかでキーをカチャカチャ鳴らしながら、メグは制御盤を調べて、イグニッションの鍵穴らしきものを探した。ミニーのというよりも自分自身の神経をしずめるために何かしらしゃべりつづけた。みじめな沈黙に比べたら、なんでもよかった。「あっという間に家に着けるからね。あとは警察がすべてやってくれる。わたしたち助かるのよ、ミンス。必ず助かる——」

「彼はあなただって言ったわ」

メグは制御盤から顔を上げた。操舵室の入り口に立っているミニーが、両手で拳銃を握りしめ、メグにぴたりと銃口を向けている。ひと目でわかるほどわなわなと震えており、汗をびっしょりかいているのが薄暗いなかでも見てとれた。

「彼はあなただって言ったわ」ミニーが重ねて言う。「あなたがみんなを殺したんだって」

「T・Jが？」

「あなたはわたしを妬んでいるんだって、彼は言ったわ。だからわたしの友だちのふりをしてただけだって。だからあなたはわたしを見捨ててLAに行くんだって」

メグはいらだちを抑えきれなかった。いまはそんな話をしている余裕はない。「ミニー、その話はもう終わったはずよ」

「あなたはわたしを殺そうとするって、彼は言ってた」

「ミニー！」拳銃を発射したせいで、頭までアドレナリンが駆けのぼっていたのだろうか。いきなり、自分の胸をぴたりと狙っている武器への恐怖よりも、怒りのほうが勝っていた。「ミニー、あなたをずっと助けてばかりいたじゃないの？　いつだってそうよ。あなたのそばにいた。ほとんどいつも、わたしだけがね」

ミニーは聞こうとしない。「それから彼があなたの日記を読ませてくれた。それでわかったけど……」嗚咽がこみあげ、その先が続かない。

「T・Jとわたしのことね」メグは彼女の考えを代弁した。「わかってる。本当のことを打ち明けるべきだった。だけど、あなたを傷つけたくなかったのよ」

「彼を愛していたのね」ミニーが単刀直入に言った。

「そうよ」

「なのに、彼を撃ったのね」

現実の悲しみが新たにメグを襲ってくる。全身がこわばり、胸が苦しくなる。「そうよ」

ミニーは乱れた息を吸いこんだ。「ほんとにごめんなさい」嗚咽まじりに言う。「ほんとにごめんなさい」

不安と疑念が入り交じったような嫌な感覚が、メグの首筋を伝っていく。「わたしを撃とうとしてるから、謝っているの？」

「全部わたしのせいよ。そもそもふたりでここに来ようとするなんて間違いだった。

彼の言うことを聞くべきじゃなかった」

「ミンス、いいのよ。T・Jはわたしたち全員をだましていたんだから」

ミニーは拳銃を下ろした。「T・Jじゃないわ」

メグの口のなかが不意にからからに乾いた。T・Jじゃない？「ミニー、一体全体どういうことなの？」

「T・Jじゃなかったのよ」ミニーが言った。落ち着いた、穏やかな声だ。「犯人は――」

カチリという音とともに空気が吹きつけてきた。続けて、ナイフが貫通して骨が砕けるようなバリッという音がする。金属らしきものが閃いたかと思うと、ミニーの青白い喉の皮膚が裂けて、血しぶきが飛び散った。

ミニーの眼球が飛びだしそうになる。彼女は拳銃を落とすと、ぱっと喉もとに両手をやり、首から突きだしている物体をかきむしった。

「ミンス！」

薄れゆく光のなか、血糊でてらてら光る、死をもたらす物体が、メグにははっきりと見えた。それは一本の矢だった。太い金属製の矢は、ネイサンの命を奪ったものとそっくりだ。ミニーの目がメグの目を見つめる。彼女の目には信じられないという色が浮かんでいる。ミニーは口を開きかけたが、悲鳴をあげることは叶わず、ただ、どろりとあふれだした血が彼女の唇からあごへと伝っていった。

ミニーがよろよろとメグのほうに近づいてくる。やがてひざが折れて、すっかり体の力が抜け、メグの腕のなかに倒れこんできた。メグはがくがく震えている彼女の体をそっと床に寝かせようとした。彼女の目は不安と恐怖のせいで狂気じみているようだ。

「ミンス、ああ、どうしよう。大丈夫。きっと大丈夫よ」何をするべきなのだろう？　矢を抜いたほうがいい？　マウス・ツー・マウスで人工呼吸をするべき？

ごぼごぼと血を吐き、咳こみながら、ミニーは何か言おうとした。もがくように腕を伸ばして、メグを引っ張り寄せる。助けを求め、懇願するような目でこちらを見ていた。

「ミニー？　ミニー？」ああ、そんな、どうしたらいい？　メグの目に涙があふれてくる。助けを呼ぼうにも誰もいない。誰にも助けてもらえない。あとひと息で無事に脱出できたのに。あと少しなのにここですべて終わってしまうなんて。「ミンス、しっかりして！」

そのとき、ミニーの全身の動きが止まった。まるで肺が一気に何リットルもの血液を吸いこんだかのように、ゴボゴボと低い音を喉から漏らした。白目をむき、口から血を流している。ミニーが手足を硬くこわばらせ、全身を激しく痙攣させたので、メグは両手でなんとか彼女の肩を押さえるのが精いっぱいだった。ミニーは船の甲板を足で蹴り、身をのけぞらせた。それからひとつ大きく身震いしたかと思うと、メグの腕のなかで絶命した。

メグは嗚咽を漏らしそうになるのをこらえた。親友が死んだという事実を受け止めようにも、いまはそんな時間はなかった。

「哀れな死に方だね」声が聞こえた。「自分が吐いた血にまみれて死ぬなんて、あまり愉快なものじゃないだろうな」

悲しみをのみこみ、メグは立ちあがった。その声には聞き覚えがある。だが、まさかそんなはずはない。あり得ない。

振り返ると、ボートハウスの床に立つ人物の、日に焼けたブロンドの頭部が目に入った。こちらに笑みを向けている。

ベン。

35

「あなたなの？」

ベンがにっこりと笑った。「ぼくだよ」

「そんなのあり得ない。だってあなたは——」

「死んだ？」

メグはうなずいた。急激に喉が渇いてくる。

「ああ。そうじゃなかったけどね」

彼の口ぶりは無頓着で、淡々としてまったく感情がこもっていない。まるでX－MENシリーズの最新作の感想や昨夜のシアトル・シーホークスの試合結果でもしゃべっているかのようだ。ボートハウスの板張りの床の上に立つその姿は黒ずくめだ——長袖のシャツ、手袋、細身のジーンズ、それにブーツ。左腕でクロスボウを抱えており、ランタンの弱い光のなかでもメグには彼の右手にきらりと光るものが見てとれた。もう一本の矢。彼はその矢をつがえようとした。

「すべてあなたがやったのね」メグは言った。

ベンが肩をすくめた。「ふん、バレていたか！」

ようやく、パズルのすべてのピースがぴたりとはまっていく。ベンは自分の死を偽装した。そうしておけば、誰にも見とがめられずに全員を殺すことができただろう。ネメシス号から無線機とペンキを盗んだのも彼だった。手すりに細工したうえで、メグたちのあとを追ってボートハウスへ行くようにビビアンをそそのかしたのかもしれない。テラスから聞こえた足音も彼のものだった。完璧な計画だ。

メグの表情を見て、彼女がすべて悟ったとわかったのだろう。「すごいだろ？」ベンがにっこりと笑顔を見せた。

メグはぞっとした。ベンは明らかに鼻高々といった様子だ。

「きみはぼくが思ったよりも利口だったね。危うく二回、きみに見つかるところだった。一回目は、きみがインターネットへの接続を試みたときだ。ぼくは電話線を切断しておいたが、インターネット回線のほうはうっかりしていた。きみは作家志望だからノートパソコンを持参するだろうにね。それでぼくはミニーにバスルームに行くと伝えて、それからローリの寝室の窓から身を乗りだしてインターネット・ケーブルを切ったんだ。どうやらぎりぎり間に合ったようだ」

メグがパソコンを取りに行ったとき、ベンがミニーと一緒に部屋にいなければ、ひょっとするとほかに誰も死なずにすんだのかもしれない。そう考えると、メグは吐き気がしてきた。

「次はネイサンとケニーを殺したあとで」ベンが続ける。「屋敷に戻ってきたところをきみに見つかりそうになった。間一髪で書斎に逃げこんだよ。ローリの遺体の下に隠れたんだが、はっきり言って気持ちのいいものじゃなかったね。それからミニーが悲鳴をあげているうちにこっそり裏口からそとに出て、テラスの壁から自分の寝室の窓までのぼったんだ」人さし指を振ってみせる。「楽じゃなかった。きみのせいでね。それでも」ベンがほほ笑んだ。「ぼくの勝ちだ」

ベンの口調に、メグは虫唾《むしず》の走る思いがする。

ベンはクロスボウを肩にかついで、もう片方の手を腰に当てた。「でもね、残念だよ。本当は、最後はきみたちが相手を殺して自分も死ぬっていう筋書きを望んでいたんだ。きみがミニーを、あるいはミニーがきみを殺してからね。どっちでもいいんだけど」ベンがミニーの死体に視線を落とした。「結局のところ、彼女はぼくの予想よりもう少しきみに強い絆を感じていたらしい。嫉妬心に悩み、薬も服用できてなかったのにね」

メグははっと息をのんだ。「あなたが薬を盗んだのね」

ベンが頭をうしろにそらした。「もちろんだとも！　とことん正気を失い、錯乱状態におちいってもらいたかったから、一週間前に薬を盗んでおいたんだ。ミニーが両親と一緒に教会に出かけた隙に彼女の家に忍びこんで、砂糖錠にすり替えておいた。そうすればここに来るころにはすでにすっかり支離滅裂になってるはずだからね。それに、彼女のキャリーバッグから薬瓶を盗んだのは、さらに追い打ちをかけるためだ。ほら、きみのせいにできるから」

メグはぐっと歯を食いしばった。可哀想なミニー。一週間ずっといらいらして怒りっぽく、落ち着きがなかったのも無理はない。

「坂を転がり落ちるようにどんどんパラノイアにおちいっていくミニーの姿を眺めているのは、この週末のぼくの楽しみのひとつだったな。それから、きみにわかってほしいんだけど」再び心配そうな声を装って、ベンが続ける。「きみがあのつまらない彼氏をあそこで撃っただろ。おかげで、ミニーがきみたちふたりともを殺すという筋書きは実現しなかったけど、それを完全に補ってあまりあるものを見せてもらえた。あれは最高だったね」

メグの背筋に冷たいものが走り、パニックに襲われそうになる。T・Jはまったくの無実だったのに、自分の手で殺してしまった。銃口を突きつけられたときの彼の表情が思い浮かぶ。彼はメグに懇願していた。自分を信じてくれと彼女に哀願せんばかりだった。それなのにメグは彼が犯人だと信じこみ、すっかりおびえきっていた。彼の話をちゃんと聞くべきだった。自分のせいでT・Jもミニーも死んでしまった。

そして、何もかもベンの仕業だったのだ。

パニックは怒りに変わった。メグは彼に飛びかかって目玉をえぐりだし、素手で喉を絞めあげてやりたかった。金属製の手すりをいまにもポキッと半分に折れそうなほど強く握り締めたものの、メグはそこにじっと立ちつくしていた。動けない。行動できない。やはりいつもと同じだ。

ベンがおかしそうに笑った。「何かしたい。でも何もできない。きみはいつだってそうなんだよ。頭のなかで考えてばかりで、実際に何かするとなると、てんでだめなんだ。そこはいつも他人任せなんだよ」

首から顔までかっと熱くなりかけたが、メグは必死にこらえようとした。赤面してしまい、図星だと思われたくなかった。

「そうだろ？」彼が笑った。

悔しい。

相手の落ち着き払った声音に、メグはぞっとした。この男は最初から最後までずっとみんなを思いのままに操ってきたのだ。次はどう出るつもりなのか？　考えなければ。相手の一歩先を行かなければ。それだけが自分が生き延びる唯一のチャンスだ。

「そうそう、最初に言おうと思ってたんだ――きみが九番目になってすごくうれしいよ」ベンが言った。

なんとか声を出さなければ、とメグは思った。ベンはしゃべりたがっている。自分の胸糞悪い天才ぶりを自慢したがっているはず。よし、それならそうさせてやろう。あいつがしゃべっているうちは、メグは生きていられるのだ。彼女はにわかに、どうしても生き延びたくなった。死んでいったミニーやT・J、ほかのみんなのためにも、このゲームに勝たなければならない。

なんとしても勝つのだ。

ベンがこのまま逃げ切るなんて許せない。

「ど――どうして？」言葉に詰まりながらも、メグは問いかけた。「どうしてわたしたちが？」

「そう、理想的には、ぼくのこの週末に思い描いた計画のなかで、きみとミニーが八番目と九番目になるはずだった。きみは謎を解いていったよね。ぼくが残したヒントをもとにして……」

ヒント。メグははっとした。あの日記だ。

「そうとも、クレアの日記だよ。きみのものとそっくりに見えるように願ってたんだけどね。まあ、運よくうまくいったよ」

「わたしの荷物にまぎれこませたのね」

ベンが薄ら笑いを浮かべた。

「そして最後のページを捏造した。わたしが……思いこむように……」

「きみの彼氏が殺人犯だって思いこむように？　ほら、見事だろ？」

「あなた、頭がおかしいわよ」

「そう思いこんだほうがきっと楽だろうな。そうだろ？　ぼくはイカレてるから、こんなひどいまねをしたってね。だけど、そうじゃない。ぼくはそこにいるきみのかわいいお友だちよりもずっと正気なんだよ」

メグはふと視線を落としてミニーの苦しみにゆがんだ、血まみれの、命を失った顔を見た。涙が滝のようにメグの頬を流れていく。親友はもうこの世にいないのだ。

「ぼくはすばらしいシーンを頭のなかで思い描いていたんだけどさ」ベンが続ける。「まず、きみはぼくがみんなを殺してる張本人だと気づいて、ミニーにそのことを打ち明けようとする。だけど、ミニーは極度の疑心暗鬼におちいり、すっかり正気を失っているから、とにかくきみを殺してしまう。そして自分もあと追い自殺するっていう筋書きだったんだ」ベンはため息をつき、かぶりを振った。「残されたぼくは十番目、つまり勝者になる。きみが犯人だとほぼ完全にミニーを納得させられていたのにな。たぶん、こういう結末を迎える最後の最後までね。まあいいか。相手を殺してから自殺するっていう筋書きどおりにはならなかったけど、彼女がきみに銃を突きつけるのは見ていて面白かったしね」

メグは手の甲で頰の涙をぬぐった。ベンは一体いつから殺害計画を練っていたのか、そのことを考えるだけで胸がむかついてくる。胃が締めつけられ、吐き気をこらえねばならなかった。

「繰り返しになるけど、きみには驚かされたよ。でも、結局のところ、きみはすべての謎を解いたわけじゃなかったんだよね？」

「けっこういい線までいったわよ」やつにしゃべらせておくのよ、メグ。やつにしゃべらせておいて、そのあいだに逃げ道を探さなければ。「ここにいる全員がクレア・ヒックスとなんらかの関わりがあるところまでわかっていた。あなたはわたしたちが彼女を不当に扱ったと思っていて、彼女がされたのとまったく同じやり方でわたしたちを殺害していたのよ」

「きみらが彼女を不当に扱ったと思っていて？　思っていてだと？」ベンがわめいた。いきなり猛然とした口調で言い放ったので、メグは思わず一歩あとずさった。「きみら九人でクレアを殺したんだぞ。きみら全員人殺しだ」

「人のことが言えるの？」

ベンの吊りあがっていた黒い眉が下がった。「ぼくは人殺しなんかじゃない。制裁を加えているだけだ。正義の鉄槌をくだしてやってるんだ」

「正義？」メグはいま耳にした言葉が信じられなかった。「本当に？　じゃあ、クミコが科学の実験の失敗をクレアのせいにしたから？　それにローリがクレアに勝って合唱でソロを歌ったから？」

「クミコは科学の教師のところに行き、実験をやり直す許可を求めたんだ。今度はパートナーを抜きにしてだぞ。彼女はA評価をもらった一方で、クレアは落第点のままだった。だから、次の学期には変人や能なしばかりの補修クラスに放りこまれたんだ。それに、ローリがクレアに勝ったなんてとんでもない。あいつは嘘をついて、ソリストの地位を盗んだだけさ。ぼくの妹は――」

ベンははっと気づいたが、もう手遅れだった。彼が言いかけた言葉をメグははっきりと聞いた。「妹。ああ、そんな」

ベンは最後まで言わなかったが、その必要はなかった。メグの頭が回転し始める。彼女はベンの目を真っ向から見た。明るい青色の目、青白い肌、とがったあご。ああ、やっぱりそうだ。どうして気づかなかったんだろう？　髪の色に惑わされていたが、ベンの日に焼けたブロンドの髪を、もっと濃い色に、ほぼ真っ黒にしてみたら……クレアにそっくりだ。

「あなたはトムなのね」メグは言ったが、それは質問ではなかった。「あなたはクレアのお兄さんなのよ」

　ベンがぎくりとする。

「学校で起こった、ボビーの車のブレーキやティファニーの感染症といった事件も、あなたの仕業だったのね」またひとつ、メグは思い当たった。「だけど……本物のベンは。日記にあったブロンドの男の子。彼は――」

「自殺した夜、妹はあの日記をぼくに送ってきた」トムの声から嘘っぽい明るさが消えていた。いまやもっと低い、かすれてこわばった声だった。「そのとき悟ったんだ。妹の恨みを晴らしてやるべきだと。あの子はそもそもあんなんじゃなかった。明るくて元気な子だった。ルーズベルト校やマリナー校で、それにカミアック校でも、ただ学校生活に溶けこみたかっただけだ。妹は優しくて思いやりのある子だったのに、きみらがあの子から明るさを奪ってしまったんだ」

「それでベンも殺したのね」メグはクレアの日記でベンが、〝バーン〟といって彼女をあざけっていたことを思いおこした。マリナー校で発見された遺体。あれは、焼か《バー》れてい《ンド》た。「彼を殺して、なりすましていた」

「心配無用だよ。あいつもそれ相応の苦しみを味わわせてやった。きみらと同じようにね」

「こんなひどいことのどれが相応の苦しみだっていうのよ?」

　トムは肩をすくめてみせた。「クレアの日記にはメモがついていてね。〝連中がそれぞれどんなにひどいことをしたか、ひとり一人に思い知らせてやって、トム。全員、ひとり残らずよ〟と。だからぼくはそのとおりにしてるんだ。きみらに思い知らせてやってる」

「彼女が自殺したのはわたしたちのせいじゃない」

「おまえたちが妹を殺したんだ！」トムが怒鳴った。「そうだとも。おまえらが妹を殺した。クレアは特別な子で、繊細で、素直でお人好しで。それなのにおまえらがあの子を殺した。おまえら全員で」

「そんなふうに考えるなんておかしい」

「ぼくにはわかる」彼の声はいまや震えていた。その声には感情がにじみでている。少なくともメグの言葉の何かが、相手の感情を揺さぶっていたのだろう。「あの子はおまえらの誰よりもいい人間だった。なのに、彼女のよさを誰も理解しなかったんだ」

「わたしは彼女のことなんて全然知らなかったのよ！」メグはさっと船のなかを見まわして、脱出路を探した。拳銃がちらっと目に入る。矢に射られた瞬間にミニーが落としたらしく、主甲板へ下りる階段のそばの、彼女の流した血だまりのなかに残されていた。また涙があふれそうになり、メグはぎゅっと目を閉じてこらえた。これではミニーは犬死にだ。ヘンリー島で起きた事件の真相を当局に伝えられるのはメグひとりだけだった。メグはまぶたを開いて、もう一度、拳銃に視線を走らせた。あれを手にすることができれば……。

「動くんじゃないぞ」トムが怒鳴った。クロスボウを肩から下ろして、真っすぐに彼女に狙いをつける。「銃を取ろうなんて考えるなよ」

自分のなかで希望が消えていくのをメグは感じた。ここまでだ。これで終わりだ。それでも、恐怖を顔に表して、相手が満足するのだけは許せなかった。

メグは挑むようにつんとあごを突きだした。「このまま逃げ切れると思わないで」

「メグ」ベンが言う。「ぼくはもう逃げ切れたんだよ」

36

メグは超能力者でも霊能力者でもない。直感的な人間や神がかり的な人間でもない。しかし、トムの視線や動きからその意図に気づいた。彼の指が引き金を引くその瞬間には、体が動いていた。考える暇などない。論理的な計画を立てる余裕などない。右のほうへ身を躍らせ、操舵室に飛びこんだ。ビュンと矢が飛んでくるのがわかる。メグの頭のほんの数センチ先をかすめていった。横ざまに床に倒れこんだとき、矢が扉の木枠に突き刺さる音が聞こえた。

相手が一発で仕留めるつもりだったのが幸いした。向こうがメグの頭を狙っていなければ、矢が命中していただろう。

トムが悪態をついた。

彼がクロスボウを床に放りだしたのが音でわかった。矢が切れたにちがいない。よし、チャンスだ。動かなければ。

メグは跳ね起きて、操舵席に駆け寄った。キーはいまもイグニッションにさしたままだ。死に物狂いでエンジンをかけようとする。そのあいだにも心のなかで、この先ずっと死ぬまで毎日ママについて教会へ行きますから、どうかこのいまいましいエンジンをスタートさせてください、と祈っていた。

「下手に悪あがきをすればするほど」トムが言う。「痛い思いをするはめになるんだぞ。嘘じゃない。さあ、おとなしく出てきて、ぼくに撃たれるんだな」

船が揺れるのがわかった。

どうしよう。あいつが乗ってきたんだ。

メグはぱっと振り向いて必死に隠れ場所を探したが、そのとき一発の銃声がとどろいた。とっさに床に伏せた瞬間、操舵室の丸い舷窓が粉々に割れた。ガラスの破片が甲板に飛び散る。しまった。拳銃のことを忘れていた。

メグは操舵席のうしろにうずくまって、可能な限り冷静に考えようと努めた。自分を殺そうとしている頭のイカレた奴のことはいったん忘れよう。ふと操舵室のそとを見ると、甲板に命が尽きて横たわっているミニーの体の黒い輪郭が目に入った。メグは降参したくなった。もうあきらめてしまいたい。

だめよ！　メグはぶるっと身震いして、必死に頭をしゃんとさせようとした。集中しなさい、メグ。

選択肢はふたつある。ひとつ目は、操舵室から階段を下りて船室に入ること。それが手っ取り早く確実な逃げ道だ。しかし、トムがおそらくそこまで追ってくるはずだ。いったん暗い甲板の下まで追いこまれたら、もはや逃げ道はないだろう。もうひとつの選択肢は、操舵室の右舷側のドアからそとに出ることだ。メグの記憶が正しければ、ドアは船の船首部分にあるバルコニーにつながっていたはず。トムが船室に下りていけば、メグは主甲板に身を伏せてやりすごし、彼に気づかれないうちに逃げられるのではないだろうか？　ここは一発やってみよう。

メグは思わず身をすくめた。〝一発〟だなんて縁起でもない。

できるだけ素早く、音を立てずに操舵室の床を這っていった。割れたガラスの破片が手のひらやひざに刺さって、肌深くに食いこんでくる。思わず悲鳴をあげそうになり、唇をぎゅっと噛んだ。操舵室内の一メートルの距離が、メグには何キロメートルにも感じられる。右舷のドアにたどり着くころには両手両脚とも血まみれになっていた。そっと掛け金をはずして、ほんの少しだけ金属製のドアを押してみる。メグにとってはもっけの幸いだったが、ドアは蝶番《ちょうつがい》がきしむことなく静かに開いた。ためらうことなく、メグはバルコニーにするりと抜けだして、それからうしろ手にドアを慎重に閉めた。

ちょうどそのときだった。ドアを完全に閉めたところで、ザクザクという足音がした。ブーツでガラスの破片を踏みしめる音だ。

メグは息もつけない。片手で取っ手を握ったまま、慌ててドアの反対側でしゃがみこんだ。トムに見られただろうか？ ドアが閉まるのを見られただろうか？ 耳のなかで心臓がドクンドクンと激しく脈打っており、トムにもその音が聞こえてしまいそうな気がする。メグは待った。心のなかでは、いまにも弾丸が発射され、頭上の窓が粉々に割れるのではないか、あるいはトムが突進してきて、彼女がもたれかかっているドアがバンと開けられるのではないか、と半ばおびえていた。脚がひりひりする。手のひらは汗と血にまみれてズキズキと痛んだ。

ザク、ザク、ザク。それから、足音はやや鈍い音に変わった。ドン、ドン、ドン。やつは階段を下りている。

やった！

トムのくぐもった足音が遠ざかり、聞こえなくなるやいなや、メグはさっと体を起こした。

身をかがめて窓の下に頭を引っこめながら、つま先立ちになって操舵室の前方へ回っていく。このまま船の左舷までたどり着けたら、きっとボートハウスの床に飛びおりられるはずだ。そのあとはただ走ればいい。ひたすら走りつづけるのだ。メグの計画はそこまでだった。

操舵室の前方まで回りきったちょうどそのとき、突然、暗闇から銃声が聞こえた。

とたんに頭上の窓ガラスが砕け散る。メグは悲鳴をあげた。両腕で頭を覆い、頭上から降ってくるガラスの破片から守りながら、操舵室の手前までさっと引き返した。いったい何発、発射されたのか定かではないが、次に聞こえたのはカチッという虚ろな音だった。

弾切れだ。

やっと。これでやっと、少しはこちらの計画どおりにいくだろう。

「くそっ」船のどこか後部近くから、トムがののしった。メグのいる場所とボートハウスの暗がりの安全な場所のちょうど中間にいるらしい。

メグは操舵室の手すりを乗り越えて、すぐ下の前甲板におりた。船首には、小型の救命ボートが上下を逆さにしてラックに格納されている。メグはその下に這いずりこみ、とがった船首のところの、錨を水中に下ろすウインチのうしろに無理やり体を押しこんだ。しかし、こんなわかりやすいところに隠れていたら、すぐに見つかってしまうだろう。どうするか考えなければ。

暗闇のなかを手で探ってみる。何か武器になりそうなものはないか？　太いロープを巻いたもの、錨につながれ、ぴんと張った鎖、舷墻《げんしょう》にぶら下げてある救命具。ロープで羊をつなぐとか船から海に飛びこむつもりでもない限り、役に立ちそうになかった。ついてない。

だが、足音が隠れ場所に近づいてくるかと思いきや、またしても船の重心が動いて、やや船体が傾くのがわかった。トムが船からおりたのだ。カチャンという音とうめき声が聞こえ、それからトムがしゃべりだした。「ぼくは本気だぞ、メグ」息を切らしているらしい。「さんざん苦しませてやるからな。そこの、きみのかわいいお友だちのあとなんだから、誰よりも苦しんでもらわないと」

メグは救命ボートから顔をのぞかせ、暗闇に目を凝らした。あいつは何をしているんだろう？　「どういうこと？」

「おまえはあの場にいたんだ。わかってるだろ」

船の甲板に水でもかけているような、バシャバシャという音がする。それから、鼻を突く臭いがした。ガソリンだ。

メグを焼き殺すつもりなのだ。

一瞬、絶望に襲われ、メグは自分がいっそミニーだったら、死んで甲板に横たわっているのが自分だったらよかったのにとさえ思った。いいえ、そんなことを考えてはだめよ。焦ってはいけない。なんとか逃げる方法を見つけなければ。とにかく考えなければいけない。

そしてトムがしゃべり続けるように仕向けないと。

「ねえ、なんのゲームをやってるつもりか知らないけど」精いっぱい虚勢を張って、メグは言い放つ。「わたしにはどういうことかさっぱりわからないわね」

メグは隠れ場所から這いだした。操舵室に残されたランタンの弱々しい光を頼りに、船の舷側から下をのぞきこんだ。右舷の手すりとボートハウスの壁とのあいだにはほんの数センチほどの隙間しかないが、船首の内側に湾曲したあたりだと、ことに波のうねりの合間にはもう少しスペースができる。ちょうどいいタイミングを狙えば、たぶん、船と壁にはさまれてぺしゃんこにされずに水中に飛びこめるだろう。そうすればボートハウスの下を泳ぎ抜けて、再び陸に上がれるかもしれない。おそらくは。

そうするよりほかにチャンスはない。

「いいだろう」トムが言う。彼の声にはいらだちがにじんでいる。「おまえの不完全な記憶をちゃんと呼び覚ましてやるよ。ホームカミング・デーの夜のことだ」

ホームカミング・デー？　またその夜のことなのか。もしかしたら、やはりすべて自分のせいなのだろうか？　T・Jと一緒にダンス・パーティーに行っていたら、ミニーはクレアに襲いかかったりせずにすんだ？　いまやみんな死んでしまった。クレア、ミニー、T・J、そしてきっとメグ自身も。自分が親友ときちんと向きあうことを恐れたばかりに、何もかもこんなことに。

トムがライターをつける音がして、ボートハウス全体がオレンジ色の光に照らされる。救命ボートの横からのぞいてみると、トムは手製のたいまつを持って立っていた。

自分のシャツをオールに巻きつけ、ガソリンに浸したものだろう。メグにとってはもはや時間切れのようだ。

「おまえやミニー、おまえらの知性に劣ったデート相手たちにとっては、あの夜のことはさして重要でもなくて、ほとんど記憶に残ってないんだろうが、妹にとっては心臓を矢に射抜かれるようなものだったんだぞ。おっと、駄じゃれで失礼」

「そういうのは駄じゃれとは言わないけど」メグは口走った。どうにもこらえきれなかった。つい口から出てしまった。ジャンヌ・ダルクみたいに火あぶりにされるところだとしても、メグはいかにも被害者然としているのに飽き飽きしていた。ここから出るなら、元気よく軽快な足取りで出ていきたい。

「だまれ！」トムがわめいた。

その調子よ、メグ。怒った人食いライオンを棒でついてやればいい。それでもトムはしゃべり続けている。メグにとっては、波のうねりのタイミングをはかって船から水中に飛びこむチャンスがまだ十分あるわけだ。相手を引きとめておけばおくほど、逃げるチャンスが多くなるはず。

「どうなのかな」たいして関心がないふりをして、メグは返した。「だって、わたしたちがみんな間抜けだったら、皆殺しにするのもたいして難しくないよね」

トムが笑い声をあげる。「難しくはないさ。だが見事な計画だった。わかるか？

何カ月もかけてこの計画を練りに練ったんだぞ。屋敷の準備を整え、おまえら全員をここにおびき寄せ、テイラーズ夫妻を始末して……何もかも正義のためだ」

「テイラーズ夫妻は関係ない」メグは反論した。「夫妻もクレアから合唱部のソリストの地位を盗んだとでも言うの？」

「巻き添え被害ってとこかな」トムが答えた。

「夫妻の家族はそんなふうに思わないはずよ」

「やむを得なかったんだ。でないと計画がうまくいかなかった。細部までこだわって、不測の事態にも対処できるように準備してきたんだ。ぼくがこの手でね。ミスター・ローレンスになりすまして電話をかけたのは誰だい？　ぼくだよ。ぼくが屋敷を抜けだしたのに誰も気づかなかった。寝室の窓からそとにおりて地峡を渡り、十五分で戻ってきたんだ。ジェシカとその友人たちが今週末によそのパーティーに全員招待されるようにはからったのは誰なんだ？　そうとも、ぼくはそこまで念には念を入れたんだぞ。おまえたちの誰かが彼女にパーティーの話を持ちだしても、ああ、あのパーティーのことだなって彼女は思いこむはずだろ。それから、ジェシカのフェイスブックのアカウントをハッキングしたり、タラの携帯電話の番号をでっちあげてクミコを招待したり、みんなのビールに睡眠薬を混ぜておき、ローリの殺害のときには全員が眠っているように仕向けたりね」

「えっ？」

「まさしくそうだ」トムは笑った。「見事な計画だろ？」確かにそのとおりだ。「彼女の遺体を引っ張りあげて垂木から吊るすあいだに、誰かが起きてきたらまずいからね。そうだろ？ ぼくは何もかも見越していたんだよ」

完璧なながにひとつだけ穴があることにメグは気づいた。トムの分厚い、いまいましい鎧に亀裂が見つかったのだ。「何もかもってわけじゃない」

「なんだって？」

「あなたは何もかも見越していたわけじゃない。ひとつだけ、すごく大事なことを見逃していた」

「まさか、それはないね」

「いいえ」メグはふっと笑った。「ホームカミング・デーの夜、わたしはそこにいなかったのよ」

「いや、おまえはいたさ」

「いなかったわよ。悪いけど」

「おまえがそこにいるとクレアは言ったんだぞ」このとき初めて、トムはやや自信なげな声で言った。「これからおまえとT・Jとに直談判しに行く、とぼくに話していたんだ」

「彼女はそのつもりだったのかもしれない。でも、あの日の朝、わたしはT・Jに断りの連絡を入れた。それでずっと家にいたのよ。そこにはいなかった」

沈黙。さすがのトムもまさかこういう結果になるとは想定していなかったらしい。だからといってそれで事情が変わるわけでもない。彼がメグを逃がしてくれるはずがない。テイラーズ夫妻の件でも明らかなように、トムは妹の復讐のためならなんの罪もない人たちであろうと喜んで殺害するだろう。メグは船の揺れに意識を集中した。チャンスはこれっきりだ。

「なんだっていいさ」トムが言った。「おまえもあいつらの仲間だから同罪なんだよ」

すごい理屈だ。頭がおかしい。メグは片脚を上げて手すりをまたいだ。成功するかどうかわからないが、火だるまになるよりも船の舷腹で頭を叩き割られるほうがまだましだ。息を吸って、冷たい水に飛びこむ心の準備をする。

トムが咳払いをした。「もう十分だろ。メグ・プリチャード、そろそろこの世にお別れするときが――」

それをさえぎるように大きな声がとどろいた。「彼女から離れろ！」

37

メグが船の左舷に大急ぎで回ってみると、ちょうどT・Jがトムに体当たりするのが目に入った。さながらディフェンシブエンドがクォーターバックをタックルするみたいに、肩から相手の腹にぶつかっていた。

「T・J！」メグは叫んだ。胸のなかで心臓が激しく打っている。信じられない。T・Jが生きていたなんて。

トムも同様に驚いたらしい。まさかこの島にほかに誰かいるとは思ってもみなかったのだろう。体当たりされた衝撃で、一瞬、トムは息ができなくなったようだ。跳ね飛ばされたときに、たいまつが手から落ちた。ふたりが山積みのガソリン缶に突っこみ、うめき声をあげるのがメグの耳にも聞こえた。

T・Jは缶の山の横側から、床にガソリンがたまった場所まで転がった。片腕だけで体を起こして立てひざをついた。もう片方の腕は胸のほうに回されたままだ。セーターの鎖骨近くのあたりに大きな黒っぽい染みが見える。ああ、そうか。メグは銃の狙いをまったくつけられなかったのだ。弾は彼の肩に当たったにすぎない。メグは彼に傷を負わせたが、殺してしまったわけではなかったのだ。

トムがぱっと立ちあがって、T・Jに襲いかかろうとする。メグは叫ぶだけで精いっぱいだった。

「危ない！」

しかし、T・Jはけがのせいで弱っていたにちがいない。メグの警告にかろうじて顔を上げたものの、トムの強烈なキックをみぞおちに食らい、体全体が宙に飛ばされてしまった。

「やっぱり脈を確かめておくべきだったな」トムが怒鳴った。

T・Jがよろよろと立ちあがった。「死んだふりをしていたのさ」あえぎながら言う。横を向いてぺっと唾を吐いた。「屋敷のなかで誰がまだ生きているのか、知りたかった。これからどいつをやっつけてやるか、確かめたかったんだ」

T・Jは殴りかかったが、トムにあっさりとかわされてしまった。最初の一撃で奮い起こしてみせた力は、もはや尽き果ててしまったらしい。トムの顔を殴りそこねたT・Jは、なんとか体のバランスを保とうとする。そのとき、トムが彼のあごにすさまじい反撃のパンチを浴びせた。

T・Jはよろめいて、ボートハウスの壁にもたれかかったかと思うと、がっくりと床にひざをついた。トムがすかさず飛びかかる。T・Jのこめかみのあたりを殴りつけた。何度も繰り返して。

「もうタフガイじゃないな？　もう大男のタフガイじゃないよな？」

T・Jは応戦しようとしたが、すでに体力を消耗しつくしていた。トムが体を起こした。カンテラの揺らめく弱い光のなかで、彼がにんまりするのがメグにも見えた。

「妹にこれを見せてやりたかったよ。みじめったらしい姿だ」

立って、とメグは一心に祈った。立ちあがって、T・J。お願い。

だが、彼は立ちあがらない。トムが片手をポケットに入れた。ライターのカチッという音が聞こえる。彼はライターの火を顔の前にかざした。「バイバイ、ミスター・フットボール」

まるでスローモーションのように時が流れる瞬間があるという。突然、物事がはっきりと見えはじめ、何にも邪魔されずに正しく認識できる、そんな瞬間が。トムがライターを手にしてT・Jを見おろしているのが、メグには見えた。トムはメグの目の前で親友を殺し、大勢の命を奪った。メグを操って彼女が愛する人を殺害させようとした。もうこれ以上奪われてなるものか。メグはここに突っ立ったまま、あの男が勝利するのをただ眺めているつもりはない。

彼女のなかで何かがプツンと切れた。

うなり声が聞こえた。はるか昔の原始的な、ぞっとするような叫び声。メグの喉から発せられた声にちがいないが、自分でもよくわからなかった。と同時に、片足を舷墻にのせると、メグは自分でも信じられないほどの力でもって船から身を躍らせ、トムに襲いかかった。表面下で沸き返っていた怒りや憤りがあふれだす。トムの背中にまともに体当たりして、ふたりとも床に倒れこんだ。

メグはトムの手首をつかんだ。ライターはいまも火がついたままで、とにかくそれをT・Jから遠ざけることしか頭になかった。ふたりはボートハウスの板張りの床の上を転がっていった。そのあいだにメグはなんとか相手の手からライターをはたき落とすことができた。ライターは宙を飛び、船の甲板の上に落ちた。

ガソリンをたっぷりまかれた後部甲板は、瞬く間に炎上した。火は左舷側の通路へと一気に燃え広がり、さらに操舵室への短い階段、湾曲した船首部分へと炎が走っていく。

メグは立ちあがろうとしたが、トムのほうが素早かった。体を起こす前にトムが上からのしかかってきて、彼女の首に両手をかけた。「苦しませてやると言ったはずだ」彼の長い指が喉に食いこみ、息ができなくなる。

メグは指を引きはがそうとしたが、相手の力はすさまじく強い。両腕を伸ばして、何か武器になるものを探そうとする。肺が焼けるようだ。トムに首をもぎとられるような恐怖を覚えながらも、メグは無我夢中で手を伸ばし、心のなかで奇跡を祈った。

手が何かに触れた。冷たい金属製の何か。ガソリン缶だ。

最後の力を振り絞ってぐいと右に体をねじると、メグはガソリン缶の取っ手をつかんで持ちあげ、トムの頭部を殴りつけた。

トムがうっと声を漏らした。喉を絞めあげる手の力が弱まり、メグはやっと息がつけた。もう一度、今度はもっと強く、ガソリン缶で殴りつける。トムが首をすくめ、やや身を引いた。いまがチャンスだ。メグは相手との体のあいだに片ひざを立てると、みぞおちを思い切り蹴りあげてやった。

トムの体は弾き飛ばされ、船のほうへよろよろとあとずさっていく。船はすでに炎に包まれていた。強烈な熱のせいで、ボートハウスの屋根もすでに燃えあがっている。火のついた屋根瓦が、メグたちの立っている板張りの船寄せに落下したとたん、こぼれたガソリンに火がつき、炎が躍った。トムが先ほど半狂乱になって船にガソリンを浴びせたため、炎がその痕跡を伝って一気に床に燃え広がっていく。メグが気づいたときには、トムはとうに炎に囲まれていた。目の前のメグと背後の燃える船体とのあいだに閉じこめられ、身動きがとれなくなっている。

メグはじりじりとうしろに下がった。トムは炎の壁を突き抜けようとするが、彼の服には大量のガソリンが染みこんでいたにちがいない。真っ先にシャツの袖に火がつき、それからジーンズの脚の部分も燃えだした。彼は手袋をはめた手で叩いて火を消そうとするが、逆に火の回りが速くなっただけだ。

ぞっとするような一瞬、トムと目が合った。その顔には悟ったような表情が浮かんでいる。おのれの死を甘受した人間の顔つきだ。だが、そこに恐怖は感じられない。いや、むしろ、トムはこちらに向かってほほえんだ。それから、悠然と炎の壁を抜けたかと思うと、腕を伸ばしながら、メグのほうに近づいてきた。

彼女を道連れにするつもりなのだ。

懸命に逃げ道を探しながらあとずさっていくうちに、メグの足が何かに当たった。トムがたいまつに仕立てたオールだ。床からそれを引っつかんで、トムに駆け寄る。オールで猛然と胸を突いてやると、トムがうっとうめいて肺から空気が押しだされるのがわかった。最後に渾身の力を振り絞って、炎の真ん中へ押し戻してやった。

トムがよろめき、全身が炎に包まれるや、腕をばたばたさせた。足がもつれて、ひときわ激しく燃え盛る船体のなかへ仰向きに倒れていく。甲高い絶叫が聞こえた――苦痛というよりも憤怒のそれだろう――やがてトム・ヒックスは炎の壁にのみこまれ、姿が見えなくなった。

やった。メグはT・Jと自分自身を救った。勝ったのだ。

ボートハウス全体が炎にのみこまれるなか、メグはT・Jを床から助け起こすと、半ば抱き抱え、半ば引きずるようにして夜の闇のなかへ連れだした。

38

メグは身震いして、薄い毛布を耳もとまで引きあげた。

「寒いのか?」T・Jがたずねる。

「ううん」メグはごまかした。彼のほうに視線を落としたが、暗くて顔はほとんど見えない。「ちょっと疲れただけ」

「きみはひどい嘘つきだな」

そのとおりだ。メグは異を唱えようとはしなかった。凍えるほど寒いのに、そんなそぶりをみじんも見せないようにしている。メグは顔を上げて、夜の闇のなかをじっと見つめた。いまはとにかく前向きに考えなければ。それに第一に、ふたりともまだ生きている。ただし、T・Jの肩にはまだ弾が入ったままで、出血もかなりひどかったのだが。いいえ、前向きに考えるのよ、とメグは自分に言い聞かせた。そう、ふたりともまだ生きている。

第二に、雨があがっていた。ふたりはぐしょぐしょに濡れた桟橋にすわっており、夜の冷気から身を守るものは薄っぺらい毛布だけだったが、それでもよかった——もはや雨は降っていない。助かった。

ふたつのプラス面に意識を向けて、メグはおぞましい出来事から気をそらそうと試みたが、むだだった。親友が亡くなった。無残で、無意味な死に方だった。メグは彼女を救えなかった。つまるところ、救えたのはT・Jだけで、それすらなんとかかろうじてという有り様だった。

あのあと、ボートハウスの燃えさしが完全に消えるまで、ふたりはしばらくすぐそばの岩場にすわりこんでいたのだった。そのほうがせめて暖かかったうえに、何よりもふたりとも屋敷に戻りたくなかったからだ。しかし、結局、メグは戻らざるを得なかった。屋外で一夜を明かすなら、T・Jの体を暖める必要があった。長居する気はなかったので、メグはリビング・ルームから毛布を数枚と、キッチンからアドビル（解熱鎮痛薬）の瓶を取るだけ取って、さっさと戻ってきたのだ。

それから、できるだけ刃渡りの長い、鋭いナイフを持ってきた。ボートハウスが焼けて崩れ落ちるなか、トムが火だるまになるのをメグは自分の目で見たのだった。それでもトムが死んだと完全に、すっかり信じこんだわけではない。

その後、メグとT・Jはのろのろと桟橋に向かって歩きはじめた。そのころには彼はすでにかなり衰弱していて、メグに全体重を預けるようにして寄りかかっていたが、桟橋に着くころにはメグにほぼ抱きかかえられる格好になっていた。

メグのひざの上でT・Jが頭をずらした。彼がうっと息をのむ音が聞こえる。体を動かすたびに肩に痛みが走るのだろう。

「痛みはどう?」メグはたずねた。正直な答えが返ってくるとは思えない。それに、息を吸うたびに絶えず激痛に襲われるんだと、彼の口から聞きたいわけでもなかった。

「そんなにひどくはない」食いしばった歯のあいだから、彼が言う。アドビルが効いているのかどうか疑わしいとメグは思った。

「嘘つきはどっちなの?」

メグは彼の額を手でさすった。彼がびくっとするのが感じられ、たちまち手を引っこめた。だが、彼の肌はじっとりと汗ばんでいて、熱があるのか、やけに体が熱いようだ。よくない兆候だった。

「あとはフェリーが戻ってくることを願うしかないな」T・Jが言った。

「フェリーなんてどうでもいいのよ」彼の頬をなでながら、メグは応じた。「島でのささやかなたき火は、沿岸警備隊にとって緊急ビーコン信号のような役割を果たしたと思うの。ロシュ港のどこからでも、炎が見えたにちがいない。日の出とともにヘリコプターがやって来るはずよ」実を言うと、メグはそうであってほしいと祈っていた。沿岸警備隊が来れば、T・Jは直ちに応急処置を施してもらえるだろう。

T・Jがぶるっと体を震わせた。「よかった」

一時間のうちにもう二十回目になるだろうか。メグは水平線に目を凝らした。空はわずかでも明るくなっているのか？　なんとも言えない。あまりにも長いあいだ暗闇を見つめつづけていたので、現実に夜明けが近づき、空にかすかに赤みがさしているのか、それとも強く願うあまりの目の錯覚にすぎないのか、判断がつかない。だが、真っ黒だった空に紫がかった色合いが混じりつつあるように見える。ついに夜明けが来たのだろうか？

「夜明けだ」T・Jが言った。彼はまぶたを閉じたままだ。

「わたしたち、やったのね」メグはT・Jの、彼女自身が撃ったほうの肩に触れないように注意しながら、彼の無事なほうの肩を毛布でしっかりくるんだ。目の錯覚ではなかった。空は紫色から群青色に変化し、まもなく淡い黄色の光の筋がじょじょに水平線に現れた。

「じきに家に帰れるのね」メグは言った。暗い夜のあいだずっと、とりとめもないことばかりしゃべっていた。本土に戻ったらやりたいこと。秋には大学に通いはじめること。ロサンゼルス。ビーチ。セレブたち。現実から気をそらせるためなら、どんな話題でもよかった。

「ああ」T・Jが言う。目をほんの少しだけ細く開けている。「だけど、ぼくらの一部はずっとここにとどまるんだろうな」

メグは思わずほほ笑んだ。「あなたってほんとは作家なんじゃないの？」

T・Jの顔にかすかに笑みが浮かぶと、両頰にいつものえくぼが現れた。メグは身をかがめて彼の唇に軽くキスをする。「あなたがいまも笑えてうれしいわ」体を起こしながら、メグは伝えた。

「ほら、笑わない理由なんてないだろ？　大勢の友だちが死んだし、きみに撃たれるし」

ミニーが亡くなったことを思いだして、メグはぞくっとした。親友が死んだ。目の前で殺されたのだ。最後にふたりで過ごした数時間はまるで悪夢のようだったし、お互いに伝えるべきことがたくさんあったのにそれも叶わなかった。メグは決死の覚悟でふたりともを救おうとした。いま、ミニーが死んで自分だけが生き残ったことにうしろめたさを覚えている。

T・Jもガンナーに対して同じ気持ちだったにちがいない。生き残った者の罪の意識が消えることはあるのだろうか？　メグが彼を撃ってしまったことは、もちろん言うまでもない。彼はいつか許してくれるだろうか？　メグはいつか自分を許せるだろうか？

自分がやったことをメグはいくらでもうやむやにしてしまえただろうが、T・Jには包み隠さず率直に話しておきたかった。「あなたを殺すつもりで撃った。あなたが殺人犯だと思ったのよ」

「ぼくら全員が容疑者だったんだよ」

「そうなの？　わたしが犯人だと思っていた？」

「いや」T・Jは声を立てて笑ったが、それはじきに弱々しい空咳に変わり、苦しげに体をよじった。

「ほらね？　つまり、わたしがこの地球上で一番ひどい人間だということよ」

「メグ、きみはやつにそう信じこまされたんだ。あいつはつねにぼくらの一歩先を行ってたんだよ」

「そうね」メグは自分がT・Jを殺そうとしたという事実を頭から振り払うことができない。それは到底乗り越えられない障害のように思われた。「でも、わたしは相手の策略にまんまとはまってしまった。それはひとつには怒りのせいなのよ。あなたから好かれているなんてわたしには信じられなかった。なにしろ、わたしのほうからあんなひどいことをしたあとだったから。だってあなたは何カ月もわたしを避けていたじゃないの。あなたが殺人計画を実行するためにわたしの思いを利用しただけだったって、あっさり納得できたのよ。自分がすごく……みじめに思えた」

「すまない。きみを避けていて悪かった。しばらくは腹が立って仕方がなかったんだ。

傷ついたんだ。わかるだろ？　つらくて、きみを見ることもできなかった」

メグは思わず顔をゆがめた。自分だけが傷ついていると思いこんでいた。彼も傷ついていたとは思いもしなかった。「わたし……知らなかったわ」

「もう終わったことだ。それに……」T・Jが無事なほうの腕をうしろに伸ばして、メグの脚をぎゅっとつかんだ。「きみはぼくの命を救ってくれた。あのままならトムに殺されていただろう。ぼくがやつの気をそらしてるあいだに、きみはひとりで逃げることもできたはずだ。自分が助かるために。でもそうしなかった」彼がにやりと笑う。以前のいたずらっぽいT・Jそのままの笑顔だ。「だから、ホームカミング・デーの夜のことは帳消しにしてもいいよ」

「じゃあ、肩の銃弾のことは？」

T・Jがほほ笑んだ。「それについては、また別のことで埋めあわせをしてもらうことにしよう」

T・Jを失う恐怖をひしひしと味わった瞬間が、メグの頭によみがえった——一度目は彼を拳銃で撃ってしまったとき、そして二度目は彼が自分をトムから救おうとしてくれたとき。メグがちゃんと彼を、自分自身の気持ちを信じていたら、たぶん、彼はいまこんなふうにけがをして横たわっていることもなかっただろう。ミニーも死なずにすんだだろう。

大粒の涙が、メグの頬を伝って流れた。

「なあ」T・Jの声は力強く、説得力にあふれている。「そんなに自分につらく当たらなくてもいいんだぞ」再び彼女の心を読んで、言ってくれた。「ぼくらはまだここにいる。ぼくらは生き延びたんだよ」

メグはうつむいて、彼のきらきらと輝く茶色の瞳と左右の頬に刻まれたえくぼに見入った。「そうね。わたしたち、やったのよね」

「どうやら、きみはもうぼくから逃げられないようだね」

メグはほほ笑まずにいられない。「もしうまくいかなかったら、いつでもまた銃で撃ってあげるわよ」

T・Jが目を輝かせた。「ほらね？　きみは最高だよ」

波の打ち寄せる単調な音を破って、何かが聞こえた。リズミカルな音。人工的な機械音。ファンがフル回転しているような音。

メグとT・Jは同時にさっと顔を上げた。上空に小さな点が見える——しらじらと明けてきた空にオレンジ色の光が浮かんでおり、それが刻一刻と大きくなってくる。沿岸警備隊だ。

「ぼくと一緒にいてくれるかい？」T・Jの手がきつく、しっかりとメグの手を握る。

「どうだい？　というのも、こんなことがあって、ぼくは……きみなしで生きるなんて考えられないんだ」

十人が亡くなった。十人の命がいきなり奪われたのだ。全員の姿がいまもメグの脳裏に焼きついて離れない。ローリの紫色になった顔、眠るように亡くなっていたテイラーズ夫妻、船が炎に包まれるなかでのトムの憎しみに満ちた顔つき。十人はそれぞれの人生を二度と生きることができない。愛、憎しみ、不安といった感情を二度と抱けない。メグはこれまでびくびくしながら生きてきて、一体どれだけの時間をむだにしてしまったのだろう？　ずっと他人のためだけに生きてきて？　喜びの瞬間を味わうことなく、一体どれだけ人生をむだに過ごしていくつもりなのだろう？

そんな生き方はもう終わり。いますぐここでやめなければ。

「愛しているわ、トーマス・ジェファーソン・フレッチャー」自分でも信じられないほどあっさりと告白が口をついて出た。「ずっと前からあなたが好きだったの」

ヘリコプターがすでに近づいていて、まだくすぶっているボートハウスの残骸の上空を旋回している。それから乗員の誰かがふたりの姿に気づいたらしく、ヘリコプターが桟橋のほうへ向きを変えた。機体が接近すると、回転翼のすさまじい勢いに、メグは肺から空気が奪われてうっとうめきそうになった。

「ホームカミング・デーの当日、きみからメールを受け取ったとき……」T・Jが言葉をにごした。「ほんとはきみに好かれてなかったんだって思ったよ」

「そうよね」メグは応じた。T・Jにわかってもらいたいと心から思った。「わたし――」

T・Jが片手を上げて制した。「わかってる。いまならわかるよ。きみとミニーには……ややこしい事情があったんだよな」ヘリコプターがふたりのちょうど上空で停止している。メグが見あげると、側面のドアが開いて、ホイスト装置でストレッチャーを降下させるところだった。

「メグ！」轟音に負けないようにT・Jが叫んだ。

彼女はT・Jに視線を落とした。彼はまた真剣な顔つきになっている。厳しい、疲れのにじんだ表情だ。

「もう二度と、彼女にぼくらの邪魔をさせないでくれ。いいね？　もう終わったんだ」

これでおしまい。もう終わったのだ。この悪夢のような週末、何年もセラピーを受けたとしてもとても癒やせそうにない、ぞっとするほど恐ろしく、痛ましい、ある意味では人生を変えるほどの経験は、ひとつだけすばらしいものをもたらしてくれた。彼女とT・Jを再び結びつけてくれたことだ。

メグは彼に顔を近づけ、キスをした。ホワイトロック屋敷でのこの週末を経て、ふたりの結びつきがどう変わったのだとしても、それはふたりが一緒にそうしたのだ。もう引き返すことはできない。

謝辞

わたしの編集者のクリスティン・ダリー・レンスに。彼女はこの本を執筆するうえでインスピレーションを与えてくれました。編集者であるばかりか、わたしのミューズでもあります。

代理人のジンジャー・クラークに。彼女がいなければ、わたしはしょっちゅう机の下で胎児のように丸くなっているばかりでしょう。彼女は友人であり、戦士でもあります。彼女がいてくれて、わたしはすごく恵まれています。

バルザー+ブレイ社の優秀なチームに――アレッサンドラ・バルザー、ドナ・ブレイ、そしてサラ・サージェント。三人はみんなにとってチアリーダーでありロックスターのような存在です。それから親会社のハーパーコリンズ社、特にコピー・エディターのエイミー・ビンチェシ、プロダクション・エディターのキャスリン・シルサンド、マーケティング担当のエミリー・ポルスターとステファニー・ホフマン、広報担当のキャロライン・サンとオリビア・デレオン、そして敏腕カバー・デザイナーのレイ・シャッペルに。

カーティス・ブラウン社のホリー・フレデリックとデイブ・バーバーに。ふたりは今回もまた、本書のために疲れも見せずに働いてくれました。

世界最高のすばらしい読者グループに。キャリー・ハリス、ジェニファー・ボスワース、ジェニファー・ドナヒュー、エイミー・バイ、リサ&ローラ・ローカー、クリスティン・フォンセカ、ロイ・ファイアストーン、マーク・ウールマン、レイチェル・ハンター、アビー・マクドナルド、リンディー・ウォーカー、ニッキー・カッツ、そしてとりわけローレル・ホクター・ジョーンズ。

わたしの支援者のネットワークに。みなさんとのいろいろな電話やメール、チャット、楽しい時間、精神的に健全な日々のおかげで、作者は正気を保つことができています。ジェシカ・チルドレス、シャノン・スペンサー、エイミー・マッケンジー、エイミー・ダッチラー、タラ・カンポメノシ、ラチャニー・スリサバスディ、エイミー・ロメロ、アイリーン・ツアイ、エレン・ファイルズ、ブリン・グリーンウッド、レア・クリフォード、ジェン・ヘイリー、ジル・マイルズ、ジェシカ・モルガン、ジュリエット・ドミンゲス、デビッド・アイレンバーグ、キルステン・ルーターズ、スーザン・ケイリー、そしてジェイク・ギルクリスト。さらに作家のオンライン・コミュニティ〈Purgatory〉の住人たち、二〇一二年デビューのＹＡ作家グループ

〈Apocalypsies〉のすばらしい作家の方々、ビデオブログ・グループ〈YARebels〉の新旧閲覧者のみなさん。

スコット・トレイシーに。彼は本書の構想を耳にして、絶対に書くべきだと言ってくれました。

アルフェウス・フレッチャー・アンダーヒル四世に。彼は技術的知識を、さらには物語のアイデアをそれこそ無限に提供してくれました。本書に盛りこめなかったのは残念ですが、感謝の意を表したいと思います。

ヤディラ・テイラーに。彼女は大切な友人のひとりであり、これからもずっと本書に関係の深い人物であり続けるでしょう。本書を彼女のお母さんに捧げます。彼女のことがとても懐かしく思いだされます。

ロイ・ファイアストーンに。彼のおかげで本書の執筆中に何度か涙を流しました。おかげでわたしはよりよい人間(そして友人)になれました。

わたしの母に。まるで機能不全を起こした十二歳児みたいに思われるのが怖くて締め切りのリストすら作成できないわたしのために、母は締め切りの管理をずいぶん助けてくれました。わたしにとって最高の母親です。もういいよね。

愛をこめて。

〈解説〉古典的名作を現代によみがえらせる作家

千街晶之（ミステリー評論家）

ミステリに全く関心がないひとでも、タイトルぐらいは知っているであろう名作というのが幾つかあるが、中でも抜群の知名度を誇る作品はアガサ・クリスティーの『そして誰もいなくなった』（一九三九年）だろう。

イギリスはデヴォン沖の兵隊島にある邸宅に、謎の人物オーエンによって集められた十人の男女。晩餐のさなか、蓄音機から流れる声が彼らの過去の罪を告発する。その声によると、彼らは全員、法律によっては罰せられない殺人を犯したことがあるというのだ。そして、その直後に一人が急死する。彼らが次々と殺害されるたびに、邸宅にあったインディアン人形が一体ずつ減ってゆく……。

この作品は、一九八五年に《週刊文春》が識者からのアンケートをもとに集計した『東西ミステリーベスト100』では海外部門四位、二十七年後の二〇一二年に同誌が再び特集した『東西ミステリーベスト100』では海外部門一位……と、海外のみならず国内でもオールタイム・ベスト級の傑作としての評価が定着しているし、日本を含む世界各国で繰り返し映像化されている（もっとも映像化される場合、かつては小説ではなく、クリスティー自身による結末の異なる戯曲版〈一九四三年〉を踏襲することが多かった）。

だが、実際には『そして誰もいなくなった』を未読である、あるいはその映像化作品も観たことがない……というひとでも、この作品の設定に「どこかで読んだ」「どこかで観た」という既視感を覚えるのではないか。というのも、この作品の設定は、ミステリの王道として定着し、後世に数多くの模倣作を生んだからだ。

マザーグース見立て殺人というアイディアだけならS・S・ヴァン・ダインの『僧正殺人事件』（一九二九年）が『そして誰もいなくなった』に先駆けており、事件関係者が次々と死んで全員がいなくなるミステリの先例としてはスタニスラス゠アンドレ・ステーマンの『六死人』（一九三一年）があるし、外界から隔離された状況で事件が起きる所謂《いわゆる》クローズドサークルものとしてはエラリー・クイーンの『シャム双子の秘密』やフィリップ・マクドナルドの『生ける死者に眠りを』（ともに一九三三年）のほうが早い。とはいえ、孤島という逃げ場のないクローズドサークルの要素と、マザーグースの歌詞に見立てて誰かが死ぬたびに人形が一体ずつ減るという要素との融合で強烈無比のサスペンスを生み出したのは紛れもなくクリスティーの功績であり、その後、模倣作が相次いだのも頷ける。

『そして誰もいなくなった』の影響を最も強く受けたのは、本国イギリスでもアメリカでもなく日本の作家かも知れない。本邦のミステリ史を振り返れば、西村京太郎の『殺しの双曲線』(一九七一年)、綾辻行人の『十角館の殺人』(一九八七年)、夏樹静子の『そして誰かいなくなった』(一九八八年)、米澤穂信の『インシテミル』(二〇〇七年)、市川憂人の『ジェリーフィッシュは凍らない』(二〇一六年)等々、『そして誰もいなくなった』の影響が顕著なミステリ小説は枚挙に遑《いとま》がない。

では、海外に模倣作が少ないのかといえば、決してそんなことはない。ジャックマール&セネカルの『11人目の小さなインディアン』(一九七七年。文庫化の際に『そして誰もいなくなった』殺人事件』と改題)やマイケル・スレイドの『髑髏島の惨劇』(一九九四年)などは、『そして誰もいなくなった』に対する明らかなオマージュだし、映画の方面では、マリオ・バーヴァ監督『ファイブ・バンボーレ』(一九七〇年)、ジェームズ・マンゴールド監督『〝アイデンティティー〟』(二〇〇三年)、レニー・ハーリン監督『マインドハンター』(二〇〇四年)、デヴィッド・エアー監督『サボタージュ』(二〇一四年)などが該当する。

そして、この名作にオマージュを捧げた海外ミステリが新たに紹介されることになった。著者は日本初紹介のグレッチェン・マクニール、タイトルは『孤島の十人』(原書刊行二〇一二年。原題は〝Ten〟という何ともシンプルなものだ)。

主人公はカミアック高校の女子生徒、メグ・プリチャード。冒頭、彼女は親友のミニーとともに、嵐の中、フェリーボートでヘンリー島という島へと向かっている。彼女たちは学校一の人気者であるジェシカから、この島にある彼女の別荘「ホワイトロック屋敷」で催されるホームパーティーに二泊三日で招待されたのだ。しかし、友人同士というには些か不穏な間柄であることが、船上でのメグとミニーの会話から窺える。ミニーは精神的に不安定なところがあり、メグはパーティーのような賑やかな場が苦手なため、この招待をあまり喜んでいない。

ヘンリー島に到着した二人は、先に来ていた同年代の招待客たちと次々と対面する。メグとミニーが二人とも恋している相手であるT・Jをはじめ、ジェシカの友人のベン、ミニーの元彼のガンナー、その恋人のクミコ、地味なボブカットのビビアン、長身のローリ、ひょろりとしていて軽薄な印象のネイサン、大柄で無口なケニー。ジェシカの到着は翌日になるという。

ところが、リビング・ルームで見つけた「わたしを見ないで」と題されたDVDをディスクに入れたところ、「復讐はわたしのもの」という謎の文字で終わる異様な映像が再生された。それを観たローリは急に怯え出し、「わたしはここから出ていくわ。明日の朝一番にね」と言い捨てて自室へと去ってゆく。白けた雰囲気の中でその場はお開きとなったが、その夜、十人のうちの一人が命を落とす。そして、第二、第三の死者が……

孤島に集められた十人の男女が次々と不審な死を遂げてゆく……という基本設定は『そして誰もいなくなった』そのままだし、人形が減る代わりに壁に赤いスラッシュマークが描かれるといった趣向の置き替えも散見されるけれども、最も大きな違いは、原典では登場人物の年齢や職業がバラバラなのに対し、本書の登場人物がティーンエイジャーばかりという点だ。

そのため、本書は『そして誰もいなくなった』へのオマージュであると同時に、ウェス・クレイヴン監督『スクリーム』（一九九六年）やジム・ギレスピー監督『ラストサマー』（一九九七年）など、一九九〇年代後半に流行した、若者たちを主人公とするスラッシャー映画めいた趣を感じさせる（著者は本書を執筆する際、TV番組と二本の映画からヒントを得たという。具体的な作品名については触れていないけれども、こうしたスラッシャー映画のどれかなのではないかと推察される）。携帯電話やインターネットが通じないことを知った時の登場人物たちの焦りは、多くの人々が大抵の場所で連絡が取れると思っている現代が舞台だからこそ読者にはリアルに伝わるだろう。

登場人物がみな若いぶん、彼らのあいだで複雑に入り乱れる恋愛沙汰が、作中で描かれる人間関係のメインとなっている。特に、ミニーに対して後ろめたく感じながらもT・Jのことを意識せざるを得ないメグの心情の揺らぎが、連続殺人の進行と相俟《あいま》って強烈なスリルを醸し出しているのだ。本格ミステリとしてはクリスティーを凌駕しているわけではないものの、サスペンス小説としてはなかなか読ませる筆力がある。

さて、本書の決着のつけ方には、『そして誰もいなくなった』という小説以外の、ある作品からヒントを得たのではと思えるふしが感じられる。それが何かについては、この解説にヒントを埋め込んでおいたつもりである。

著者のグレッチェン・マクニールは、一九七五年、アメリカ生まれ。最初はオペラ歌手を志してメリーランド大学でソプラノを習い、その後、アニメーション番組の吹き替えや、ロスアンゼルスを拠点とするサーカスで歌ったりしていた。二〇一一年、エクソシストを描いたホラー小説〝Possess〟を発表し、小説家デビューを果たした。以降は、ほぼ年一冊ペースで小説を上梓している。ジャンルはホラー、サスペンス、ロマンス・コメディなど多岐に亘っており、ヤングアダルト層を読者として想定している。本書もそうだが、古典的名作を本歌取りした作品が多いのが作風の特色であり、例えば、少女同士の冗談だった筈の交換殺人が本当の犯罪へと発展する〝Dig Two Graves〟（二〇二二年）は、パトリシア・ハイスミスの小説を原作とするアルフレッド・ヒッチコック監督の映画『見知らぬ乗客』（一九五一年）のヤングアダルト版だし、今後刊行予定の〝Three Drops of Blood〟と〝Four-Letter Word〟も、やはりヒッチコック監督の『裏窓』（一九五四年）と『疑惑の影』（一九四三年）から着想を得た小説になるらしい。

本書は著者の第二長篇であり、二〇一七年に映画化されている。監督はクリス・ロバートで、主人公のメグを歌手としても知られるチャイナ・アン・マクレーンが演じているが、日本には紹介されていない。著者の小説の映像化のうち日本語版が存在するものとしては、学園ミステリ〝Get Even〟（二〇一四年）をNetflixが連続ドラマ化した『ゲット・イーブン～タダで済むと思った？～』（二〇二〇年）がある。

ヤングアダルト層に向けて古典的名作のカジュアルな翻案を試み続けている著者の作風が顕著に表れた作品として、本書が若い世代に広く読まれることを期待したい。

グレッチェン・マクニール著作リスト

Possess（2011）
Ten（2012）本書
3:59（2013）
Get Even（2014）Don't Get Mad シリーズ1

Get Dirty（2015）Don't Get Mad シリーズ2
Relic（2016）
I'm Not Your Manic Pixie Dream Girl（2016）
#MurderTrending（2018）#MurderTrending シリーズ1
#MurderFunding（2019）#MurderTrending シリーズ2
#NoEscape（2020）#MurderTrending シリーズ3
Dig Two Graves（2022）

以下続刊
Three Drops of Blood（2023）
Four-Letter Word（2024）

◉訳者紹介
河井直子（かわい・なおこ）
関西学院大学卒。英米文学翻訳家。主訳書：コリンズ『ハンガー・ゲーム』(MF文庫ダ・ヴィンチ)、ロス『ダイバージェント』(角川文庫)、シン『黒曜石の心と真夜中の瞳』(扶桑社海外文庫)他。

孤島の十人

発行日　2023年3月10日　初版第1刷発行

著　者　グレッチェン・マクニール
訳　者　河井直子

発行者　小池英彦
発行所　株式会社 扶桑社
〒105-8070
東京都港区芝浦1-1-1 浜松町ビルディング
電話　03-6368-8870(編集)
03-6368-8891(郵便室)
www.fusosha.co.jp

DTP制作　アーティザンカンパニー 株式会社
印刷・製本　株式会社広済堂ネクスト

ISBN 978-4-594-09227-6 C0197